신화적 상상력의 시적 재현

1. 시와 신화와의 관계

신화가 현대사회에서 중요한 관심의 대상이 되고 있는 이유는 그 비의성이 주는 신비감 때문이다. 현대사회는 합리적 이성의 토대 위에서 축적된 지식을 바탕으로 거대 문명이 분화, 팽창하며 발전해 왔으며 그 발전은 현재까지 더 빠른 속도로 진행되고 있다. 그러나 근대 문명은 인류사회에 여러 가지 병폐를 안겨주게 되었다. 합리적 이성이 지배하는 세계의 한계를 체감하기 시작한 것이다. 현대는 이성의 자양분에 의해 경험한 근대를 극복하는 과정에 자리한다. 이성의 한계점에서 일단락된 지식사회는 이성의 힘으로 풀 수 없는 보다 근원적인 문제들에 관심을 갖기 시작했다. 이미 근대를 통과한 후 숨을 고르기도 전에 새로운 자아는 인류 사회의 전부면으로 떠올랐다. 가상공간을 통해 새로운 가상현실을 경험했고, 그 속에서 이성이 지배했던 자아는 끊임없이 분열하며, 아버지 없는 자아가 태어나기 시작한 것이다. 신화는 이러한 지점에서 새로운 지적 가능성의 기틀로서 중요한 의미를 갖는다.

신화는 신에 관한 혹은 신성에 관한 서사를 폭넓게 통칭하는 개념이다. 그리스어로 '미토스(Mythos)'가 신화이다. 이 말은 '로고스(Logos)'와 대립하는 '상상의 말'을 뜻한다. 사전적 의미로는 어떤 신격(神格)을 중심으로 한 하나의 전승적 설화를 가리켜 신화라 부른다. 시에서 신화적 상상력의 발현 양상은 신화의 서사가 직접 시의 제재로서 차용되기도 하며 신화가 가지고 있는 주제의식이 시 속에 삼투되기도 한다. 시 속에 나타나는 신화적 속성은 그 유래가 깊다. 왜냐하면 신화는 인간의 보편적인 감성을 이해시키는 중요한 화소가 되기 때문이다. 또한 우리가 신화를 단순히 언어 이전의 감성적 사고들의 집합체들로 보기에는 다소 무리가 따른다. 신화는 그 속성 중에 매우 복잡하고 다양한 인간의 존재와 심리와 행태들이 얽혀 있다.

레비스트로스에 의하면 신화란 동물과 인간이 아직 서로 분리되지 않았고, 또 우주에서 차지하고 있는 서로의 영역이 아직 분명히 구분되지 않고 있었던 아주 옛날에 일어났던 이야기라는 것이다. 그러나 동시에 이 태고적의 일은 여러 가지 사물이 어떻게 만들어졌

고 현재는 어떻게 되어 있으며, 장래 어떠한 형태로 남을 것인가 하는 것을 설명해주고 있다.[1]

위의 인용에서도 볼 수 있듯이 신화는 단순한 이야기의 차원을 넘어서서 인간 본성이 만들어낼 수 있는 여러 형태의 존재모형들이 남아 있다. 그 이야기의 모형들 속에는 인류가 지속되는 한 계속해서 전승되어질 수밖에 없는 개인적, 집단적인 정신적 요소가 내재해 있다. 그렇기 때문에 신화는 흥미로운 이야기이며 때론 무서운 신념이 되기도 한다. 흥미로운 이야기에서 무서운 신념으로 변이될 수 있는 이유는 신화가 가진 주술적 요소와 집단정신을 대변하는 성격에 기인한다. 특히 세계의 존재근거를 원자화로 세분화하게 되면서 개별정신은 더 중요한 부분이 되었다. 하지만 이들의 공통분모를 찾아 상부구조의 신념을 찾는 것은 그리 쉬운 일이 아니다. 신화는 그러한 정신적 목마름의 상태에서 인류의 가장 가까이에서 숨 쉬고 있는 고도의 정신적 산물이다. 시는 그 신화를 가장 영속적인 서사와 의미 있는 작품으로 승격시킬 수 있는 장르이다.

---

1) 전규태, 『한국 신화와 원초의식』, 이우출판사, 1980, 15쪽.

2. 신화비평과 원형이론

신화비평은 신화가 가지고 있는 비의적인 속성과 이성적 질서로 판단할 수 없는 세계관 때문에 연구 방법론 중에서도 가장 폭넓은 영역을 차지하고 있다. 신화비평은 이론적 토대를 바탕으로 짜인 범주 속에서 운용되는 다른 방법론에 비해 인간의 감성적, 심미적 관점을 더 폭넓게 수용한다. 그러한 이유로 철학, 역사, 인류학, 심리학, 비교종교학 등등의 인접 학문 분야에까지 영향을 받는다. 신화비평은 정신분석학의 토대와 영향 속에서 배태되었다. 신화비평의 체계를 마련해준 칼 구스타프 융(Jung, Carl Gustav)은 프로이트의 제자이면서 큰 영향을 받은 학자이다. 신화비평은 인간의 내면에 존재해 있는 비이성적 요소를 발견해 내면서 그 요소들을 종족이나 인류 전체의 집단적 성격과 정신을 구조화하는 데 힘쓴다. 그렇기 때문에 인류학, 심리학, 비교종교학 등의 학문과 밀접한 연관관계를 갖게 된다.

제임스 조지 프레이저(Frazer, James George)의 『황금의 가지』는 세계 여러 나라의 신화, 민속, 마술, 종교에 대한 비교학적 연구를 통해 원시문화와 서양의 문화, 즉 헤브라이즘 문화와의 유사성과 공통점을 발견해 내고 있다. 프레이저는 원형이 제의를 통해 영속성을 지니면서 이어져오고 있다고 말한다. 즉 신화는 제의의 말짓풀이이며 제의는 신화의 몸짓풀이인 것이다. 이 저서는 문화인류학을 통하여 신화비평의 이론적 뒷받침을 해내는 중요한 저서로 손꼽히고 있다.

앞서 말했다시피 융은 신화비평의 체계를 세운 가장 중요한 역할을 한 학자이다. 융은 인간 행위를 무의식과 연결하는 프로이트의 정신분석 이론을 수렴하면서 이론을 확장하고 있다. 즉 인간 정신을 의식, 무의식, 집단무의식(Collective Unconsciousness)으로 나누고 이 중에서 집단무의식을 집중적으로 탐구한다. 결국 융이 말하는 원형 개념은 집단무의식에 기반한다. 융의 생각에 따르면 심원하고 오래된 전통의 문학은 집단무의식을 내장한 작품이다. 집단무의식을 기반으로 의식적이든 무의식적이든 집단무의식이 작품에 용해되어 새로운 세계와 형태적 양식이 탄생하는 것이다. 집단무의식은 인간이 스스로 인식하지 못하는 사이에도 인간의 공통된 이미지나 화소(話素, motif)를 지니는 공통된 정신적 공간이다. 이것을 원형(原型, archetype)이라는 개념으로 설명하는데 원형은 탄생설화, 민담, 민족 신화, 건국 신화, 그외 각국의 신화가 가지고 있는 공통된 서사의 요소나 비슷한 패턴, 모티브를 가리킨다. 인간이 시공간을 불문하고 어떤 공통된 패턴과 주제, 화소를 가지고 있는데 이를 원형이라 부르고 있다. 즉 원형은 역사나 문학, 종교, 풍습 등에서 수없이 되풀이된 이미지나 화소나 테마를 가리킨다.

또한 융은 '개별화 이론'을 통해 인간의 정신구조를 파악하고 그 속에서 원형을 찾았다. 융은 그림자(shadow), 영혼(soul), 탈(페소나, persona)이라는 세 가지의 정신 요소를 분석한다. 그림자는 무의식적 자아의 어두운 측면, 인성의 열등하고 억압하고 싶은 측면이다. 괴테의 「파우스트」에 등장하는 메피스토펠레스, 밀턴의 「실락원」에 등장하는 사탄, 세익스피어의 「오셀로」에 등장하는 이아고와 같은 인물형들이 이러한 측면을 가진 자아이다. 탈은 '가면'을 뜻하는 그리스어에서 나온 말로서 인간의 외적 인격을 가면을 통해 보여준다. 즉 외부세계와 관계맺는 자아의 한 측면인데 이는 대부분 진정한 본래적 자아와 상충되는 면을 보여준다. 영혼은 인간이 본래 가지고 있는 내적 인격으로서 자아가 내부 세계와 관계맺는 한 측면이다. 이는 다시 아니마(anima)와 아니무스(animus)로 나누는데 아니마가 여성적 요소라고 한다면 아니무스는 남성적 요소를 나타낸다. 아니마는 몽상, 꿈, 이상적 자아, 조용한 지속성, 밤, 휴식, 평화, 사고기피(思考忌避), 식물, 다정한 부드러움, 수동적, 선(善), 통합, 개인적, 비합리적 등의 성격을 가진다. 이에 반해 아니무스는 현실, 삶의 언어, 현실적 존재, 역동성, 낮, 염려, 야심, 계획, 사고, 동물, 엄격한 힘의 보관자, 능동, 지(知), 분열, 합리적이고 추상적 사고, 국가사회 중심 등의 성격을 지닌다.

융의 방법론으로 인해 원형이론이 새로운 비평방법론으로 활발한 연구가 진행되었다. 노스롭 프라이(Northrop Frye)는 『비평의 해부』를 통해 신화비평을 더욱 심화시킨다. 프라이는 그동안 문학비평에서 여러 분야가 상충되는 부분들을 통합하는 역할이 결여되어 왔다고 주장했다. 원형비평은 이러한 결여를 채울 새로운 문학적 방법론이며, 이론과 예술이 가진 감성적 세목들을 통합시켜 줄 새로운 가능성을 가진 방법론이다.

프라이는 원형이란 한 사회가 공유하여 서로 소통할 수 있는 심상을 말하는데, 그것은 한 작품과 다른 작품을 연결시켜 우리의 문학적 경험을 통일시켜 준다. 가령 우주의 4원소인 땅, 물, 불, 바람과 그 변형인 바다, 샘, 산, 동굴, 정원, 나무, 도시 등의 시적 상징은 고대부터 현대까지 반복적으로 사용되고 있는데, 이것이 바로 원형이라고 말한다.

프라이는『비평의 해부』의 세 번째 에세이에서 원형이론을 본격적으로 이론화하고 있다. 프라이는 이 장을 '신화의 이론'이라 칭하고 원형적 의미의 이론으로 묵시적 이미지, 악마적 이미지, 유비적 이미지로 나누고 뮈토스의 이론으로 봄의 뮈토스: 희극, 여름의 뮈토스: 로맨스, 가을의 뮈토스: 비극, 겨울의 뮈토스: 아이러니와 풍자로 나누어 설명하고 있다. 프라이가 "신화양식, 즉 신에 관한 이야기는 모든 문학의 양식 중에서 가장 추상적이고 관습적인 된다."라고 말한 것처럼 이 관습적인 부분을 이론화했다.『비평의 해부』는 그런 의미에서 시와 신화를 이론적으로 분석할 때 가장 중요한 연구서로 손꼽힌다.

3. 시에 나타난 신화적 상상력

오 형제들이여! 슬픈 백합들이여, 나는 아름다움에
번민한다 너희들의 나체 속에서 나를 갈망했기에.
하여 너희들을 향해, 요정, 요정이여, 오 샘의 요정이여,
나는 부질없는 눈물을 순수한 침묵에 바치러 온다.

크나큰 고요가 내게 귀기울이고, 거기에서 나는 희망을 듣는다.
샘물 솟는 소리 바뀌어 나에게 저녁을 이야기하고,
성스런 어둠 속 은빛 풀 자라나는 소리 들려오며,
못 믿을 달은 조용해 진 샘의 깊숙한 속까지
제 거울을 치켜든다.

그리고 나는 이 갈대밭 속에 기꺼이 몸을 던지고,
오 청옥이여, 내 서글픈 아름다움으로 번민한다!
나는 이제 마법의 물밖에는 사랑할 수가 없나니,
거기서 웃음도 옛날의 장미꽃도 잊어버리고 말았다.

네 숙명의 순수한 광채는 얼마나 한스러운가,
그리도 부드럽게 내게 안긴 샘물이여,
필멸의 푸르름 속에서 내 눈은
젖은 꽃들의 화관을 쓴 나의 영상을 길어올렸어라!

아! 영상은 덧없고 눈물은 영원하도다!
푸른 숲과 우애로운 팔들 저 너머,
모호한 시간의 부드러운 미광이 있어,
남아 있는 햇빛으로 나를 벌거숭이 약혼자로 만든다
서글픈 물이 나를 유인하는 창백한 장소에서……
환락의 악마여, 바람직하게 얼어붙었구나!

　　　　　　　　—폴 발레리(김현 역), 「나르키소스는 말한다」 부분

위의 시는 그리스 신화에 등장하는 '나르키소스'를 모티브로 삼은 대표적인 시이다. 나르키소스는 물에 비친 자신의 모습에 반하여 자기와 같은 이름의 꽃인 나르키소스, 즉 수선화가 된 그리스 신화의 미소년이다. 이 신화를 토대로 '자기애' 혹은 '자아도취'라는 '나르시시즘'이란 용어가 나온 것은 잘 알려진 사실이다.

나르시시즘은 프로이트가 이 신화를 바탕으로 정신분석 용어로 사용하면서 학문적인 용어로 귀착되었다. 프로이트의 논문 「나르시시즘에 관한 서론」에서는 프로이트가 성적(性的) 발달에 있어 나르시시즘이 차지하는 중요성에 대해 말하고 있다. 그는 이 논문에서 나르시시즘에 관한 논의에서 출발해 자아와 외부 세계의 관계를 심도 있게 헤아려 보려는 노력, 그리고 '자아 리비도'와 '대상 리비도'를 구분하는 섬세한 논리를 펼친다. 또한 '자아 이상'이라는 개념과 이 자아 이상과 관련된 자기 관찰자라는 개념의 도입, 궁극적으로 「자아와 이드」에서 언급한 '초자아'의 토대가 되기도 한 것이다.[2]

나르키소스 신화에서 중요한 것은 자신을 비춰보는 행위에 있다. 자신을 비춰본다는 것은 긍정적으로 말하면 자기반성이고, 그것 또한 사랑의 방법이다. 흔히 하는 말로 자신을 사랑하는 것만큼 어려운 일이 없다는 것은 그만큼 자기애가 보편적 이성으로는 쉬운 상황이 아님을 입증하는 말이다. 문학 작품에서 나

---

2) 지그문트 프로이드, 윤희기 역, 「나르시시즘에 관한 서론」, 『무의식에 관하여』, 열린책들, 1997, 42쪽.

르시시즘은 통과의례적인 모습을 띤다. 자기 반성, 자기 투사, 자기애는 창작자가 한번쯤은 겪거나 거치는 방법이다.

나르키소스 신화에서 보여주는 신탁은 욕망에 대한 인식이고 그 인식의 끝을 아는 것이다. 나르키소스가 욕망을 발견하는 것은 물에 비친 자신의 모습을 발견하는 지점이고 그 인식의 끝은 죽음으로 완성된다. 그 죽음이 수선화로 변화되는 것은 신화의 미학적이고 환상적인 성격에 기인한다.

나르키소스의 '번민'은 '아름다움' 때문이다. '아름다움'은 욕망을 발견한 상태에 놓인 심리상황이다. 그리고 '부질없는 눈물'을 통해 그 심리 상황의 덧없음과 고통을 말한다. 이 눈물은 알면서도 행하는 자아의 근원적 무지의 소산이다. '순수한 침묵'은 무서운 이미지로 다가온다. '눈물'을 '순수한 침묵'에 바치러 오기 때문이다. 그렇기 때문에 '침묵'은 일종의 억압기제인 듯 싶지만 논리적으로 '침묵'은 아름다운 대상일 뿐이다. 대상은 그대로 있는데 자아가 스스로 대상에게 투사되고 끝내 스스로 대상을 두려워하게 된다. 이 대상은 '자연'과 같다. 자아가 물에 비친 자신의 모습을 보면서 스스로의 아름다움에 도취되어 있을 때 침묵하는 타자는 자연밖에 없다. 샘물이 침묵하고 달이 침묵한다. 침묵하고 있기에 두려운 것이다. 그래서 달은 '못 믿을 달'로 표현된다.

물을 보는 행위는 자신을 보는 행위이며 이는 자기반성이면서 동시에 자기도취이다. 자신을 보는 행위는 거울을 보는 행위와 같다. 거울은 많은 상징을 담고 있다. 우리에게 잘 알려진 이상의

「거울」에서 볼 수 있듯이 정신분석학에서 거울은 중요한 의미를 담당한다. 거울은 자기 원천을 감응하는 데 이르러 소리나 빛의 파장, 어떤 사물에 의해 취해지도록 시키는 이 소리나 빛의 파장은 그리하여 그 그림자에 지나지 않는 것이며, 거기에는 그대로 '반사시켜' 주는 그 무엇이 존재하는 것이다.3)

　　新婦는 초록 저고리 다홍치마로 겨우 귀밑머리만 풀리운 채 新郞하고 첫날밤을 아직 앉아있었는데, 新郞이 그만 오줌이 급해져서 냉큼 일어나 달려가는 바람에 옷자락이 문 돌쩌귀에 걸렸습니다. 그것을 新郞은 생각이 또 급해서 제 新婦가 음탕해서 그 새를 못 참아서 뒤에서 손으로 잡아다리는 거라고, 그렇게만 알곤 뒤도 안 돌아보고 나가 버렸습니다. 문 돌쩌귀에 걸린 옷자락이 찢어진 채로 오줌 누곤 못 쓰겠다며 달아나 버렸습니다.

　　그러고 나서 四十年인가 五十年이 지나간 뒤에 뜻밖에 딴 볼 일이 생겨 이 新婦네 집 옆을 지나가다가 그래도 잠시 궁금해서 新婦 방 문을 열고 들여다보니 新婦는 귀밑머리만 풀린 첫날밤 모양 그대로 초록 저고리 다홍치마로 아직도 고스란히 앉아 있었습니다. 안스러운 생각이 들어 그 어깨를 가서 어루만지니 그때서야 매운 재가 되어 폭삭 내려앉아 버렸습니다. 초록 재와 다홍 재로 내려앉아 버렸습니다.

　　　　　　　　　　　　　　　　　　　　　─서정주, 「新婦」

---

3) 아지자·올리비에리·스크트릭 공저, 장영수 역, 『문학의 상징·주제 사전』, 청하, 1989, 248쪽.

위의 시는 서정주 시집 『질마재 신화』에 첫 번째로 수록되어 있는 작품이다. 서정주 문학 속에서 『질마재 신화』는 가장 한국적이고 토속적인 정서에 몰입한 시기에 쓰인 작품이다. 또한 시인의 원적지인 전북 고창 '질마재'라는 공간을 신화적인 공간으로 환치함으로써 실재의 공간을 확장시켜나가고 있다.

위 시에서는 '신부'를 통해 체험적 사실을 구체적으로 전달하고 있다. 이야기는 신랑과 신부가 함께 맞는 첫날 밤에 신랑이 오줌이 급해져서 방을 나갈 때 문 돌쩌귀에 옷이 걸린 것을 신부가 잡아끄는 것인 줄로만 안 신랑의 오해로부터 시작된다. 신랑의 오해는 신부가 평생을 걸쳐 그 자리에 신랑이 오기만을 기다린 한(恨)의 시간을 만들어 낸다. 그리곤 초록재와 다운재로 내려앉는 신부의 운명은 그야말로 눈물을 자아내게 하는 한의 절정을 이룬다. 위의 시를 통해 우리는 한국 유교문화에서의 결혼이라는 제도와 여성이 체험할 수밖에 없는 한의 정서를 대리적으로 체험할 수 있다. 정절과 일부종사를 최고의 여성 미덕으로 생각하는 우리의 유교 문화 속에서 여인의 운명적 삶이 어떤 모습으로 투영되어 있는지를 알 수가 있다.

「신부」는 운명적 사랑과 운명의 가혹함이 유교적 정신세계와 어떠한 방식으로 결부되는지를 전달해 준다. 이러한 서사는 부족 공동체마다 있는 열녀문에 대한 설화 등을 통해 쉽게 알 수 있다. 백제 가요 「정읍사」와 관련된 망부석 전설, 신라시대 박제상의 아내가 일본에 간 남편을 기다리다 치술령 고개 위에 선 채로 돌이 되었다는 전설 등과 일맥상통하는 부분들이 있다. 우리 시에서 신화적 상상력은 이렇듯 오래 전부터 구전되어 온 구비적 설화의 모습을 띠며 시 속에 투영된 경우가 많다.

접동
접동
아우래비 접동

진두강 가람가에 살던 누나는
진두강 앞 마을에
와서 웁니다.

옛날 우리 나라
먼 뒤쪽의
진두강 가람가에 살던 누나는
의붓어미 시샘에 죽었습니다.

누나라고 불러 보랴
오오 불설워
시샘에 몸이 죽은 우리 누나는
죽어서 접동새가 되었습니다.

아홉이나 남아 되는 오랍동생을
죽어서도 못 잊어 차마 못 잊어

야삼경 남 다 자는 밤이 깊으면

이 산 저 산 옮아가며 슬피웁니다.

—김소월, 「접동새」

　김소월의 「접동새」 또한 설화적인 모티브를 시 속에 투영한
작품이다. 「접동새」는 1923년 3월 『배재』 2호에 수록된 김소월의
대표시 가운데 한 작품이다. 슬픈 가족사를 통해 혈연공동체의
그리움과 애절한 감정을 노래한다. 시는 평안도 백천 진두강가에
살던 오누이에 대한 설화를 바탕으로 한다. 설화의 내용은 이렇
다. 평안도 백천에 살던 오누이는 오래도록 계모의 학대를 받다가
결국 죽어서 접동새가 된다. 그리고 접동새는 계모 밑의 아홉
오라비들을 찾아 밤마다 슬피 울고 다닌다는 전설이다. 가족 공동
체를 민족의 심원하고 의미 있는 정서로 치환하여 생각한다.
　「접동새」를 통해 확인할 수 있는 계모 모티브는 특히 우리나라
북부 지방에 널리 유포되어 온 「장화홍련」을 차용했을 가능성이
많다. 이런 모티브는 주로 동화에서 많이 등장하는데 사악한 마
녀나 계모 등을 통해 착한 딸이나 공주 등이 핍박받는 서사로
진행되고 있다. 서양에서도 동일한 정서의 모티브를 「신데렐라」,
「백설공주」 등을 통해 확인할 수 있다.

　꼬르도바.

　멀고 고적한 그곳.

말은 검은 조랑말, 달은 휘둥그래 크기만 하고
배낭에는 올리브 열매 몇낱.
길은 알아도, 영원히
난 꼬르도바에 가진 못하리.

광야로, 바람 속으로,
말은 검은 조랑말, 달은 시뻘건 핏빛.
꼬르도바 첨탑 위에서
나를 지켜보고 있는 죽음.

아 멀고 먼 길이여!
아 용감한 나의 조랑말!
아 꼬르도바, 꼬르도바에 도착하기 전
죽음이 나를 기다린다네!

꼬르도바.
멀고 고적한 그곳.

—페데리꼬 가르시아 로르까(민용태 역), 「꼬르도바」

　위의 시는 18세기 안달루시아 꼬르도바에서 일어난 이야기를
중심 서사로 다루고 있다. 당시 안달루시아로 가는 길에는 산적
이 많았다. 특히 험한 산길을 넘어가야만 당도하는 꼬르도바에
가기 위에서는 산적을 피해 갈 수 없다. 산적을 만나 죽음을 담보

로 그곳을 넘어가야만 하는 꼬르도바. 그러므로 꼬르도바는 죽어야만 갈 수 있는 상징이다. 중세 아랍문화의 성지인 꼬르도바는 시에서 나타나듯 나그네가 죽음이 기다리고 있다는 것을 알면서도 가고자 하는 공간이다. 즉 그 공간은 나그네의 고향, 원형적 공간이며 더 나아가 유토피아의 공간이다. 그곳을 알아도 영원히 그곳을 가지 못하는 것이 이 현실 세계의 인식이다.

바다 위에서 눈은
부드럽게 죽는다.

죽음을 덮으려
눈은 내리지만

눈은 다시
부드럽게 죽는다.

부드럽게 감겨 있는
눈시울의 바다.

얼굴 위에 쌓인
눈의 무게는
보지 못하지만

그의 내면에는

눈이 내리고 있다.

—허만하, 「데드마스크」

허만하의 시 「데드마스크」는 바다의 원형적 이미지를 담고 있다. '눈'에게 '바다'는 '죽음'의 공간이다. 하지만 그 죽음의 공간은 공포와 두려움의 공간이기보다는 부드러움을 간직한 공간이다. 왜냐하면 눈은 바다라는 공간 안에 들어와 부드럽게 죽기 때문이다. 이로써 바다는 여러 의미를 함께 지니고 있다. 눈은 자기 존재의 소멸까지 덮어버리고 싶은 부정의 정신 속에서 바다의 포용적 세계와 만나 죽음이 부드러움으로 변용되는 감정적 전이를 느끼게 된다.

바다, 강, 호수, 물 등은 오래전부터 가장 포괄적이고 깊은 의미의 원형적 이미지를 가지고 있다. 바슐라르는 『공기와 꿈』에서 물을 "아름답고 성실한 죽음의 재료"라고 한다. 또한 물은 시간을 의미한다. 흘러가는 강을 보며 느끼는 영속성 혹은 삶의 무상을 느끼는 것은 이러한 예에 속한다. 물은 또한 재생(再生)의 상징이다. 물로 세례를 받는 기독교 의식 속에서도 그 예를 찾아볼 수 있다. 기독교도들은 믿음의 백성들을 물고기로 상징하고, 고기잡는 어부를 통해 신자들의 선민의식을 의미화한다. 물은 또한 죽음을 의미한다. 바다라는 공간 속에서 삶의 터전을 이루고 산 어부들의 이야기 속에는 항상 바다라는 공포와 외경심을 가지고 있다. 즉 바다는 할아버지와 아버지를 빼앗아간 곳이기도 하며 자신 또한 바다로 돌아갈 수 있는 가능성이 언제나 존재하는 곳이다.

물, 바다가 죽음의 이미지인 반면, 허만하의 시에서는 포용의 원형을 가지고 있다. 포용은 어머니로 대변되는 모성적 세계관이며 생명의 성소이다. 즉 물은 창조의 신비, 탄생, 죽음, 소생, 정화, 속죄, 풍요의 원형적 이미지를 가지고 있다. 물 혹은 바다는 모성적 세계로서의 어머니, 죽음과 재생, 무한성, 영혼의 원형적 이미지를 복합적으로 가지고 있는 신화적 공간이다.

현대시의 새로운 징후와 담론의 가능성

1.

시는 늘 예기치 않은 방식으로 온다. 무의식적으로 다가와 내면화되었다가 다시 목구멍 밖으로 토해내는 이 목소리들은 늘 무정형이다. 들뢰즈식으로 말하면 '애벌레 주체'들의 목소리는 무의식 속에서 우리들도 모르는 사이에 시인의 목소리를 빌려온다. 아직 이성적으로 객관화되지 않은 목소리들이, 윤리적이지 않은 날 것의 목소리들이 신기(神氣)의 목소리를 타고 뱉었다 들이켰다를 쉬지 않고 반복한다. 애벌레들의 목소리는 잘 들리지 않는다. 하지만 쉬지 않고 뱉어내는 애벌레들의 소리는 이 땅의 풍경을 만들어낸다. 시인은 무당이 아니던가. 애벌레들의 목소리는 주술사의 구음과 같다. 정체를 알 수 없으나 그 소리엔 신탁이 있으며 예언이 있다. 그 소리엔 치유의 부드러움이 있으며 상처를 소환하여 멀리 떠나보내려는 씻김이 있다. 때론 마녀의 목소리가 출몰하며, 때론 그로테스크한 환영의 그림자가 출몰한다.

그런 의미에서 시의 징후는 늘 예기치 않게 온다. 시의 언어가 늘 먼저였으며, 그 목소리를 재단하고 목소리의 특성을 살피는 일은 늘 뒤에 온다. 징후를 살피는 일은 지금 우리의 현재를 살피는 일이며, 지금 현재를 통해 시가 지나가는 존재의 자리를 다시 되짚어보는 일이다. 그러므로 때론 예언적 목소리들이 징후의 그물망에 걸리기도 하고, 때론 그물망에 걸리지 않고 스스로 침묵의 길로 걸어가기도 한다. 징후는 늘 사회적 현상, 역사적 흐름, 현대인의 보편적 특성 등과 함께 재단된다. 시의 목소리는 새로운 개념어를 통해 이리저리 분절되고 재단되어 이러저러한 틀 속에 넣어진다. 그동안 미래, 정치, 윤리, 미성년, 서정과 극서정, 반미학, 환상 등의 개념으로 주체의 표본을 만들고 시의 목소리는 새로운 발성이나 음색으로 표본화되어 전시되었다. 시의 화자는 늘 세계와 화해를 꿈꾸는 이상(理想)으로 간주되어, '차이'나 '불화'와 같은 다소 불편한 개념어로 자주 뭉뚱그려졌다.

애벌레들이 뱉어내는 무수히 많은 자아들의 목소리는 이구동성으로 중얼거린다. 우리는 화해의 파수꾼도 아니며 불화와 전복의 점령자도 아니라고. 우리는 단지 무의식적 영혼의 소리라고. 화해와 불화를 동시에 뱉어내는 벌레들의 소리라고.

하지만 우리는 이 소리를 모두 들을 수 있는 능력이 없다. 모든 소리가 명창이라고 말할 수 없는 것처럼, 이 목소리들 가운데 하나를 건져올려야 한다. 눈 밝은 선자(選者)들과 발견자들에 의해 소리 가운데 하나가 점지되어 새로운 목소리로 발견된다. 이 발견은 이미 징후된 것인지도 모른다. 문명과 사회는 급속도로 변화하며, 마찬가지로 우리의 생활도 급속도로 변화하고 있다. 그 변화에 발맞추어 시의 목소리도 발 빠르게 시대를 대변하리라고 믿었다. 물론 시는 시대를 대변한다. 하지만 시는 가장 넓은 범위의 기억들을 모두 떠안고 있는 기록물이다. 존재 이전과 존재 이후, 문명 생성 이전과 문명 파괴 이후의 시간까지 시는 기억하거나 예견하고 싶어한다. 우리는 늘 징후나 예감을 좋아하기에. 시대적 사명 속에 깃발든 시를 늘 발견하려고 한다. 역설적이게도 우리의 기쁨은 시의 언어와는 늘 상대적인 윤리의 언어를 가장 독실하게 그려내는 것일지도 모른다.

지겨워. 발을 차 넣자 그녀는 그것을, 그대로 꾸욱 삼켰다. 동그란 눈에서 눈물이 찔끔, 발소리를 냈다. 하루 종일 짧아진 발목으로 기어 다니던 나. 오늘은 그녀의 목구멍에서 내가 차 넣은 발을 찾았다. 깨끗이 닦아 낸 나의 구두를 그제야 입 밖으로 밀어 올리며, 사랑해요. 많은 날 동안 소화불량에 시달리던 벌레, 그녀

배 속을 열어 보니 오래전 내가 씹다 뱉은 말들이 들어 있었다. 당신이 그랬다고요, 내게. 가로줄무늬가 길게 늘어진 그녀의 배가

동그랗게 출렁였다. 하지만 나는 그녀보다는 고통에 소리치는 동물들을 더 사랑했고, 헤어져. 시한부 선고를 받은 그녀. 뇌 속에는 이미 벌레가 가득했다. 그건 모두 둥글둥글 그녀를 닮아 꾸물거렸고 찔러도 움직이지 않았다

사랑해. 그녀가 사라진 곳에서 천천히 그녀의 남은 영양분을 모두 빨아먹고 나오는 나. 어느 날은 새까맣고 날카로운 눈빛의 내가 죽은 그녀 주변에서 무수히 많은 날갯짓을 하며 날고 있었다. 벌레들. 털어 내도 계속 벌레가 꼬였다. 당신을 사랑했었다고요. 벌레처럼. 그녀들이 벌레처럼, 벌레처럼 속삭였다.

—조혜은, 「벌레—그녀」 전문

조혜은의 시는 애벌레들의 자아가 여러 겹을 통해 발화된다. 이미 많은 시를 통해 이성적 자아와 자폐적인 자아를 중첩시킴으로써 개인의 내면을 여러 색깔의 스펙트럼으로 보여준 조혜은에게 벌레의 말은 진실의 말과도 통한다. 진실은 가능한 말이며, 경험적으로 가장 절박한 말이기도 하다. 그녀의 내면은 "나"와 "그녀"의 목소리가 서로 혼용되며 벌레의 정체성을 서로 나누어 가진다. 시의 화자는 그녀에게 "발을 차 넣는" 존재이며, 그녀는 그것을 "그대로 꾸욱 삼키"는 존재이다. 시의 화자는 시적 대상인 "그녀"와 피학과 자학을 나누는 존재이며, "그녀"는 고딕체의 독백으로 화답한다. "지겨워", "당신이 그랬다고요, 내게", "헤어져", "당신을 사랑했었다고요, 벌레처럼"과 같은 고백과 내면으

로 소통하는 말들은 그러한 점을 잘 직시해준다. 하지만 이 가학과 피학의 관계는 서로 다른 몸이 아니며 한 몸이다. 그녀의 목구멍에서 "내가 차 넣은 발을 찾았"기 때문이다. 구두를 밀어올리며 그녀는 "사랑한다"는 말을 내뱉는다. 그리고 그녀는 "벌레"로 형상화되어 있다. 벌레로 가득찬 그녀의 몸엔 "내가 씹다 뱉은 말들이 들어 있었다". 시의 화자가 뱉어낸 말들은 그녀의 몸속에서 벌레로 변이(變移)된 것은 아닌가. 결국 시의 화자는 "그녀의 남은 영양분을 모두 빨아먹"는다. 그리곤 "그녀 주변에서 무수히 많은 날갯짓을 하며" 날고 있다. 벌레는 쉬지 않고 그녀의 주변을 날아다니며 에워싸고 있다.

조혜은이 벌레를 통해 본 현실은 벌레와 싸우고 있는 시적 자아의 분투로 점철되어 있다. 시의 화자와 그녀가 서로 분리되어 있지만 한 몸이며, 내면의 일과 바깥의 일 또한 허물어진 경계를 보여준다. 이러한 환(幻)의 공간은 실체를 가지지 않으나, 실체와 같은 극사실의 경험을 우리에게 준다. 시의 화자는 뼈저리게 내면의 일을 현실의 일로 감각화하고 있기 때문이다. 지겹고, 헤어지고, 사랑하는 일은 현실에서 모두 발생하는 일이지만 이 현실의 감정이 내면으로 습합(褶合)되면서 내면의 일로 다시 발화되고 있다. 이 작은 벌레의 말들은 고통스러운 현실의 말이며 가장 절박한 자아의 말이기도 하다.

2.

스펙트럼은 가시광선을 파장에 따라 배열한 것이다. 문학에서도 이 단어를 즐겨 사용한다. 다양한 파장의 스펙트럼이 존재하듯 문학, 혹은 시에서도 다양한 목소리들을 함께 관찰할 수 있어야 한다. 하지만 다양한 목소리에 귀 기울이고 있을까. 그저 수많은 시 속에서 선명한 색깔을 하나 건져 올려 특별한 것인 양 자찬한다. 혹은 비슷한 색깔들끼리 묶어 새로운 계열의 색을 발견했다고 자찬한다. 이러한 지점에서 담론이 발생한다. 늘 시는 담론보다 먼저였으며, 담론을 위한 시는 언제든지 즐비하다. 어떤 면에서는 시적 담론이 아니라, 철학의 신기술을 시에 대입하는 시도라고 볼 수 있다. 시단에서는 몇 년 동안 담론부재를 걱정하며 새로운 담론을 찾기에 급급했지만, 그 결과는 초라하기 그지없다. 이전 담론의 부채를 다 갚기도 전에 새로운 빚을 지고 있다. 시적 담론의 부재가 아니라 시를 재단할 철학의 부재일지도 모른다. 아니면, 시를 재단할 철학적 아이디어의 부재이다.

하지만 지금의 우리 시가 아주 극명하고 선명한 색을 내는 목소리만 즐비할까. 대부분의 많은 시들은 이 색도 아니고 저색도 아닌, 빨강도 아니고 파랑도 아닌 색을 가진 목소리들일 것이다. 무슨 색인지 규정할 수는 없지만 오묘하고 매력적인 색을 가진 목소리들이 대부분 아닐까. 하지만 많은 선자들은 가장 극단의 색깔만을 문학사에서 유용한 목소리라고 규정한다. 근대문학에서 어쩔 수 없이 재단했던 이분법적 프레임에서 우리는 아직도 갇혀 있다. 모던과 리얼, 전통과 전위, 농촌과 도시, 현실과 환상 사이의 수많은 스펙트럼을 가진 목소리들은 그저 이것도 저것도 아닌 회색 목소리로 둥둥 떠다닐 뿐이다.

하지만 여전히 늘 딜레마이다. 어떤 시를 평하는 것은 결국 어떤 목소리 하나를 끄집어내는 일이기 때문이다. 그러므로 시의 언어는 누군가에게 선택되자마자 어떤 성향과 색깔의 목소리로 규정되는 운명을 가지고 있다. 발화자의 의도와는 상관없이 붉은 띠를 맨 시인이 되기도 하고, 푸른 띠를 맨 시인이 되기도 한다. 그렇게 명명해줌으로써 시인의 말은 그 사명을 따라가야 한다는 무의식적 다짐을 받게 되는 것이다. 시인들이 내뱉는 목소리가 닿는 곳은 어디일까. 현실의 어디쯤일까. 지구의 반대편일까. 지구를 벗어나 우주의 어디쯤일까. 아니면 공간이 아니라 환상이 구성되는 미정형의 이미지일까. 그곳이 어디든 시인의 목소리는 바로 이곳 현실로부터 시작된다. 이곳 현실을 우화하거나 비유하거나 대상화하면서 때론 이국으로, 낯선 땅으로, 기억의 먼 곳으로, 우주와 환상이 기억하는 어떤 곳으로 목소리가 날아든다. 어떤 의미에선 현실이 없는 시는 없다. 지금 이 현실이 우리의 언어를 만들고 꿈꾸게 하므로. 또한 그런 의미에서 완벽히 현실을 반영하는 시도 없다고 할 수 있다. 그곳이 어디든, 이제 그 실존의 목소리를 따라 읽어 본다. 그들의 현실이 어떤 모습을 그리고 있는지 소요하며 긁적이며. 없는 징후를 만들거나 예감하면서.

엘프족을 닮은 여자가 있다

이름 모를 행성과 충돌하고

흩어진 가계를 수습하기 위해

가위 하나만 달랑 손에 쥐고

지구별로 야반도주한 여자

건조한 내 머리에 물을 뿌리며

숙련된 손길로 싹둑싹둑

한 달간의 근심을 가지 치는 여자

웃자란 생각들을 좌우로 보며

마침맞게 중심을 잡아 주는 여자

이따금 새순으로 피어난 꽃말들이

그믐처럼 그윽하게 입가에 스미는 여자

언젠가 여자는 나를 쓸어 담고

그녀가 왔던 행성으로 되돌아갈 것이다

레이스가 달린 은하수 돗자리를 깔고

흩어졌던 가족들을 불러 모아

내가 지금 잠시 무릎에 손을 얹고

그녀의 손길을 따뜻하게 받아들인 것처럼

머―언 작은 별 이야길 해줄 것이다

그녀는 지금 내 머리 위에

비행접시처럼 떠서 우주의 먼지들을

구석구석 헹구고 있다

―김산, 「은하 미용실」 전문

김산은 이곳의 현실을 화성이라고 한 적이 있다(「화성 관광 나이트」). 우리가 흔히 볼 수 있는 관광 나이트의 공간을 화성으로 비유하여 지구인의 숨겨진 욕망을 가감 없이 드러내었다. 화성을 불의 별로 지칭하며 욕망의 이합집산(離合集散)을 이루는 공간이 되는 것은 관광 나이트의 공간이 이곳의 현실과는 다른 욕망의 배설소이기 때문이다. 즉 관습적으로 살아가는 현실의 공간에서 가장 빨리 다른 공간으로 이동할 수 있는 곳이 관광 나이트이다. "가만히 누워 부울, 하고 부르면 온몸이 부르르 떨리면서 오장이 부글부글 끓어오르다 보면 어느새 당도하는 곳"이 바로 불의 별 화성이다. "정열적인 아낙들이 요술공주 밍키처럼 사자로 늑대로 변신하는 곳"은 화성에서만 가능하다.

현실의 공간을 우주의 일로 극화시키는 시적 재기(才氣)는 은하 미용실에서 극명하게 나타난다. 은하 미용실은 잘 쓰여진 서정의 구조를 띠고 있으면서, 그 내용의 변주를 통해 새로운 시로 읽히게 된다. 미용실의 여자는 엘프족으로, 미용실에서 머리를 자르는 일련의 행위는 우주에서의 경험을 수습하는 일로 치환된다. 시에서 은하 미용실의 여주인은 과거 삶의 고통과 역경을 "새순으로 피어난 꽃말들"로 이겨내는 희망의 엘프족으로 대상화되어 있다. 하지만 이런 점이 역설적이게도 현실을 더 고통스럽게 느끼게 한다. 은하 미용실의 그녀는 우주에서 온 여인이며 엘프의 요정이기 때문이다. 그녀가 꿈꾸는 일들은 "머—언 작은 별 이야기"이기 때문이다. 현실을 직시하는 것만이 현실을 극복하는 것이 아니라는 점을 위의 시를 통해 읽을 수 있다.

각자의 런던은 영국에 없다.

각자의 런던은 삼례에 있는 술집이다.

검정색 통유리에 빨간색 이층버스가 그려진

각자의 런던은 소읍에서 다소 파격적이다.

소읍만큼이나 사건사고가 없는 이곳,

옆 테이블에 앉은 커플과 멱살잡이가 없다.

화장실 거울에 붉게 떠도는 립스틱이 없다.

쟁반에 코를 박고 쓰러지는 대머리가 없다.

알코올로 빌어먹고 사는 각자의 런던,

엉덩이 밀고 끄는 의자들의 노동이 없다.

복제화를 진정 사랑하는 화이트칼라가 없다.

각자의 런던은 사장님이 일으킨 제국,

사장님은 제국을 쇠사슬로 묶고 자물쇠를 채운다.

각자의 런던은 각자의 대문을 닫은 나라,

퇴근길을 봉지에 담고 들어가는 가장이 없다.

이제는 어떠한 중독자도 없는 각자의 런던,

소읍에서 가장 세련된 디자인을 가졌던

현관이 굳게 잠겨버린 금단의 제국.

—백상웅, 「각자의 런던」 전문

백상웅이 말하는 삼례의 현실은 "각자의 런던"으로 변용되어 우리에게 남는다. 누구나 내면에는 런던이라는 조용하고 세련된 서구의 도시를 가지고 있지만, 시에서 "각자의 런던"은 술집이름

일 뿐이다. 시인이 바라본 것은 관습적으로 알려진 런던이 아니라 "현관이 굳게 잠겨버린 금단의 제국"으로서의 술집이다. 이 술집은 이미 멸망한 제국이기에 사건사고가 없는 공간이 된다. 즉 "옆 테이블에 앉은 커플과 멱살잡이", "화장실 거울에 붉게 떠도는 립스틱", "쟁반에 코를 박고 쓰러지는 대머리"가 없는 술집이 되어 버린 것이다. 중요한 점은 사연이 없음으로 해서 노동이 없다는 것이다. 사장님이 일으킨 제국이 없다는 것이다. 제국이 없으면 노동도 없고 노동이 없으면 "퇴근길을 봉지에 담고 들어가는 가장이 없다". 런던과 삼례는 공간적 심리적 거리의 문제이지만 그 이면에는 노동자와 노동을 관리하는 사장과 그것을 통해 살아가는 가족의 사유가 들어가 있다. 백상웅이 「도계」에서 말한 "여기에서 태어나고 여기에서 죽는" 공간이 서로 맞물리며 경계를 이루는 것처럼, 지명과 방언도 하나의 경계에 속한 것처럼, 한 술집과 마을과 이 땅의 모든 공동체는 이런 경계를 뛰어넘어 공통의 조건과 문제를 직시하고 있다.

3.

공간은 늘 이곳과 저곳의 경계를 구분한다. 바깥과 안의 경계, 시적 자아가 참여한 공간, 확인한 공간, 미지의 공간, 관념의 공간 등으로 구획되곤 한다. 시인은 이곳과 저곳의 경계를 오가며 경계의 무화를 향해 노력한다. 시간의 경험은 현실을 바라보는 시인에겐 더할 수 없이 막연하면서도 어쩔 수 없는 공간의 보고이다. 그 경험은 기억의 방법론으로 실체화된다. 먼 과거의 시간을 현재로 소환하면서 지금 현재의 자신을 바라보는 것이다. 유희경의 시에 드러나는 가족사나 시간과 계절에 대한 예민한 감각은 이런 경험에서 우러나온 것이다.

저녁이 되면 스스로 사막이 되는 방법을 연구한다 더 빨리 늙기 위해 천천히 걷고 뒤로 걷다, 갑자기 돌아서서 잊으려 했던 사람을 떠올리는, 조금 시큰한

지도는 조금씩 자라는 동물 같은 것이다 봉투를 뜯는 내 건조한 경력을 생각한다 아버지란 기호에선 캐치볼이 떠오르지만,

어느새 나와 아버지 사이 넓게 자리 잡은 이만 헥타르쯤의 운동장 이따금, 몰래 알약 반 개 같은 씨앗을 심지만 자라는 것은, 없다

방금 불어온 바람을 등지고 어리고 슬픈 내가 공을 주우러 뛰어간다 당신은 누구인가 이 글러브는 누구의 가죽이고 날아가는 것을 보면 왜 소리를 지르고 싶어지는가

계집애가, 오빠를 쫓다 울음을 빙그르르 돌리는 저녁이다 더는 돌릴 수 없을 때까지 숨을 참는, 어쩌면 생활의 무늬란 그런 것이지 꼭 다문 입술의 주름 같은 것

그러나 죽은 사람은 아무것도 날리지 않는다 단단하게 여물어 열리지 않는 길의 가슴을 열기 위해 새빨간 태양이 넘어간다 잡기 위해 전력 질주하는 법 따위는 지운 지 오래

─유희경, 「지워지는 地圖」 전문

지도는 어딘가를 가리켜주는 나침반의 역할을 하는 기호이다. 지도를 통해 전체를 보거나, 전체 속에 밀집되어 있는 세밀한 공간을 확인한다. 유희경의 지도는 기억의 지도이며, 혼적의 지도이다. 기억의 나침반은 아버지의 시간을 공유하는 공간으로 향한다. 시의 화자는 "더 빨리 늙기 위해 천천히 걷고 뒤로 걷는" 자이다. 더 빨리 늙고 싶다는 것은 잊으려 했던 사람이 있기 때문이다. 지도가 "조금씩 자라는 동물"과 같다는 생각은 아버지 때문에 생겨난 것이다. 아버지라는 기호가 자신의 시간을 무력하게 하고, 아버지의 실체로 들어가는 지도도 더 넓어지게 만든다. 아버지를 찾기 위해 펼쳐든 지도는 "이만 헥타르쯤의 운동장"이다. 그 운동장에서 아버지와 "캐치볼"을 하려면 그 넓은 운동장을 뛰어가야 하고, 숨을 참아야 하고, 전력 질주해야 한다. 시의 화자는 길을 잃어버린다. 시인의 기억술은 특별한 것이어서 아버지에게 가는 길의 지도는 더 넓어진다. 아버지라는 기호는 쉽게 해석되지 않는 암호와 같기 때문이다. 그만큼 넓어진 생각의 그늘이 시인의 시간을 에워싸고 있다.

거기에서는

죽은 자의 피부를 벗겨 가까운 사람들이 나눠 가진다더군
아끼는 책을 장정하고 이름을 새긴다더군

죽은 자는 책이 된다더군

아기가 태어나 글을 익히면
최근에 죽은 자의 피부로 감싼 책을 선물한다더군
그를 대부로 삼는다더군

거기에서는
몇권의 책을 장정하며 성인이 된다더군
결혼을 서약할 때는 책에 손을 얹고
여기 장엄한 생을 두고 맹세합니다, 말한다더군

때가 되면
가까운 사람들의 이름을 유언으로 남겨야 한다더군

거기에서
죽은 자는 몇권의 책이 된다더군
문자의 외투가 된다더군

늙어서 죽은 자는 지혜의 책이, 젊어서 죽은 자는
혁명의 책이 된다더군

아이가 죽으면 예언서가 된다더군

삶에 관한 의문이 드는 저녁에 쓰다듬는
한권의 생이 된다더군

—유병록, 「사자(死者)의 서(書)」 전문

 "아무래도 나는 빨강이 되어 가는 중"이라고 했던 유병록은
색깔을 통해 자신이 감각한 세계의 일면을 얘기했다(「빨강」). 위
의 시에서는 우리 현실 이후의 세계를 감각한다. 유병록은 죽은
자의 목소리를 기억하려고 한다. '사자의 서'는 지하세계를 안내
하는 안내서라고 할 수 있다. 우리는 죽음 이후의 세계에 대해
아무도 알 수 없다. 다만 경험하거나 실증할 수 없는 세계에 대해
감각하거나 확신할 뿐이다. 감각이나 확신의 방법은 여러 가지
가 있겠지만, 그 방법에 따라 종교적 믿음이 생긴다. 유병록이
감각하는 죽음 이후의 세계는 현실을 책으로 소통하는 자아가
출몰한다. 이 현실을 문자로 해독하고 이해하고 결국 자신이 책
으로 남는다는 것은 시인이 할 수 있는 자의식에 가깝다. 시에서
아기가 태어나 글을 읽히면 "가장 최근에 죽은 자의 피부로 감싼
책을" 선물받는다. 또한 성인이 되기 위해서는 "몇 권의 책을
장정"해야 하며 결혼을 서약할 때에도 책이 필요하다. 이뿐 아니
다. 책은 "죽은 자의 음성"을 들을 수 있는 창구역할을 하기도
한다. 죽은 자와 연결할 수 있는 책. 이 책은 죽은 자가 몸으로
남기는 가장 완벽한 유품이 된다. 이 유품은 "늙어서 죽은 자는

지혜의 책"으로 "젊어서 죽은 자는/혁명의 책"으로 "아이가 죽으면 예언서"로 각각 남겨져 인간의 유산이 된다. 살아남은 자들과 죽은 자들이 서로 교통하는 매개물로서의 책. 그 책은 죽음을 경험한 한 개인의 실존에서부터 출발하였지만, 우리 모두가 긍정하며 감각할 수 있는 죽음 이후의 세계이기도 한 것이다.

맥박이
잘 이어지지 않는다는
답장을 쓰다 말고

눅눅한 구들에
불을 넣는다

겨울이 아니어도
사람이 혼자 사는 집에는
밤이 이르고

덜 마른
느릅나무의 불길은
유난히 푸르다

그 불에 솥을 올려
물을 끓인다

내 이름을 불러주던
당신의 연음(延音) 같은 것들도

뚝뚝
뜯어넣는다

나무를 더 넣지 않아도
여전히 연하고 푸른 것들이
먼저 떠올랐다

—박준, 「당신의 연음(延音)」 전문

환후의 고백을 쓰며 구들에 불을 넣는 시인의 마음은 어떠한 것일까. 혼자라는 단독자의 시간을 그리움이라는 정서로 이렇듯 꽉 채울 수 있을까. 덜 마른 느릅나무나 솥에 올려진 물까지도 모두 그리움이라는 시인의 마음에 봉사하고 있다. 이런 먹먹한 시에 무슨 해설이 필요할까. 잊고 있었던 당신의 연음을 함께 되뇌며 나의 그리운 시간을 뜯어 넣으면 된다. 여전히 연하고 푸른 것들이 떠오를 때까지.

징후는 없다. 비바람과 폭풍과 지진의 징후는 있어도 시 언어의 징후는 없다. 다만, 시가 있을 뿐이며, 시 이후에 유포되는 소문이 있을 뿐이다.

숨어 있는 잠재성과 열린 가능성의 유희적 결말

한 편의 시는 숨어 있는 방식으로 다가온다. 시인의 준비와는 상관없다. 시도 때도 없이 들이닥치는 도둑과도 같다. 야심찬 기획과 웅혼한 필력도 찾아오지 않는 요지부동의 시 앞에서는 아무런 소용이 없다. 그렇게 태어난 시 한 편 한 편은 시인의 살이나 피와도 같다. 그러면 시집 한 권은 어떠한가. 시인은 시집에 실릴 시들을 어떻게 배치하고 어떻게 나누고 어떻게 조합할 것인지 오랫동안 고민을 할 것이다. 어떤 경우에는 시집에 넣을 시를 빼거나 넣기도 할 것이다. 시집 한 권에 들어가는 시들은 첫 시부터 마지막 시까지 모두 시인의 기획 하에 배치된 것들이다. 단순히 발표작 순이나 연대기 순으로 시를 배치하더라도 그것 또한 시인의 기획이다.

한 권의 시집을 둘러싼 여러 생각들 가운데 가장 큰 비중을 차지하는 것 중의 하나가 바로 그 다음 시집에 대한 예상치이다. 그 다음 시집이 더 좋을 것이다라든가, 그 다음 시집이 더 기대가 된다는 말은 시인에게 축복의 말이면서도 부담의 말이다. 그 다음 시집엔 무엇을 쓸지 걱정된다라든가, 그 다음 시집은 주목받지 못할 것이다는 말은 시인에게 불필요한 말이면서도 쓸 데 없는 걱정의 말이다. 이러한 예상이 모두 들어맞는 것은 아니다. 대개의 경우 이러한 예상과는 달리 그 다음 시집이 출간된다. 그러므로 시집을 둘러싼 여러 가능성과 잠재성에 대해 이러쿵저러쿵 얘기하는 것이 시인에게 어떠한 도움이 되리라는 생각은 없다. 다만, 이러한 말들이 시인의 다음 시집을 열렬히 기대하는 응원으로 읽혀지기를 바랄 뿐이다.

　유협의 『문심조룡』은 언제든 다시 읽어도 다른 맥락으로 읽혀진다. 제27장 체성(體性)편을 보면 이상적인 작품의 풍격을 설명하는 풍격론(風格論)이 등장한다. 첫째 전아(典雅), 둘째 원오(遠奧), 셋째 정약(精約), 넷째 현부(顯附), 다섯째 번욕(繁縟), 여섯째 장려(壯麗), 일곱째 신기(新奇), 여덟째 경미(輕靡)이다. 전아는 경서의 정신에 바탕을 둔 것으로서 유가들의 저작과 동일한 정신을 지향한 것이다. 원오는 문채를 밖으로 드러내지 않으면서도 문장에 법도가 있음을 가리키는 것이다. 정약은 자구(字句)를 절약하고 분석을 치밀하게 한 것이다. 현부는 문장의 의미가 명확하여 뜻이 잘 통하는 것으로서 인정과 도리에 맞게 말함으로써 사람들을 납득시킨 것이다. 번욕은 비유가 많고 문채가 풍부한 것을 가리키는 것으로서 마치 나무의 가지와 잎이 무성하여 생기가 발랄한 것과 같은 것이다. 장려는 작품이 주장하는 바가 탁월하고 작품의 규모가 웅대하며 문채가 특출한 경우이다. 신기는 낡은 요소를 제거해 버리고 혁신적인 새로움을 추구한 것으로서 위험하고도 괴이한 길로 빠지는 것을 면하기 어려운 경우이다. 경미는 언어적 수식은 화려하나 유약하며 힘과 기세가 모자라서 가벼우면서도 용속한 경우이다.[1)]

우리는 시집의 개별적인 미학에 대해 여러 가지 준거틀을 놓고 작품의 미학을 타진하게 된다. 유협의 풍격론으로 볼 때 전통적인 가치를 잘 따르는 것과 개별적인 수사의 세련됨, 주제의 명확성, 작품 세계의 철학적 깊이, 새로운 스타일과 경향 등으로 풍격의 모범 사례를 이해할 수 있다. 이러한 부분들 중에서 어떤 부분들에 방점을 찍어야 의미 있는 시집이 될 수 있는지를 우리는 판단하게 된다.

특히 첫 시집은 시인에게 앞으로 투사해야 할 시적 방향성을 제시해주는 데 아주 중요한 역할을 한다. 가장 전통적인 세계의 극단과 가장 실험적인 세계의 극단 사이에서 나는 어떠한 위치를 점유하고 있을까. 양 극단 사이의 수많은 지점들 속에서 다른 시인들과의 변별점을 찾아 자신의 위치를 각인하고, 그 위치 속에서 어떤 스타일과 방법론, 수사학으로 나의 개성을 드러낼까를 골몰한다. 또한 그 지점에서 다음 세계로 이동하기 위한 변곡

---

1) 유협, 김관웅·김정은 역, 『문심조룡』, 올재, 164~165쪽; 유협, 김민나 역, 『문심조룡』, 살림, 292~293쪽 참조.

점으로 어떤 개별적 조건들을 수락하거나 버릴 것인지를 스스로 타진하게 된다.

대개 첫 시집은 여러 성격의 시들이 혼합되기 마련이다. 등단 이전의 풋풋하고 치기 어린 작품 세계에서부터 가장 최근의 시에 이르기까지 여러 과정을 한꺼번에 담기 마련이다. 등단 이후에는 등단 이전에 비해 새로운 시적 패턴과 방향성을 갖고 작품을 쓴다. 등단 이전에는 대개 자신의 세계를 구축하기 위해 시를 쓰기보다는 등단이라는 제도를 통과하기 위해 시를 쓰게 마련이다. 그렇기 때문에 등단 이전과 이후의 시는 전혀 다른 성격의 시가 될 가능성이 많다. 평자들은 첫 시집에 담겨 있는 많은 성격의 시편들 중에서 다음 시집으로 이행할 수 있는 가능성의 시편들을 찾아 주목하게 되고 이러한 주목은 시인의 시적 방향성에 큰 자극을 준다.

하지만 요즘은 첫 시집에서부터 자신의 시적 세계관을 적극적으로 드러내는 기획된 시집이 많아졌다. 젊은 시인들의 대다수는 이미 자신이 앞으로 어떤 방향으로 나아갈 지 선언하는 시집을 선보이고 있다. 그렇기에 첫 시집이 갖는 아직 다 자라지 못한 풋풋한 야성의 가능성은 좀 줄어든 반면, 개성적이고 이채로운 세계를 이미 확보한 시집들이 많아졌다.

다시 『문심조룡』으로 넘어가 보자. 유협은 작품의 이상적인 스타일을 연출하기 위한 객관적인 요건으로 세 가지를 제시하고 있다. 문심조룡의 28장 풍골(風骨)을 보면 세 가지의 요건 풍(風), 기(氣), 골(骨)을 설명하고 있다. 풍은 사람을 감화시키는 본원적인 힘이며, 작가의 사상과 감정 및 기질에 대한 구체적인 표현이다. 풍을 잘 이해하는 작가는 감정을 분명하고 적절하게 표현할 수 있다. 기는 타고난 재기나 기질, 문장의 개성 등을 나타낸다. 골에 숙달된 작가는 언어의 선택을 적절하고 허술함이 없이 할 수 있다. 표현에 짜임새가 이루어지고 계통이 서면 작품의 골이 완성된다. 문골(文骨)을 충분히 단련한 작가는 언어의 선택을 정밀하고도 적절하게 할 수 있으며 문풍(文風)에 통달한 작가는 감정의 표현을 분명하게 할 수 있다.[2]

이러한 점을 종합해보면 풍은 작품의 이상적인 연출을 위한 객관적인 요건이며 기는 작품의 힘을 이루는 에너지나 재기이다. 골은 작품의 뼈대를 이루는 구조, 짜임새, 체계 등으로 말할 수 있다. 유협은 이것에 하나를 더했는데 그것은 채(采)이다. 채는 아름다운 깃털로 상징되는 문채라고도 할 수 있는데 이는 시의 수사라고 칭해도 무방하다. 이러한 요건은 어느 하나만으로는 이상적인 스타일을 마련할 수 없다. 화려한 수사가 풍부하다 하더라도 작품에 풍과 골이 살아 움직이지 않으면 화려한 수사도 빛을 잃고 운율의 아름다움도 무력해진다고 유협을 말하고 있다. 즉 풍과 골과 채는 모두 한 데 어우러져야 가장 이상적인 스타일이 나온다는 말이다.

이러한 말은 서구의 시학에서도 그대로 개진된다. 아리스토텔레스와 호라티우스의 시학을 계승한다고 일컬어지는 부알로는

---

2) 유협, 김관웅·김정은 역, 『문심조룡』, 올재, 168~169쪽; 유협, 김민나 역, 『문심조룡』, 살림, 296~299쪽 참조.

「시학」에서는 다음과 같이 말한다.

시인이 다루는 주제가 즐거움을 주든 숭고하든,
항상 그 양식은 운과 일치해야 하는 법.
이 양자는 서로 양립하지 않는 것으로 보이나 그렇지 않다.
운은 구속으로, 따를 수밖에 없다.
시인이 먼저 운을 잘 찾으려고 노력한다면,
운을 쉽게 찾는 데 익숙해진다.
운이 쉽게 이성의 굴레에 굴복하면,
이성에 방해되기는커녕 도움이 되고, 이성을 풍부하게 해준다.
그러나 시인이 이성을 무시하면, 이성이 반역을 일으키고,
이성을 되찾으려다, 의미가 이성을 뒤쫓아가는 꼴이 된다.
그러므로 이성을 사랑하라. 항상, 그대의 시는
오로지 이성으로, 그 영광과 대가를 구하라.
대부분 시인들은 무분별한 격정에 사로잡혀,
항상 정도를 벗어나 자기의 시상을 찾는다.
해괴한 시를 쓰면서 그게 다른 사람과 같은 시상이라고 생각하면,
자신의 명성이 깎인다고 스스로 생각한다.
이런 극단적인 생각들은 피하자. 이탈리아식으로
온갖 화려한 거짓의 번쩍이는 광기는 그만두자.
모든 것은 정도로 나아가야 한다. 그러나 거기에 이르기에는
길도 미끄럽고, 정도를 지키기도 쉽지 않다.
혹시라도 그 길에서 벗어나면, 곧 물에 빠져 버린다.

이성은 가야 할 오로지 한 길이다.[3]

부알로가 개진한 것처럼 시는 주제와 방법이 서로 마찰을 일으키면서 가장 궁극적인 긴장의 언어를 찾는 장르이다. 내용과 형식의 교묘한 섞임이 시에 있어서 얼마나 중요한 것인지를 알 수 있는 대목이다. 운과 이성의 조합에 대해 부알로는 말하고 있다. 즉 시의 형식에 있어서도 진술과 리듬 사이에서 너무 많이 방황할 때가 많다. 이렇게 시인은 시 속에서 자신이 나아가야 할 지점을 찾아 이리저리 골몰하고 집중한다. 부알로는 시 쓰기의 어려운 점에 대해 "어떤 시구가 너무나 약했다고, 강하게 만들고, 시가 길어지는 것을 피하면 의미가 명확해지지 않고, 수식이 너무 없으면, 시가 너무 적나라해진다. 땅 위에 나타나는 것이 두려워서, 구름 속으로 사라지는 꼴이다."[4]고 표현하고 있다.

유협과 부알로가 말한 이상적인 시의 요소들은 모두 하나의 이상적인 상징에 불과할 지도 모른다. 이러한 요소들을 모두 갖춘 완벽한 시는 이 세상에 없기 때문이다. 이 중에서 어떠한 하나의 매력만을 가진다해도 그 작품은 충분히 의미 있는 작품이 될 수 있기 때문이다. 이미지 하나만으로, 리듬 하나만으로, 철학적 진술만으로도, 상징과 비유의 수사만으로도 좋은 시는 얼마든지 있기 때문이다. 다만 시를 대표할 수 있는 매력적이고 의미

---

3) 부알로, 곽동준 역, 『부알로의 시학』, 동문선, 14~15쪽.
4) 위의 책, 16쪽.

있는 요소들이 다른 요소들과 어떻게 스며들고 조화되는지가 관건이 되는 것이다.

시인은 첫 시집을 낸 이후 고민하게 된다. 다음 시집에는 어떠한 세계를 담고 가야 할지. 다음 시집에는 어떤 방법론으로 시를 써야 긍정적인 평가를 받을지. 첫 시집의 어떤 부분을 확장하여 다음 시집으로 밀고 나가야 할지. 아니면 첫 시집의 세계를 그대로 이어받아 더 깊게 파고 들어가야 할지. 첫 시집과는 전혀 다른 세계를 보여주어야 할지. 주변의 말과 주변의 눈치와 주변 시인들의 시에 자꾸만 귀가 쫑긋해지게 마련이다. 첫 시집 이후의 세계에 대해 어떻게 쓰라는 말의 정답은 없다. 누구나 알고 있듯이 시는 모두 각각 다르게 생장하는 살아 있는 유기체에 가깝기 때문이다. 완성된 시가 없다는 역설은 완성된 시를 위해 매번 실패한다는 말로도 바꾸어 말할 수 있다. 그러므로 어떤 시인에게는 그 세계를 그대로 끈질기게 밀고 나가야 하는 경우가 있고, 어떤 시인에게는 전혀 다른 지점으로 이동해야 의미 있는 경우도 있다. 또 어떤 시인은 주제에 더 천착해야 하고, 어떤 시인은 방법에 더 집중해야 한다. 또 어떤 시인은 리듬에 집중하거나, 어떤 시인은 상징에 몰입하거나, 어떤 시인은 이미지를 밀고 나가야 한다. 그러므로 잠재성과 가능성이라는 말에 어울리는 일반적인 시의 방법은 아무 것도 없는 것이나 마찬가지이다.

이제 서윤후, 백은선 시인의 시집을 일별해 보자. 서윤후의 『어느 누구의 모든 동생』은 개별적 삶의 세목을 소년의 눈으로 포획한다. 소년의 감성으로 섬세하게 이 세상을 더듬는 시선이 특별하다. 비성년화자가 한때 화제가 된 적이 있다. 서윤후의 화자도 그 연장선상에서 살펴볼 수 있다. 하지만 어른들의 세계와 경계를 깨부수고 무화시키려는 악동의 화자와 서윤후는 조금 다르다. 그는 소년들밖에 살지 않는 소년공화국의 일원으로써 살아가는 화자이다. 즉 서윤후에게는 생물학적인 연령으로 존재하는 소년이 아니라, 늘 소년인 채로 살아가는 존재방식의 차원에서 시를 들여다봐야 한다.

서윤후의 시에 등장하는 소년이 바라보는 가족은 어떠한가. 가족공동체가 일구어낸 씨족사회의 정서적 교감과는 결이 다르다. 서윤후의 가족은 더불어 어우러지는 씨족사회가 아니다. 너와 나밖에 존재하지 않는 개별적 가족사회이다. 즉 엄마와 나, 동생과 나라는 개인적 관계망 속에서 이루어지는 관계들이다. 서윤후의 가정 구성원들은 기존의 관계망이 역전된 상황을 보여준다. 가령 "동생이 형처럼 엄마가 언니처럼/누나가 아이처럼 아빠가 유형처럼"(「가정」) 존재하는 형국이다. 우리의 전통적 관습이 규제한 역할을 탈각시키고 각자 가능하고 편안한 새로운 역할을 찾아 나선다. 그 뿌리에는 엄마와 동생과의 깊고 끈끈한 혈육적 관계의 신뢰가 뒷받침되어 있다. 서윤후에게 가족 구성원은 큰 부분으로 다가온다.

나와 동생은 무슨 색의 털실로 엉켜 있었는지, 다 하얗다고 믿는 동생은 일 년 내내 폭설이었다 다 검다고 믿는 나는 동생을 업고 긴 터널을 건넜다 우리는 단지 조금 다른 높낮이의 울음소리를 냈다

구별되는 슬픔이 있었다

—「퀘벡」 부분

나는 어느 누구의 모든 동생처럼
책상 밑에 숨는, 아직은 작고 연약해서
이불이 너무 커 밤새 이불 밖으로 나오지 못했다
창문 밖에 나를 데리러 올 사람이 있어
연못처럼 조용한 성격에
내일의 연필을 깎아 줄 수 있는 솜씨를 지닌
아무도 없는 방에서 손뼉 치고
여기야, 바로 여기에 있어
숨은 적 없이 숨어 있게 된 방 안
죽은 손목시계는 멋으로 차고
고장 난 태엽을 돌리며 나는 오랫동안
나를 맴돌았다

—「나의 연못」 부분

서윤후는 언젠가는 거쳐야 하는 세계를 그리고 있다. 시적 원체험의 공간은 가족 공동체이며 그곳에서 가장 내밀하게 감응하는 정서는 가족과의 관계이다. 가족과의 관계 속에서 섬세하게 자신의 감정을 하나씩 짚어나가는 서윤후의 감각적 세공술은 공감을 자아내기에 충분하다. "나와 동생은 무슨 색의 털실로 엉켜 있었는지"는 구체적 경험의 공유를 통해 서로 다른 마음의 결을 매만진다. "다 하얗다고 믿는 동생"과 "다 검다는 믿는 나"는 서로 다른 기억을 가지고 있지만 "나는 동생을 업고 긴 터널을 건"너면서 다른 기억은 서로 다른 슬픔일 뿐이라고 잠정적인 결말을 짓는다. 이 결말은 동생과 나 사이의 다름이 화해로 이행되는 과정을 응축적으로 보여주는 지점이다. 서윤후의 시에는 이러한 정서의 변이를 보여주는 내용 전개가 곳곳에 드러난다. 이것 또한 서윤후가 결국 거쳐야 하는 세계인 것이다.

첫 시집에서 거쳐야 할 유년적 체험의 공간을 서윤후는 어떻게 그렸을까. 그는 새로운 감각으로 표출하고 있다. 상처나 아픔으로 채색하지 않고 새롭게 체험한 감각으로 표현해내고 있다. "책상 밑에 숨는" "이불이 너무 커 밤새 이불 밖으로 나오지 못"하는 소년은 조용한 성격이었다. 조용한 성격의 이면에는 "숨은 적 없이 숨어 있게 된 방"이라는 공간적 요소가 함께 자리한다. 즉 숨어 있게 된 방은 시인의 정서를 지배하는 유년의 공간을 상징한다. 서윤후에게 유년의 기억을 불행으로 결론짓지 않게 하는 힘도 가족이다. 어쩌면 다른 자리에서 서윤후의 시는 치유의 가족서사라 칭해도 무방할 것이다.

*

해변에 버려진 것 중엔 내가 가장 쓸모 있었다
버려진 사람들이 잃은 것을 대신해 다시
버려진 사람을 줍는 세계에서
우리의 수도는 어느 쪽이었을까

한 뼘의 파라솔이 그늘을 짓고 우리는
통째로 두고 간 유실물로 남겨져
하나의 관광지를 이룬다

*

파도의 디저트가 되네 하나밖에 모르는 맛으로 사탕처럼 둥글게
앉아 녹아 가는 연인들
철썩이는 파도가 핥아 가네
발가락부터 녹으며 조금씩 둘레는 잃어 가는 사랑이여
사랑한다는 말을 남발하던 연인들이 전투적으로 질투하고 비로
소 세계는 달콤해지고 온화해지네

—「사탕과 해변의 맛」 부분

이쯤에서 서윤후는 가족 공동체의 시선이 타자의 공동체로
어떻게 확대되는지를 보여준다. 이러한 장면이 특별한 것은 개
별적인 감각적 체험으로 대상을 바라본다는 점에 있다. 사탕을
감각하는 맛과 해변을 이해하는 인식은 서로 맞물려 있다. 사탕
으로 상징되는 "둥글게 앉아 녹아 가는 연인들"은 해변에 앉아
이 세계를 들여다보는 시인의 시선과도 연결되어 있다. 시인은
해변의 버려진 것으로 표현되었지만 가장 쓸모 있는 존재이기도
하다. 가장 쓸모 있는 존재는 사랑한다는 말을 남발할 수 있으며
전투적으로 질투할 수도 있다. 버려진 것들이 할 수 있는 위대한
일들을 찾아 구체적 질감으로 드러내는 장면을 목격할 수 있다.

그렇기에 이 세계는 달콤해지고 온화해질 수 있다. 서윤후의 이러한 개별적 감각 체험이 어떤 방식으로 확산될지, 어떤 대상과 만나 새로운 의미를 생성해 줄지도 눈여겨볼 만하다.

서윤후가 공고하게 구축한 소년의 이미지를 앞으로 어떤 방식으로 변화시킬지가 주목해야 한다. "풀밭 위에서 햇빛을 먹으며 무럭무럭 자라"(「레오파드 소년들」)는 가늘고 희고 연약한 식물성의 소년들이 이 세계를 어떤 다른 방식으로 바라볼 지도 궁금하다. "욕조 속에서 물장구를 치"던 아이는 "욕조보다 넓은 강을 건너/학교를 가고 혼자서 바다에 갈 수 있게 된다/배와 요트 없이 건너기도"(「욕조 속의 아이들」) 할 만큼 커져 있다. 이 소년이 "나는 집에서도 가끔 나를 잃어버린"(「독거 청년」)다는 독거청년으로 성장한다. 독서하던 소년은 이 이유의 해답을 누구보다 명민하게 알고 있을 것이다.

백은선의 『가능세계』는 이 세계를 좀 다르게 해석해보고 싶다는 열망으로 가득 차 있다. 하지만 이성적이고 논리적으로 세계를 해석하고 재단하는 일은 시인의 일이 아니다. 시인은 "나는 모른다네"라고 고백하며 질문하는 자이다. 그것이 어려운 일임을 시인은 잘 안다. 이 세계의 많은 "당신은 나를 함부로 이해"하기 때문이다. 그렇기에 시인은 "갈겨 쓰네/갈겨 쓰고 있네/디근, 디근, 디근이라고"(「어려운 일들」) 소리친다. 갈겨 쓰는 이유는 세계를 다르게 보고 싶기 때문이다. 디근이라고 쓰는 이유는 이 세계를 다른 체계의 기호로 새롭게 명명하고 싶기 때문이다. 이러한 욕망은 「유리도시」에서 더욱 실감 있게 그려진다.

이제 세계를 말해볼까
그르렁대는 고양이의 리듬으로
엉성하게 엮인 직물의 모양으로

입술이 입술에 닿을 것 같다

담장 아래 두 다리가 있다

막 연주를 끝낸 피아니스트의
침묵에 가까운 숨소리

나는 나쁜 기억력을 소망한다

세계는 흐르는 창이다
바깥도 안도 아니다
외국어처럼
호의적인 눈물로 가득 차 있다

구급차의 일인용 침대처럼

빛 속에서
관절이 모두 녹아내리는 기분이다

침묵을 깨며 삐걱이는 철제의자처럼
시작부터 시작만을 반복하는 세계
엎질러진 소독약처럼

사이렌이 울려 퍼지는 거리에 서서

다시 직물의 형태로
다시 뜯겨진 귀의 청력으로

나는 나쁜 기억력을 소망한다

건반을 내려치기 직전
잠시 공중에 뜬 두 손

링거액이 천천히 몸속으로 사라진다

—「유리도시」 전문

백은선은 '유리도시'로 상징되는 세계를 다른 기억력으로 말
해보고 싶어 한다. 그 기억은 감각적 기억이다. 이 세계를 말하고
싶은 욕망보다 이 세계를 몸에 남겨두고 싶다는 욕망이다. 이
세계를 감각으로 이해하려는 태도가 바로 시를 쓰는 자들의 이
유일 것이다. 그 감각은 "그르렁대는 고양이의 리듬"이나 "엉성
하게 엮인 직물의 모양"이다. 또한 "막 연주를 끝낸 피아니스트

의/침묵에 가까운 숨소리"이다. 누구나 지나치는 그 기억을 소환하여 이 세계를 재조립하고 싶은 마음이 가득하다. 이러한 배경에는 "나는 나쁜 기억력을 소망한다"는 진술이 버티고 있다. 나쁜 기억력은 다른 기억력이다. 그렇기에 세계를 "외국어처럼/호의적인 눈물로 가득 차 있는" 것으로 이해할 수 있는 것이다.

백은선은 이러한 과정 전체를 유리도시로 상징하고 있다. 누구나 보일 수 있는 투명한 세계. 시인은 나쁜 기억력을 갖기 위해 "다시 직물의 형태로/다시 뜯긴 귀의 청력으로" 세계를 보고 듣는다. 시인은 이런 기억을 주입하는 장면을 놓치고 싶지 않다. "링거액이 천천히 몸속으로 사라지는" 장면을 투명하게 보여주고 싶다.

시인은 자신이 본 세계를 적극적으로 그려내고 싶어한다. "내가 본 미래 내가 본 검정 내가 본 세계의 창 고개 들어 두 눈을 보고 말해 피가 도는 육체의 살갗을 벗겨 다른 채도와 다른 명암"(「변성」)으로 보고 감각하고 말한다.

백은선은 첫 시집의 많은 시에서 개성적인 방법론을 보여주고 있다. 긴 시행의 틀 속에서 반복되는 시행과 중얼거림, 흐느낌과 같은 스타카토처럼 끊어지는 진술들이 가득하다. 확신의 문장과 확정의 진술을 만들지 않고 늘 질펀한 여지를 만드는 문장들로 채워져 있다. 긴 산문 대신 짧은 독백과 진술로 이루어져 있다. 이러한 방법론은 좀 더 면밀히 탐구가 이루어지리라 생각한다.

백은선이 가고자하는 미확정의 저 세계는 어디일까. 그 세계는 아무도 알 수 없는 곳이기에 더욱 매력이 있다. 백은선은 새로운 세계에 대한 도전, 알 수 없는 것들에 대한 물음, 구체적 현실로 환기해야 하는 당위성을 얘기하면서도, 애초에 그런 생각 같은 것은 없었다는 개성적인 시인의 태도가 의뭉스럽게 느껴진다. 이미 "시작과 끝은 맞물려 있다. 동시에 태어난다. 딱딱한 혀 딱딱한 얼음 딱딱한 세계./그러면 도래하는 영원./그러면 증발하는 영원."(「파충」)이라는 세계의 속말을 감각적으로 들었을지 모른다. "이게 끝이면 좋겠다 끝장났으면 좋겠다"(「가능세계」)는 백은선의 절망적 인식이 포즈가 아니라 실존의 진실로 다가오는 이유도 시인이 감지하는 섬세한 감각에 있다. 그녀는 「도움의 돌」이라는 고백적 시에서 "우리는 혼종에 대한 혼종, 일종의 갈망에 대해 말하려고 하는 것 같다. 아무도 그렇게 생각하지는 않겠지만 이것은 사라진 마을에 대한 복기이고, 그 마을의 나무 아래 있던 돌에 대한 나의 생각이다. 이것은 아무것도 아니다. 돌은 어디에나 있고 우리는 그것을 안다."고 했다. 이 불확정한 실존의 허기가 어떠한 말로 다시 이 세계를 표백할지 궁금해진다.

필자에게 남겨진 결론은 하나다. "네 맘대로 써라."이다. 가장 매혹된 것으로, 자신이 가장 좋아하는 말로 오래오래 쓰는 것밖에 다른 길은 없다. 또 다른 말은 없다. 부알로는 몇 백 년 전에 이미 시 쓰는 자의 외로움을 다음처럼 피력했다. 마지막으로 우리가 믿을 것은 아폴론의 약속이지만 그것도 장담 못한다고 생각하자.

시단에서도 초기의 그 고상함과 품위를 잊고,

이득을 쫓는 저속한 생각이 사람들의 마음을 오염시키고,
추한 거짓으로 모든 작품을 더럽혔다.
그리고 도처에서 수많은 쓸모없는 작품이나 쓰면서,
그런 글을 매매하고, 이득의 도구로 삼게 되었다.

그대들은 결코 이와 같은 비천한 짓을 하면서, 명예를 더럽히지
않도록 하라.
만일 오로지 황금의 물리칠 수 없는 매력에 마음이 끌린다면,
페르메스 강물이 흐르고 있는 이 아름다운 시의 나라를 떠나라.
이 강가에는 절대 재물이 살고 있지 않은 곳이다.
아무리 뛰어난 작가라도, 아무리 위대한 전사라도,
아폴론은 다만 명예의 이름과 월계관을 약속할 뿐이다.[5]

---

5) 부알로, 곽동준 역, 『부알로의 시학』, 동문선, 219쪽.

저녁나라의 미학자들과 현실적 꿈

: 『시운동』 동인의 재해석

1.

문학사는 시대적 상황과 이를 잘 형상화한 작품들과의 연속성을 드러내는 연구 작업이다. 특히 문학 동인과 동인지는 한국의 현대문학사에서 아주 특별한 위치를 점하고 있다. 1980년대 또한 예외는 아니다. 특히 『시운동』이 전개했던 새로운 시적 태도와 그 실천은 당시 비평적 담론의 중심에 있었던 '민중시'와 다른 지점에서 중요한 문학사적 사건으로 기록된다.

해방 이후 한국의 사회 현실은 급박하게 전개되어 왔다. 해방에 뒤이어 민족상잔의 비극이 벌어졌고, 4·19혁명과 10월 유신, 유신정권의 몰락, 산업사회의 발달이 뒤따랐다. 1980년대로 들어오면서 5·18 민주화 운동과 더불어 군부정권이 다시 들어섰다. 문학에서는 1960년대에 순수시와 참여시의 논쟁이 중요한 쟁점이었고 1970년대에는 산업화 시대의 인간 소외를 다룬 농촌시와 사회시가 대두되었다.

이러한 과정 속에서 1980년대 벽두에 일어난 5·18 광주의 비극적인 역사적 사건은 1980년대를 통어할 만한 공통의 과제가 발생하는 시발점이 되었다. 어느 때보다 민중적 요구가 문학의 전면에 드러났으며 문학의 소비자였던 민중 스스로가 창조적 주체가 되었다. 또한 상대적인 진영에서는 장르 해체, 집단 창작, 해체시 등의 다양한 문학적 방법론이 시도되기도 하였다. 시의 사회적 기능이 강조된 당시의 사회적 상황은 '민중시'를 1980년대를 대별하는 문학 담론으로 공고히 만들어 나가는 토대가 되었다.

1980년대 후반은 88년 올림픽 이후 노골적으로 드러난 물신주의적 소비사회의 다양한 현상들이 시의 영역에 확산되었다. 이로 인해 '도시시'가 모더니즘 지향의 젊은 시인들에 의해 확산되었다. 1980년대에는 젊은 시인들의 왕성한 시집 발간과 다양한 개성이 표출된 시기였다. 이는 크게 이성복에서 기형도로 이어지는 새로운 감각의 시들과 김정환에서 백무산으로 이어지는 사회참여 지향의 시들이 서로 대별되거나 섞이면서 다양한 스펙트럼의 시들이 제출된 것이다.

이 시기에 두드러진 특징 중의 하나는 문학 활동의 새로운 양상이다. 1970년대는 『창작과비평』과 『문학과지성』의 두 계간지와 그 계간지가 표방한 문학적 태도에 의하여 이분되던 시기였다. 그런데 이들 양대 계간지가 폐간되면서 1980년대에는 새로운 양상을 띠며 문학 활동이 전개되었다. 매체를 잃어버린 젊은 시인들은 무크지 형식을 통해 새로운 태도와 지향을 가진 담론을 생산해 냈다. 기존의 잡지가 가지고 있는 엄정성에 대해 저항하는 측면도 있으나 구조적인 문학적 토대가 무크지로 갈 수 밖에 없는 조건들이 만들어진 것이다. 무크지나 동인지를 통해 자신의 목소리를 자유롭게 낼 수 있었던 것은 오히려 새로운 문학적 태도와 실천을 가능케 하는 촉매로 작용하였다. 「삶의문학」, 「시와경제」, 「시힘」, 「오월시」, 「분단시대」, 「노동해방문학」 등은 현실 사회에 대한 관심과 민중적 지향을 추구한 동인들이었다.

이와는 상대적으로 민중지향의 당대 주류적 시적 흐름에서 새로운 양식과 지향을 가진 문학 그룹들이 활동하는데 좋은 토대가 되었다. 개인의 자유와 내면이 거세되고 함구되는 사회에서 젊은 시인들은 다양한 형태로 자신의 문학적 태도를 당당하게 드러내었다. 그 중심에 바로 『시운동』 동인이 있었다. 초기 『시운동』은 "시는 시다. 외형적으로 인간은 시가 없어도 얼마든지 잘 살 수 있다. 그 이상의 무엇이 요구될 때 시는 그 본래의 모습을 잃어버린다는 것을 우리는 똑똑히 목격했다"[1]는 시의 무용성에 많은 비판을 받기도 했다. 즉 "『시운동』을 향한 당대

---

1) 서문, 『꿈꾸는 시인』, 월인재, 2쪽.

평단의 비판적인 시선의 초점은 이들의 문학이 현실로 확장되지 못한 채 자기성애적인 유아기의 퇴행적인 모습을 보인다는 데 있다"[2]는 것이다.

그럼에도 불구하고 일방향으로 흘러가는 당대의 문학적 흐름과 거리를 유지한 채 자신들만의 새로운 문학적 태도를 견지해 가는『시운동』의 지속적 활동은 많은 관심을 받았다. 즉 "'시의 무용성'을 주장하는『시운동』의 목소리는 '운동으로서의 문학'을 주장하는 입장에서 보자면 자신이 서 있는 문학의 존재 기반 자체를 부정하는 것이고, 역으로 시는 무용한 것이라는『시운동』의 주장은 담론에 의해 지워져버린 예술의 자리를 재위치 시키겠다는 의지의 표명인 것으로 정리"[3]할 수 있는 동력이 된 것이다.

이 지면에서는 1980년대에서부터 1990년대까지 펼쳐져 있는『시운동』의 활동 중에서 1980년대를 중심으로 이루어졌던 시운동 1집에서부터 10집까지를 대상으로 삼았다.

2.

시운동은 1980년 경희대 국문과에 재학 중이던 하재봉, 안재찬, 박덕규에 의해 결성되었다. 1980년 12월에『시운동』1집을

---

2) 김예리, 「80년대『시운동』동인의 상상력과 감각의 언어」, 『한국현대문학연구』 41호, 45쪽.
3) 김예리, 「80년대 '무크 문학'의 언어 풍경과 문학의 윤리」, 『국어국문학』 169집, 212쪽.

출간한다.4) 『시운동』은 2집부터 갓 등단한 젊은 시인들과 연대하면서 본격적으로 새로운 목소리를 내기 시작한다. 먼저 『시운동』에 참여한 동인들의 면면을 자세하게 살펴보자.

1집 『詩운동』(한국문학사, 1980)

　　참여 동인: 하재봉, 박덕규, 안재찬

2집 『꿈꾸는 詩人』(月印齋, 1981)

　　참여 동인: 박덕규, 안재찬, 이병천, 하재봉, 한기찬

3집 『그리고 우리는 꿈꾸기 시작하였다』(청하, 1981)

　　참여 동인: 안재찬, 이병천, 하재봉, 한기찬, 남진우, 박덕규

4집 『그 저녁나라로』(月印齋, 1982)

　　참여 동인: 이륭, 이문재, 이병천, 하재봉, 남진우, 박덕규, 안재찬

5집 『시운동 5』(청하, 1982)

　　참여 동인: 이륭, 안재찬, 박덕규, 남진우, 하재봉, 이문재

　　[번역시, 시론]: 월러시 스티븐즈, 옥타비오 빠스, 프랑시스 퐁즈, 잉게보르크 바하만

6집 『시운동』(청하, 1984)

　　참여 동인: 하재봉, 안재찬, 박덕규, 남진우, 이륭, 이문재

7집 『새벽의 빛이 우리 앞에 있다』(청하, 1985)

---

4) "1980년대의 동인지문학을 총정리하는 『시운동』 10년 결산"이라는 레테르가 붙은 『시운동 시선집』(푸른숲, 1989)에는 책의 맨 뒷장에 간략히 '시운동소사(小史)'가 실려 있다. 그곳을 인용하면 다음과 같다. "『시운동』은 1980년 여름, 하재봉 안재찬 박덕규 등 세 사람이 모여 동인을 결성 같은해 12월 『시운동』 동인시집 1집을 상재한 이후 지금까지 11집 12권의 동인지를 발간하였고, 24명의 젊은 시인들이 총 659편의 신작시를 발표하였다."

참여 동인: 남진우, 박기영, 박덕규, 박상우, 이륭, 이문재, 장
정일, 정한용, 하재봉

[평론] 남진우, 정한용, 윤인선, 윤영선

8집 『언어공학 1-시집편』(한국문연, 1986)

참여 동인: 기형도, 김정숙, 남진우, 박기영, 박상우, 박주택,
이능표, 이문재, 장정일, 정한용, 하재봉, 한기찬, 황인숙

『언어공학 2-평론편』(한국문연, 1986)

참여 동인: 강영순, 서성록, 송제홍, 윤인선, 이남호, 이윤택,
정성일, 장정일, 정한용

9집 『오늘의 시인들 12』(한국문연, 1987)

참여 동인: 하재봉, 박덕규, 이문재, 황인숙, 박기영, 장정일,
정한용, 박상우, 박주택, 조원규, 백상열, 정화진

(평론) 정한용, 남진우

(번역) 이재형

10집 『조롱받는 시인들』(청하, 1987)

참여 동인: 황인숙, 한기찬, 하재봉, 조원규, 정화진, 정한용, 장
정일, 이문재, 박주택, 박상우, 박덕규, 박기영, 남진우, 권대웅

1집에서는 하재봉의 「안개와 불」외 12편, 박덕규의 「落下傘」
외 9편, 안재찬의 「뱀의 所聞」외 11편의 시가 실려 있다. 1집에서
는 서문이라든지 동인들의 문학적 지향점을 알 수 있는 다른
글은 실려 있지 않다. 세 명의 동인들의 시를 통해 이들의 문학적
특징을 확인할 수 있다.

공기의 끝에서 나는 떨었다.
바람에 힘의 이마를 묶고
날아가고 있는 것이 분명히 나인데도
공중에 뜬 채로 거듭 의심하였다.
이 事物이 아닌가, 事物일까.

내 門을 두드려, 內部 깊이 더듬어가는
손.

죽어있는 性
그래도 속은 따뜻해. 한없이 투명에 가까운
푸른 空間, 그곳은 「창세기」의 냄새로 가득하고
뱀들이 지나갈 균열의 틈도 없다.
그렇다. 나는 아직 태어나지 않았다.

진흙 속에서 여전히
눈뜨지 않은 눈 중의 하나를 내어민다.
世界는 나의 感覺. 가장 작은 움직임으로
저 흔들리는 빛의 섬유 사이로
삼투해간다, 새벽의 이 처음 時間.
다시 나를 두드려, 內部를 부수고.

오랜 기다림의 끝, 直立한 나무들 위에서

나는 공기의 一部

새로운 힘이 끊임없이 凝視의 눈을 키우는 하늘

불러들이면 나를 적시는 江

물은 물의 음성으로 그 옛날

마지막 홍수를 속삭여라

그러면 나는, 그렇다, 확신에 차서

內密의 유서깊은 골짜기로 굴러갔다.

—안재찬, 「돌의 世界」 전문

　안재찬의 시는 내면으로 향하는 안내서와 같다. 시인의 내면은 돌의 세계와 동일시되면서 이미지와 사유를 널쩍이 풀어 놓는다. 시에서의 사물은 관조를 통해 시인과 내통하는 것이 아니라 시인의 내면을 바라보기 위해 존재한다. "내 門을 두드려, 內部 깊이 더듬어가는/손"의 움직임을 시에서는 섬세하게 하나씩 짚어간다. 시인의 내면은 본질을 향한다. "푸른 空間"이며 "창세기의 냄새로 가득한" 곳이다. 이 세계는 나의 감각으로 움직이는 것이다. 내밀한 내면의 골짜기는 돌의 세계를 비추면서 서로 조응한다. 안재찬은 1983년까지 『시운동』에서 작품 활동을 한 후 시작활동을 중단한다. 이후 류시화라는 필명으로 인도를 오가며 번역과 명상에 관한 책을 집필하다가 시작 활동을 재개한다.

　2집에서는 이병천, 한기찬이 합류하여 5명의 동인이 활동하게 된다. 이병천은 1981년 『조선일보』 신춘문예에 당선하였고, 한

기찬은 1980년에 『현대문학』으로 등단한 시인이다. 2집에서는 『시운동』 동인의 목소리가 서문으로 실려 있다. 서문에서는 자신들의 문학적 지향점을 선언적으로 표출하고 있다.

> 어느 때보다도 사회학적 상상력의 요구를
> 무겁게 짐지우고 있는 오늘, 우리는
> 사회현실에 깊은 시선을 주고 시로써
> 보다 많은 사람들과 함께 호흡하려는 시인들의
> 힘겨운 노력에 경의를 표하지만
> 그들의 시도 이미 상투화되어 버린 듯하다.
> 안이한 정신의 유희와 감상적 사고에 빠져 있는
> 그런 모든 세계를 부정한다.
>
> (…중략…)
>
> 문학이, 시가, 현상적인 상태에 머물러서는 안 된다고
> 우리는 생각한다. 시가 낮은 땅 위로 내려와
> 일상적인 것 속에 함께 섞일 때 일단의 만족은 느낄 수 있어도
> 보다 중요한, 시의 예술성은 잃어버린다는 것을
> 우리는 믿는다.
>
> (…중략…)

시는 본질적으로 예술이고 언어의 예술이다.
무엇을 표현하든지 그것이 언어로써 효과적으로
형상화되어야 한다. 이 기본적인 명제가 지금은
너무나 잊혀져 있는 것을 우리는 안타깝게 생각한다.
시는 시다.
외형적으로 인간은 시가 없어도 얼마든지 잘 살 수 있다.
그 이상의 무엇이 요구될 때 시는 그 본래의 모습을
잃어버린다는 것을 우리는 똑똑히 목격했다.

—「서문」 중에서

2집의 서문에서 명확히 시운동 동인들의 문학적 태도를 확인할 수 있다. 이들의 문학적 태도는 순수한 문학의 본질을 탐구하고 싶다는 탐미주의의 자장에 걸쳐져 있다. 산업화 시대 속에서 인간의 이성이 효용가치로 전락되어버린 현실에서 "순수한 분노와 슬픔"을 느껴야 한다고 말한다. 당시 만개했던 사회학적 상상력의 문학적 성과에 대해서도 회의적으로 보는 시선이 느껴진다. 민중지향의 시들이 1980년대 전체를 견인하며 많은 부분 성과를 얻었지만 그 이면에 비슷한 시들이 양산되는 역효과를 낳기도 했다. 이를 불편하게 느꼈던 젊은 시인들은 자신들의 목소리를 내기 시작한 것이다. 시운동은 "안이한 정신의 유희와 감상적 사고에 빠져 있는" 것이 아니라 "나의 모든 것을 응시하고 정직하게 그것을 표현하는 데 있"다고 말한다. 그리고 시의 예술성을 그 무엇보다 강조하고 있다. 시는 언어를 매체로 하는 언어

예술임을 생각할 때 이들이 궁극적으로 가장 중요하게 생각하는
지점이 바로 '언어'라는 점이다. 언어로써 효과적으로 형상화되
는 방법론이 가장 예술적일 수 있다는 것이다.

    왜가리는 왜가리
    그가 선 채로 나를 겨냥했을 때
    나는 한 마리 왜가리 하늘은 푸른 하늘
    일순의 번갯불에 멎고 싶었다

    그러나 돌을 줍고 던지지 않고
    다시 등에 총을 꽂고 벌판 끝
    나는 그의 머리 위를 배회하였다
    하늘과 벌판이 맞닿는 곳에 가 쉬면서
    그의 뜨거우나 숨죽인 발자국 소리를
    기다려야 했다 왜가리

    그가 선 채로 나를 겨냥했을 때
    나는 그의 영역에 떠도는 과녁
    정맥 뛰는 정수리에도 나는
    그를 기다렸다 못박히고 싶어
    호흡을 멈추고 한 마리

    그는 돌을 줍고 던지지 않고

담배를 문다 그 매연의 바위와 숲과 자연

그가 찾는 황금의 새가 되기 위하여

나는 자연 속에 있지만

오오 아픈 날개여 팔

한때는 현란한 눈부시던 먹장구름

이젠 땅으로 내리는 길도 막힌 것 같아

구름과 구름이 맞닿는 그 곳으로

가없는 왜가리 구름을 뚫고 와

누군가 다시 한번 나를 겨냥한다면

멎으리 뛰는 정맥 정수리까지

오직 그대 사랑 못박히고 싶다

　　　　　　　　　—박덕규, 「아름다운 사냥」 전문

　박덕규의 아름다운 사냥은 자유로운 영혼의 내면이 드러나
있다. 왜가리를 보는 화자가 아니라 화자를 보는 왜가리의 시선
에서 새로운 상상력을 발견할 수 있다. "그가 선 채로 나를 겨냥
했을 때/나는 그의 영역에 떠도는 과녁"이며 "한 마리 왜가리"일
수 있는 것이다. 왜가리에게 자신의 정맥 정수리까지 맡기겠다
는 화자는 자유로운 영혼의 상상력을 극적으로 보여주고 있다.
사냥이라는 동물적인 살육의 현장을 아름다운 시각으로 새롭게
바라본다는 점에서 더욱 재미가 있는 시이다.
　시운동은 2집에서 「"높은 꿈"의 시학」이라는 선언을 한다. 한

페이지의 짧은 선언과도 같은 글의 요지는 크게 세 가지이다. 첫 번째는 "우리의 참여는 상상력"이라는 점이다. 스스로 하나의 큰 물줄기가 되지 못하고 강바닥의 낮은 돌투성이로 강바닥을 기어다니며 목말라 하는 시들을 경멸한다고 말한다. 두 번째는 "우리는 살아 있는 리듬을 창조"한다는 점이다. 자신들은 마치 이카루스와 같이 계속 살아 있고 싶기 때문에 '즐거움, 리듬, 날개'를 강조한다는 것이다. 세 번째로 "우리는 자유로운 심연들"이라는 점이다. 시운동 동인들은 억압을 거부하며 노예들이 아니고 자유로운 영혼이며 무서울 정도로 밝은 심연이라고 설파한다.

3집에서는 1981년 『동아일보』 신춘문예에 당선되었던 남진우가 동인으로 참여한다. 4집에서는 한기찬이 빠지고 이륭과 이문재가 동인으로 참여한다.

0

지금 그녀의 머리 속에는 자꾸만 노란 공들이 가득 쌓여 가는데 다행히 그녀는 아직도 그것이 감옥의 罪囚들임을 모르고 있다. 과연, 사과가 뉴톤 곁으로 떨어지듯 넷트를 향해 공은 落下하겠는가 과연, 사과가 인간에게 먹히도록 神은 적당한 높이에 열리게 했는가 그러나 경계선을 넘보며 ─ 약간의 평온을 되찾은 때는 치명적인 상처쯤은 벌써 잊었다는 듯 포만된 狂氣의 개처럼 노란색을 바탕으로 한 그 컴컴한 콧구멍을 연방 벌름거리며 죽은 고기의 냄새에 도취되어 갔다. 아마도 지금쯤 그의 性器에선 반투명 거울 같은 날개 하나가 돋으리라 ─ 노란 공은 잠시 숨을 멈췄다. 그리곤 이미 넷트

를 횡단한 자신의 모습을 상상해 보며 순간적인 행복감에 젖어들었
는데 곧 졸음이 밀려왔다. 그러자 불안을 느낀 순간, 머리가 위로
솟구쳤다.

—이륭, 「존재의 놀이 3」 부분

이륭의 시는 당시의 시단 분위기로 보았을 때 더욱 새롭게
다가온다. 이륭 시인은 후에 '이산하'라는 필명으로 제주 4.3을
다룬 장편서사시 「한라산」을 상재한다. 이런 점을 생각하면 위
의 시는 더욱 다른 성격으로 다가온다. 존재라는 성찰적이고 철
학적 대상을 놀이라는 유희의 언어로 살피는 것도 그러하고, 시
의 형식상 장광설의 전형을 보여주고 있다는 점이다. 다소 의도
적으로 생각할 수 있는 관념적, 사변적, 긴 문장의 형식적 특성은
새로운 시적 문법을 만들어가고 싶다는 시운동의 시적 지향점을
짐작할 수 있다.

5집에서는 이병천이 빠지고 이문재, 하재봉, 남진우, 박덕규,
안재찬, 이륭이 동인으로 참여한다. 5집부터는 새로운 동인지를
실험한다. 시를 발표했던 이전의 동인지에서 탈바꿈하여 '현대
세계시인들의 시와 시론'이라는 특집을 마련한다. 이 기획에는
월러스 스티븐즈의 「열시의 환멸」 외 6편의 시와 시론 「격언집」,
옥타비오 빠스의 「發砲」 외 5편의 시와 시론 「초현실주의」, 프랑
시스 퐁즈의 「나비」 외 9편의 시와 시론 「나의 창작 방법」, 잉게보
르크 바하만의 「友誼」 외 4편의 시와 시론 「음악과 시」를 게재한
다. 이 특집을 통해 시 발표 중심의 동인지에서 외국시의 번역과

소개라는 새로운 임무를 동인지를 통해 실현한다. 이는 당대 젊은 문인들이 목말라 했던 발표지면에 대한 갈망이 동인지의 형태로 드러났다는 진단을 넘어서서 새로운 모색과 담론을 생산하겠다는 다짐으로 읽혀진다. 세계 시인들의 시와 시론은 영어권과 스페인어권 불어권 독어권을 배분하여 기획하였고 이일환, 민용태, 박동찬, 한기찬 등의 필자들이 직접 번역하여 게재하였다.

물거품 속에서 태어나
빛과 바람과 사귀며 나는 조금씩
떠오르기 시작했다 푸른 잎사귀 따라
춤추며 서늘한 그늘 속에 스며들었다
풀려나오며 내 투명한 손은 지금 막
피어나는 꽃봉오릴 붙잡는다

내 입맞춤에 떠는 물결 위로
달빛이 흐르고 그 위로 내 가벼운
옷자락도 떠 흐른다 아무도 찾지 않는데
나는 아름답고 내 아름다움으로
풀밭은 푸르게 물든다

새들의 둥지마다 찰랑거리는
별빛 유리 같은 잎사귀들 은밀히
아주 은밀히 물 위에 드리워진 나무 그림자를

밟고서 나는 거닌다
푸른 새 한 마리 날아와
내 어깨 위에 앉아 지저귀는

이 저녁
나는 부르리라 나와 더불어
춤출 이를 나무와 나무 그리고
무지개의 언덕 위로 둥글게 펼쳐진
하늘을 지나 숲의 정령들이
숨어 있는 메아리 속으로

—남진우, 「그 저녁나라로」 부분

　남진우의 시적 화자는 신화적 존재이다. 때로는 상징적 존재이다. '물거품' 속에서 태어난 화자는 인간들과 조우하지 않고 "빛과 바람과 사귀"거나 "푸른 잎사귀 따라 춤추며 서늘한 그늘 속에 스며"드는 존재이다. 이러한 존재가 사유하는 '저녁나라'는 어떤 나라일까. 잎사귀들이 가득하고 나무 그림자들이 드리워진 숲의 정경은 저녁나라가 꿈꾸는 유토피아의 공간처럼 보인다. 이러한 공간은 사물의 상징을 넘어 신화적 공간으로서의 역할도 하게 된다. 저녁의 시간에 시의 화자는 이 세계를 호명한다. "숲의 정령들이 숨어 있는 메아리 속으로" 스며들어 존재의 본질을 탐하는 외침이 나지막이 들려오는 것이다.
　7집에서는 새로운 시와 평론, 번역 등 다채로운 기획을 선보인다. 특히 1980년대 시를 조감하는 평론이 두 편 발표된다. 남진우는 「角의 시학: 80년대 민중시의 위상」이라는 평론을 발표한다. 이 평론은 황지우와 김정환의 시를 통해 민중시의 좌표와 전망에 대한 분석적 평론이다. 새로운 동인으로 참여하게 된 정한용은 「시의 대상: 상황과 역사인식」이라는 평론을 통해 하종오, 박영근의 시를 분석한다. 이 두 편의 평론은 당대의 시단을 조감하는 글이다. 또한 로트레아몽과 질베르 뒤랑의 글을 번역하였다. 번역에 로트레아몽은 불문학자 윤인선, 질베르 뒤랑은 불문학자 윤영선이 맡았다. 질베르 뒤랑의 상상력에 관한 글은 바슐라르 이후 현대 서구의 인식론이 어느 수준에 이르렀는지를 알 수 있는 기회이며, 로트레아몽은 우리 사회 속에서 시인의 위치, 진정한 시인의 반항과 혁명적 가치가 무엇인지에 대한 중요한 언급과 통찰을 담고 있다고 말한다.

더불어 그동안 『시운동』의 방향성과 성과에 대해 나름의 진단을 내놓는다. 『시운동』은 한국시의 지평의 확대와 한국어의 새로운 가능성을 탐구해 왔다는 진단을 한다. 젊은 미학주의자들에 의해 당시 시단으로서는 파격에 가까운 새로운 시가 제출되었고 이들은 외국의 시들과 직간접적으로 교유하고 회통하면서 자신들만의 공고한 문학적 성과를 내기 시작하였다. 또한 시운동의 문학 활동에 대해 질타하고 불신하는 평자들과 시인들 또한 생겨났다. 시운동 스스로는 세간의 반응에 대해 다음과 같이 말한다.

『시운동』이 처음 세상에 선보였을 때, 사람들의 반응은 매우 어리

둥절하다는 것이었다. 이 어리둥절함에는 추측컨대 대략 두 가지의 이유가 있었던 것 같다.

첫째는 동인들의 시세계가 기존의 한국시에 비해볼 때 너무 새롭고 이질적이라는 점에서였다. 그리고 둘째는 이 새로움이 당시의 '그리고 현재의' 정치, 사회 상황과 구체적으로 연관을 맺을 수 없다는 점이다.

시운동의 문학적 결과물들은 당시 시대 상황을 생각해볼 때 현실도피적이거나 다소 낭만적인 유희로 비춰질 수 있다. 시운동은 자신들을 비판하는 평자들의 비논리성과 무모함과 당대에 큰 흐름을 타고 있었던 작품들의 상투성과 천박함에 대해 비판하지 않겠다는 말로 선을 긋는다. 그 이유는 그러한 논쟁 아닌 논쟁은 한국문학의 현실과 장래에 아무런 도움도 되지 않는다는 점에서였다. 또한 "이렇게 되면 문학은 한 시대의 구원의 등불이기를 그치고, 시류에 쉽게 재빨리 영합하는 자들과 그렇지 못한 자들이 주도권을 놓고 다투는 전쟁터가 되어 버린다. 어느 편이 하나의 깃발 아래 더 많은, 그리고 목청 높은 병사들을 동원할 수 있는가에 따라 승패가 결정된다"고 얘기하고 있다.

또한 시운동은 "문학이 현실 밖으로 도피해서는 안 되는 것처럼, 현실 속으로 도피해서도 안 된다고 본다"고 말한다. 이는 미숙한 작품이 정치적으로 사용되는 것에 대한 비판이며 시운동의 문학은 좀 더 다른 층위에서 이어지고 있다는 점을 강조한다. 그러므로 "문학적으로 옳은 것이 정치적으로도 옳다"라는 말은

『시운동』을 말하는 레테르 중에 가장 핵심적인 말이다.

8집 『언어공학』에서는 두 권의 동인지를 출간한다. 첫 번째 권은 시집편이고 두 번째 권은 평론편이다. 8집에서는 기형도, 김정숙, 남진우, 박기영, 박상우, 박주택, 이능표, 이문재, 장정일, 정한용, 하재봉, 한기찬, 황인숙이 참여한다. 평론에서는 '80년대 시의 방법적 모색과 특징 분석'이라는 특집을 마련하였다. 이남호의 「도시적 삶의 시적 수용」, 송재홍의 「시적 형식의 파괴와 다양성의 한 국면」, 정한용의 「노동시 연구」를 게재하였다. 박기영과 장정일의 공동시집 『성·아침』을 이윤택이 서평하였고 장정일의 희곡 「母子」도 발표하였다. 윤인선 번역의 로트레아몽의 「말도로르의 노래」, 강영순 번역의 가스통 바슐라르의 「시적 이미지와 울림」, 서성록 번역의 위르겐 하버마스의 「모더니티」, 정성일 번역의 다니엘 다이얀의 「영화와 정신분석」을 게재한다. 8집에서는 다채로운 기획과 평론, 번역을 통해 동인지를 뛰어넘어 기존의 잡지와도 다를 바 없는 편집력을 보여준다.

社告─독자의 성원에 따라 전시회를 9월 8일까지
연 장 합 니 다

조간이 배달되는 아침 여섯시 오십분
칼레의 시민 하나가 문을 노크한다
그의 표정은 진지하다 이씨나 박씨의 표정이 아닌
마치 꿈의 저편에서 죽음을 건너온 사람처럼

그러나 어딘가 모자라는 듯 얼굴을 찡그리고
구두도 벗지 않고 방안으로 들어선다
나의 눈꼽 낀 눈을 망연히 바라보고 서 있는 저
칼날의 시선 칼레의 시민이여
당신은 시민인가 시인인가 신인가 잠을 깨우고도
당당하게 어깨를 적당히 구부리고
콧날을 세우고 목판상자를 튼튼히 붙잡고 장터로 나서는
당신은 우리들의 시민이 될 수 있는가
나는 다시 사내를 내쫓고 문을 잠근다
꿈이 어수선하고 아침잠이 잠들지 못한다
오늘은 일요일 아침식사로 감자 두개 준비할 것
온몸의 뼈가 삭아내리고
다시
노크소리가 들린다

　　　　　　　　　　　　　　—정한용, 「칼레의 시민들」 전문

　정한용의 시는 현실의 시공간을 역사적 사실과 혼용하며 지금
의 현실을 은유하고 있다. 누군가는 희생되어야 하는 운명적 순
간 앞에서 용기를 내는 것은 쉬운 일이 아니다. 하지만 우리의
일상은 이러한 용기의 지속과 다름없다. 어쩌면 방문을 열고 들
어온 칼레의 시민은 한낱 환상에 지나지 않을지도 모른다. 어수
선한 꿈으로 치부하여 오늘을 버텨내면 되는 일이다. 그럼에도
불구하고 우리의 내면을 두드리는 노크 소리는 또다시 들린다.

우리 모두는 희생적 제의에 바쳐진 칼레의 시민이며 그 시민을
인지하는 또 다른 칼레의 시민인지도 모르는 일이다.

　　생명의 새벽, 나뭇잎은 떨어지고
　　잠든 지상 위로 빛이 解土한다.
　　꿈의 뒷켠에서 물을 받으며
　　출렁이던 안개가 풀밭 위에 잠든다.
　　구름을 타고 가면 태양이여, 네가 잎을 흔들었던
　　사랑으로 저 군중들의 목숨을 흔들어다오.
　　몇 수 바퀴 돌다가 東으로 가는 새의 부리를 닦아다오.
　　손바닥에 고이는 태양을 받아 쥐면
　　온통 질러 놓은 불이 되나니
　　후미진 곳에서 잠을 깨는 그대들이여
　　허물을 벗는 소나무 아래에서
　　뜨거운 빛으로 깨어나거라
　　뜨거운 빛으로 깨어나거라

　　셀 수 없이 많은 산소가 아가미를 통해
　　뿜어져 나오고 중천에 뜬 나는 그대들을 굽어 본다.
　　그렇다. 내가 태양을 따라 올라갔던 것처럼
　　그대들에게, 강인한 생명과 옷과 집과 먹을 것을 주겠다.
　　그대들의 썩은 껍질을 벗기며
　　새롭게 부화되기를 날마다 기도하겠다.

행복과 사랑이 그대들 가슴 깊이

철철철 흐르도록 그대들 슬픔의 기둥을 쳐부수어 버리겠다.

불의 힘으로 등 뒤에서 불을 주는 태양 속으로

더욱 깊고 튼튼하게 잠입하겠다.

말하노니 뜨거운 화산이 숨 쉬는 자연의 이법으로

그대들의 불꽃을 받아들이겠다.

그대들의 가슴에 돋는 지느러미를 세워주겠다.

—박주택, 「태양과 나」, 부분

　박주택은 태양과 정면으로 맞닥뜨리려는 시적 주체의 의지를 보여준다. 그러면서 "뜨거운 화살이 숨쉬는 자연의 이법"을 발견하려는 몸짓을 보인다. 그는 태양을 현실의 공간으로 받아들이면서 태양을 통해 다짐과 결기를 반복하며 끓어오르는 청춘의 내면을 폭발적으로 드러낸다. 태양은 우주의 본질을 주관하는 매개체로 기능한다. 태양이 지상에 전해주는 빛은 우리의 정서가 쉬는 '꿈의 뒷켠'을 비춘다. 태양은 사랑의 정서를 불어넣을 수 있는 존재이다. "군중들의 목숨"을 흔들 수 있기 때문이다. 우리의 현실은 "후미진 곳에서 잠을 깨는 그대들"을 발견하고 "뜨거운 빛으로 깨어나리라"를 외치는 곳이다.

　9집에서는 상상력 탐구의 기획이 계속된다. 시에서는 하재봉, 박덕규, 이문재, 황인숙, 박기영, 장정일, 정한용, 박상우, 박주택, 조원규, 백상열, 정화진이 참여한다. 정한용의 평론 「보이지 않는 손」은 1980년대 시의 상징분석 시론이며 남진우의 평론 「남녀양성의 신화」는 서정주 초기시에 대한 평론이다. 이재형 번역의 가스통 바슐라르의 「요나 콤플렉스」도 게재하고 있다. 『시운동』의 후반기부터는 바슐라르를 필두로 외국의 철학자들을 내밀하게 탐구하면서 상상력과 상징에 대한 구체적인 논의들을 이어나간다.

3.

1980년대의 시는 문학 전반에 걸쳐 그동안 쌓여 있던 억압된 정신이 한꺼번에 폭발한 경우이다. 그러므로 부정정신과 비판정신이 내용이나 형식면에서 전대에는 볼 수 없었던 진보적 성향을 보여주게 되었다. 이러한 시의 현상은 기존의 굳어 있던 정신과 낡은 양식의 해체를 통해서 새로운 정신의 탄력과 생명력을 획득하고자 하는 의도를 반영한 것이다. 민중시와 해체시, 문명비판시, 전통 서정시 등의 다양한 양상의 시들이 혼재하면서 1980년대가 이루어진 것이다. 그 중에서 『시운동』 동인은 상상력의 층위를 더욱 혁신적으로 개발하면서 시적 감수성과 상상력의 지평을 확산한 대표적인 동인이었다. 『시운동』은 이후 1990년대에까지 이어지면서 젊은 감수성의 문학적 그룹으로 성장해 나갔다. 1980년대의 특수한 국면 속에서 전혀 다른 감수성을 들고 엄혹한 현실을 감싸 안고 오로지 '문학적'인 것을 화두로 삼았던 『시운동』의 연구가 더욱 활발하게 진행되길 기대해 본다.

시간에 대한 철학적 성찰

시간이 우리에게 주는 철학적 성찰은 광대무변하다. 고대로부터 이어져온 시간에 대한 관심은 우리 삶에 가장 밀접한 관계를 맺고 있는 인식 중 하나이다. 우리의 일상은 시간의 흐름에 속해 있으며, 우리의 인생도 시간의 지속성 위에 놓여 있다. 죽음 이후의 인식도 시간과는 떨어질 수 없는 관계 속에 위치해 있다. 시인들은 누구나 예민한 감수성과 깊은 철학적 사유를 가지고 있다. 시인들의 감수성은 우리가 쉽게 지나치는 기억, 계절, 사건, 순간을 잊지 않고 기록하고 채집한다. 우리는 그 누구도 우주 너머의 일과 죽음 이후의 세계를 몸으로 체득할 수 없다. 인간의 이성과 선험적 인식과 종교적 확신을 통해 가능한 상황을 타진하거나, 때론 절실한 신념을 가지고 믿는 것이다. 지금, 이 순간에도 시간은 흘러간다. 시간이 흘러감에 따라 나와 당신과 이 세계는 아주 미묘하게 변화해 나간다.

해가 뜨면 지게 마련이고, 달이 차면 기울게 마련이다. 매일 순환되는 모든 현상들은 시간의 지속성 위에 존재한다. 언제 시작되었으며 언제 끝날지 모르는 시간에 대한 감각적 인식은 그 누구보다 오랫동안 시인들에 의해 노래되어 왔다.

연일 코피가 흘렀다
열대의 공기와 기침소리와 튀밥 같은 소식이
이 도시와 국가를 강타했다
신열이 든 우리들은 매일 추웠다
그럴 때마다 라면으로 목구멍을 덥히며 대문 밖 출입을 금해야
했다

다시 돌아올 수 없는 죽은 새의 길에서, 망자의 길 위에서
우리들의 심장은 마른 논바닥 같이 쩍쩍 갈라지기 시작했다

목이 길어진 우리들은 수시로 아파 넘어지고
말갈기를 쥔 농부의 마른 정강이와 무릎뼈에서는
연일 바람소리가 새어 나왔다

마른 기침소리 저 뒤편으로 밤사이 또 누군가가
이 지상을 떠났다는 소식

도시는 온통 어둠에서 깨어나기를 거부했고

백성들은 고대 왕국의 전설 같은 말들을 입에서 입으로 퍼 나르

기에 바빴다

뒤숭숭한 말들이 우리의 골수를 강타할 때마다

나는 한 뼘씩 작아지고 있었다

—이영춘, 「21세기 점령군」 전문

이영춘은 '죽음'의 길을 직시하고 있다. 사실 죽음은 우리가
매일 목도하는 현장이며, 누구나 결국 맞이해야 하는 길이다.
시인은 시시때때로 맞이하는 죽음의 일상을 쉽게 지나치지 않는
다. 죽음은 잊어서는 안 되는 의미이기 때문이다. 그 누구도 함부
로 탓해서는 안 되는 게 죽음이기 때문이다. "다시 돌아올 수
없는 죽은 새의 길"을 통해 이 시대 망자들의 길을 사유한다.
지금 우리 삶의 현장은 비참하다. "연일 코피가 흘렀"으며 "신열
이 든 우리들은 매일 추웠다"고 읊는다. 이러한 현실 속에서 맞이
하는 죽음은 "우리들의 심장을 마른 논바닥 같이 쩍쩍 갈라지"는
경험을 마련해 준다.

그러는 와중에 "밤사이 또 누군가가/이 지상을 떠났다는 소식"
을 듣는다. "도시는 온통 어둠에서 깨어나기를 거부했"다. 우리
들이 건설한 도시는 어둠으로 뒤덮인 도시가 되어버렸다. 이영
춘의 암울한 현실에 대한 인식은 과장이 아닌 너무나 현실적인
우리의 모습이다. 모든 것은 '말'에서 시작되었다. '말'이 전설

같은 말이 되기도 하고 뒤숭숭한 말이 되기도 한다. 우리의 시간은 고대왕국의 백성들과 하나도 달라진 게 없이 그대로 멈춰선 것은 아닐까. 이영춘이 얘기하는 21세기의 점령군은 온갖 말들 사이에서 태어난 유령인 것이다.

해질 무렵 혼자 걷는다 눈 같은 하얀 꽃들이 말없이 떨어져 바닥에 누워 있다 누가 흩뿌려 놓았나! 님도 아닌 내가 즈려밟는 이것은 영변의 약산 진달래가 아니다 이것은 소의 눈망울처럼 타고난 숙명이다 비애다 울음 섞인 주검들이 나를 올려다본다 내 안의 긴 통로에 구멍이 뚫린다 쉬잇, 바람이 빠져나가는 소리, 그 곳 세상을 올려다본다 내려다보는 하늘과 구름을 배경으로 기린처럼 목이 긴 하얀 꽃, 모두 낙하하기로 결정한 아카시나무! 날 것에 베인 몸 떨어지면서 마지막 가시 같은 뼈 조각을 던지고 숨을 놓으면서 폐가의 마지막 그늘을 내린다 아름다운 것은 끝내 하수구 시궁창으로 흘러 모습을 드러내는 존재들, 그곳에 네가 있었구나 세상이 짓밟고 있었구나 추락하는 비명이 대지를 덮고 석양도 온몸으로 기울어 속삭이는 저 무언의 몸짓

—안효희, 「떨어지는 몸」 전문

안효희는 해질 무렵의 시간을 걷는다. 그곳에서 시인이 본 것은 "하얀 꽃들"이다. 바닥에 떨어진 꽃들은 누가 흩뿌려 놓은 것이 아니다. 이 꽃잎들은 "울음 섞인 주검들"이다. 주검들이기에 누가 흩뿌려 놓은 것이 아니라 "소의 눈망울처럼 타고난 숙명

이다 비애다"라고 말할 수 있는 것이다. 바닥에 떨어진 꽃잎들과 아직 떨어지지 않은 꽃잎들을 매개하는 시적 화자의 몸짓이 시에서는 선연히 드러난다. "내 안의 긴 통로에 구멍이 뚫린다"고 말하며, 그곳은 바람이 빠져나가는 자리이고, 세상을 올려다보는 공간이라고 말한다. 그 공간은 아마 떨어진 꽃들을 관조할 수 있는 마음의 자리일 것이다.

시인은 아카시아나무의 꽃잎들이 떨어지는 것을 목도한다. "날 것에 베인 몸 떨어지면서 마지막 가시 같은 뼈 조각을 던지고 숨을 놓으면서" 마지막을 장식하는 꽃잎의 종말은 사뭇 장엄하기까지 하다. 시인은 이 모습에서 "아름다운 것"을 발견한다. 저 작은 몸짓, 누구도 알아주지 않는 "무언의 몸짓"이 아름다울 수 있다는 사실을 전한다. "시궁창으로 흘러 모습을 드러내는 존재들"에 아름다움을 확인하는 시인의 시선이 더 아름답다.

해질 무렵은 낮의 종말이며, 떨어지는 꽃잎은 이파리의 종말이다. 이렇듯 우리 주변의 모든 일상은 죽음으로 향하는 시간 속을 달리고 있음을 시를 통해 알 수 있다.

벽지 속에서 꽃이 지고 있다 여름인데 자꾸만 고개를 떨어트린다 아무도 오지 않아서 그런가 하여 허공에 꽃잎을 만들어주었다 나비도 몇 마리 풀어주었다 그런 밤에도 꽃들의 訃音은 계속되었다. 옥수숫대는 여전히 푸르고 그 사이로 반짝이며 기차는 잘도 달리는데 나는 그렇게 시들어가는 꽃과 살았다 반쯤만 살아서 눈도 반만 뜨고 반쯤만 죽어서 밥도 반만 먹고 햇볕이 환할수록 그늘도 깊어서 나는

혼자서 꽃잎만 피워댔다 앵두가 다 익었을 텐데 앵두의 마음이 자꾸
만 번져갈 텐데 없는 당신이 오길 기다려보는데 당신이 없어서 나는
그늘이 될 수 없고 오늘이 있어서 꼭 내일이 만들어지는 것은 아니
라는 걸 알게 되어도 부음으로 견디는 날도 있는 법 아욱은 저리
푸르고 부음이 활짝 펴서 아름다운 날도 있다 그러면 부음은 따뜻해
질까 그렇게 비로소 썩을 수 있을까

—이승희, 「여름이 나에게 시킨 일 2015」 전문

이승희도 꽃이 지는 모습을 바라본다. 그러나 시인이 바라
본 꽃이 지는 모습은 "벽지 속"이다. 시인은 "허공에 꽃잎을
만들어 주었"고 "나비도 몇 마리 풀어주었다". 벽지 속의 꽃이
었지만 "꽃들의 부음은 계속되었다"고 한다. 왜 시인은 시들
어가는 꽃과 함께 살고 있었을까. 시인은 이미 반쯤만 살아 있
는 존재이다. 그렇기에 "햇볕이 환할수록 그늘도 깊"을 수밖
에 없다. 시인은 꽃이 지는 것과 함께 하지만 혼자서 꽃잎을
피워대기도 한다. 꽃이 피고 지는 현상의 과정 속에 시인은 존
재하며, 새로운 마음이 생성되었다 소멸되는 마음의 과정도
함께 겪는다.

그 과정을 겪으며 "당신이 오길 기다"린다. 이러한 기다림 속
에서 얻는 중요한 인식은 "오늘이 있어서 꼭 내일이 만들어지는
것은 아니라는" 시간에 대한 사유이다. 오늘과 내일의 시간적
흐름은 시인에게 중요한 것이 아니다. 그날이 어제이건 오늘이
건 내일이건 간에 "부음으로 견디는 날"이나 "부음이 활짝 펴서

아름다운 날"도 있다는 인식이다. 순차적 시간에 의지하는 것이
아니라, 의미 있는 순간을 기억하는 시인의 사유가 더 빛나는
여름이었다고 말한다.

미동도 없는 달력인데 날짜가 훌쩍 지나갔다

일, 월, 화, 수, 목, 금, 토,
요일의 리듬에 이끌려 우리는 어디로 가는 걸까

날짜를 세다 지쳐 돌아오는 사람처럼
우리는 숫자에 끌려 세월을 낭비하는 사람
순간을 미처 기억하기 전에 순간이 빠르게 스쳐 간 것뿐
소리가 없다는 건 지나가고 있다는 것
지나간 날들 때문에 너무 멀리 와 버렸다

어둠이 아침을 불러오는 것처럼
아침 뒤에 어둠이 온 것처럼
어제와 같이 그리 낯설지 않은 오늘
이 밤에 어둠은 당분간 물러서지 않을 것 같다

없었던 계획을 세우게 하는 달력
날을 비워 두라는 약속에 달력을 채워 두었다
그리고 아무도 들어갈 수 없게

달력 속 날짜를 걸어 잠갔다

—김희업, 「날짜를 세다」 전문

동백나무를 심으면

동백꽃이 필까, 동백씨앗이 맺힐까

그는 네 머리를 감기고 동백기름을 발라주겠다고 했지

봄이 오면 은어가

섬진강 물을 거슬러 올라올까

거기에는 정말 상처가 없을까

황사 바람 속에서

그는 지금 동백나무를 심고 있을까

…(중략)…

나는 마스크를 낀 채 탄천변을 걸으며

시궁창 냄새를 맡으며

비곗덩어리 잉어들을 희롱하며,

지금 섬진강에서는 동백꽃 향기가 날까

매화 향기가 날까, 벚꽃 향기가 날까

여전히 은어가 올라오고 있을까

날렵한 은빛 몸체가

수면 위로 튀어 오르고 있을까

낙동강 하구의 철새들은 떠났을까

엇갈린 시차 어디쯤이 나의 좌표일까

그는 지금 화계장에 있을까

너는 화계장을 다녀갔을까

나는 탄천변을 걸으며,

봄이 다 가기 전에 화계장에 들러볼까

—김옥성, 「화계 시차」 부분

　우리 일상의 날자는 어떠한 시간의 감각 속에서 잠재되어 있
을까. 김희업은 일상의 시간에 다가선다. 김희업의 시에서는 일
상을 구분 짓는 요일의 감각적 체험을 통해 우리가 인식하고
있는 시간의 개념에 대해 골몰하고 있다. 누구나 살다 보면 날자
가 금방 지나가고, 요일이 금방 지나감을 느낀다. 금방 지나간
시간을 체감할 때 우리는 허탈함을 느끼는 경우가 많다. 김희업
은 "요일의 리듬에 이끌려 우리는 어디로 가는 걸까"는 자문을
한다. 그리고 우리가 소비하는 일상의 시간에 대해 성찰한다.
　"날짜를 세다 지쳐 돌아오는 사람"이라든지 "우리는 숫자에
끌려 세월을 낭비하는 사람"은 바로 우리들 자신이다. 정해진
요일과 시간에 매몰되어 살아가는 우리의 일상을 시인은 성찰하
고 있다. 뒤돌아보면 "지나간 날들 때문에 너무 멀리 와 버렸다".
어둠과 아침의 반복된 시간의 흐름 속에서 시인은 "아무도 들어
갈 수 없게/달력 속 날짜를 걸어 잠갔다"고 얘기하고 있다.
　김희업이 일상의 시간을 얘기한다면 김옥성은 오래된 공동체
인 '화계'의 시간에 대해 얘기한다. 김옥성이 얘기하는 '화계'의
시간은 오래된 기억으로부터 출발한다. "그는 네 머리를 감기고
동백기름을 발라주겠다고 했지"라는 기억과 "봄이 오면 은어가/

섬진강 물을 거슬러 올라올까/거기에는 정말 상처가 없을까"라는 공간의 궁금증과 "그는 지금 동백나무를 심고 있을까"라는 현재의 인연에 대한 궁금증까지를 이어놓는다. 김옥성은 옛 기억을 호출하여, 지금 이 순간 현재의 시간에 오래된 기억이 얼마나 의미 있는지를 하나씩 곱씹는다.

하지만 화계를 그리워하고 궁금해하는 시인의 현재 사정은 만만치 않다. "마스크를 낀 채 탄천변을 걸으며/시궁창 냄새를 맡으며/비곗덩어리 잉어들을 희롱하며" 걷고 있는 시인은 오염된 공기와 황폐화된 물가를 걸으며 호흡을 유지하고 있다. 시인의 그리움은 끝내 "그"와 "너"의 안부를 묻는 것으로 표현되고 결국 그 안부를 확인하러 화계에 가고싶다는 소망으로 끝을 내린다. 시인이 그들의 안부를 확인하는 것보다 그 안부를 궁금해하는 내면의 소망을 더 오래 바라볼 필요가 있다.

얼음을 줍고 있었다 손에 가득 쥐자 천천히 사라졌고 두 뺨은 붉어졌다 내게도 아직 에너지가 남아 있다

풍차가 온몸으로 떠들고
언덕을 밀어내듯 바람을 일으킨다
오늘 치의 언덕을 올라야 했던
순록 떼가 뿔을 눕힌다
구름을 상대한다

눈보라가 내리고 길이 사라진다
발자국이 차오른다
벽난로를 지피는 집집마다
연기가 피어오른다
연기는 바람을 돕는다

얼어 있던 손을 호주머니에 넣는다
체온은 나를 버릴지도 모른다

—서윤후, 「에너지」 부분

서윤후는 에너지의 갈급함과 고갈의 과정을 통해 단선적인 시간의 흐름을 존재의 차원으로 사유한다. 얼음은 시간이 지나면 녹는 물질이다. 시에서 얼음을 줍고 있었던 손은 에너지를 공급하려는 몸짓과도 상통한다. 하지만 얼음은 손에 쥐면 사라진다. 일정한 시간 안에서만 그 차가움을 느낄 수 있으며, 물질로서의 효과를 발휘할 수 있다. 얼음을 주워 에너지를 오래 지속하려 했지만 그것은 불가능한 일이다. 그렇지만 인간에게는 누구나 체온의 에너지가 남아 있다. "오늘 치의 언덕을 올라야 했던/순록 떼"는 마치 우리 인간들을 은유하는 것 같다. 에너지원인 바람은 길과 발자국과 벽난로와 집들에게 새로운 존재의 각성을 일으켜준다. 하지만 바람도 결국 시간의 흐름 속에서 잠잠해지기 마련이다. 시인은 아직도 남아 있는 체온을 믿고 있다. "얼어 있던 손을 호주머니에 넣는" 것으로 자신을 지탱하려 해보지만

"체온은 나를 버릴지도 모른다"는 불안감에 휩싸인다. 얼음은 물이었을 때를 잊어가고 깨져간다. 역설적이게도 깨져가는 자리에 길이 열린다.

서윤후의 시간은 물질의 현상 속에서 이루어지며 얼음이라는 본질이 가지고 있는 실체가 시인의 몸과 어떤 관계를 맺어가는지를 집요하게 탐색하고 있다.

궁평항 풍어제 나들이 갔다가
떠돌이 박물장수가 내건 경품에 당첨되어
세금 이만 원 내고 받았다는 어머니 손목시계

며칠도 안 가 시침, 분침, 초침
제 자리에서 꼼짝 않고 멈춰 섰다
오후 한 시를 가리키고 있는 시계
이제 한나절 겨우 넘겼다

왠지 어머니 보기 민망하다
그러고 보니 사시는 동안
제대로 된 시계 한번 사드린 적 없다

퇴근길 중저가 시계 한 점 사들고
어머니 팔목에 채워드렸다
아쉬운 듯 고장 난 시계를 바라보는 어머니

시침은 아직도 오후 한 시를 가리키고 있다.

—정겸, 「고장 난 시계」 전문

정겸이 얘기하는 "어머니 손목시계"는 참 따스하다. 사기를 당한 것이 분명한 어머니 손목시계는 하루도 못 가서 멈춰 섰다. 어머니가 세금 이만 원 내고 경품에 당첨된 시계를 구입한 이유는 제대로 된 시계가 없어서였을 것이다. "이제 한나절 겨우 넘겼"지만 박물장수가 어머니에게 준 시간은 멈춰섰다. 그 시간부터 어머니와 박물장수와의 인연의 시간은 멈춰선 것이다. 그쯤에서 시인은 어머니에게 "제대로 된 시계 한번 사드린 적 없다"는 것을 깨닫는다. 잘 못 사온 고장난 시계를 통해 어머니를 다시 한 번 생각하게 한다. 시인은 어머니 팔목에 채워드린 "중저가 시계 한 점"으로 인해 어머니와의 시간을 오래도록 누릴 것이다.

시간은 늘 우리에게 존재해 있으며 우리의 사유와 함께 하고 있다. 시간에 대한 성찰은 지금 이 시간에도 지속되며, 앞으로도 끝없이 지속될 것이다. 쉼 없이 흘러가는 시간 속에서 어떤 희망과 욕망과 절망을 우리는 체감하고 있을까. 지금 살고 있는 이 시간에 대한 성찰은 인간을 다시 한 번 오래 생각해볼 수 있는 계기가 될 것이다.

생존하지 말고 다시 태어나야 하는 운명

: 문학 매체의 생존 전략

1.

　40년의 역사를 지닌 『세계의 문학』이 2015년 겨울호(158호)를 끝으로 폐간한다는 소식이 신문지면을 통해 보도되었다. 공공연하게 입소문으로 조금씩 퍼졌던 우려가 현실로 다가왔을 때 많은 이들은 적잖이 놀랐다. 폐간의 이유는 "계절마다 형식이 똑같은 문예지들이 수십 종씩 쏟아지는 상황에서 『세계의 문학』은 생명력을 다했다는 판단" 때문이었다. 이어 "최근 불거진 문학 권력 논란도 그렇고 베스트셀러 목록에 한국 문학을 찾기 어려운 것을 보면 문학 출판사가 바뀌어야 한다는 생각을 하지 않을 수 없다. 긴 역사를 가진 계간지를 접는다는 것이 부담이지만 조금 더 한국 문학과 독자에 도움이 되는 방향으로 바꿀 생각"이라고 출판사 측은 설명했다.

반응은 대개 세 가지 정도이다. 첫째는 민음사라는 출판사 브랜드를 생각했을 때 큰 충격으로 받아들이는 경우이다. 『세계의문학』은 『창작과비평』, 『문학과지성(문학과사회)』, 『문학동네』, 『문예중앙』과 함께 역사가 깊은 한국을 대표하는 계간 종합문예지이다. 그동안 문학으로 성장해 온 한 대형출판사의 종합계간지를 폐간한다는 소식이 지금 문학의 상황을 말해주는 것 같아 씁쓸하다는 것이다. 둘째로 멋있게 끝마쳤다는 평가이다. 독자가 거의 없다시피 한 순수문예지가 처절하게 생명 연장하는 것보다 멋있게 끝내는 게 낫다는 입장이다. 이런 반응은 몇 년 전 시전문 계간지 『시인세계』나 『시안』이 폐간되었을 때도 있었다. 셋째는 폐간이 되든 말든 큰 관심이 없는 경우이다. 지금의 문학은 문예지의 폐간에 크게 영향 받을 일이 없다는 반응이다. 한 유력 계간지의 폐간 소식에 여러 반응이 있었지만 중요한 것은 그 폐간 소식이 지금 우리의 문학 환경과 비슷한 처지라는 점에는 의심할 여지가 없다는 것이다.

2015년 한국문화예술위원회에서는 우수문예지 발간 지원 사업 문예지를 과거 40~55개에서 14개로 줄였다. 국내 유일의 소설전문지 『소설문학』도 정간을 하고 무크지로 전환하였고, 장애인 문학계간지 『솟대문학』도 2015년 겨울 100호를 내고 폐간한다는 결정을 하였다.

2.

그럼에도 불구하고 문예지는 계속 출간되거나 창간되고 있다. 이천 년대 이후 더욱 가속화된 문예지의 창간은 현재에도 여전히 진행 중이다.[1] 오랫동안 문예지 편집자로서 일을 해 온 필자가 보더라도 현재 문예지의 수는 창작의 양이 감당할 수 있는 한계를 넘어서고 있다. 2010년대 초반에 비해 문예지의 수가 조금 줄어들었지만 상황은 크게 변하지 않았다. 지금의 상황은 창간한 지 오래된 전통있는 문예지와 대형 출판사에서 출간되는 종합문예지들을 빼면 가히 문예지들의 춘추전국시대라고 할 만하다.

2015년 한국문화예술위원회에서 발행하는 『문예연감』의 자료에 따르면 2014년 문학단행본은 총 8,635권이 출간되었고 이중 서울에서 출판된 것이 6,265권이다. 문학출판시장이 다른 예술 장르보다 서울과 수도권의 집중화현상이 매우 심각하다는 것을 알 수 있다.

한국잡지협회와 국립중앙도서관에 납본되는 문학잡지의 수는 244종이다. 이를 수치로 환산하면 한 해 문예지는 대략 1,175권이 발간된다. 이 종수에 수록되는 작품 수는 시, 소설, 수필, 아동문학, 평론을 합쳐 9만여 편에 이른다. 물론 납본되지 않는 문예지들도 있으며, 문학에 국한되지 않는 종합지 성격을 가지면서 주요 문학작품의 발표장이 되는 잡지들까지 합친다면 그

---

1) 이 부분의 자료는 필자의 글 「문예지의 현황과 미래」(『기획회의』 307호)를 수정·보완하여 작성하였음을 밝힌다.

수는 더 많아질 것이다. 통계로 보면 어마어마한 수치이다. 해마다 창작되는 작품의 수가 9만여 편이라고 하니 숨이 막혀올 지경이다. 이중에서 우리가 기억할 수 있는 작품은 과연 몇 편이나 될까. 아마 백분의 일도 안 될 것이다. 하지만 양으로 따져본다면 문예지는 가히 대단한 창작품 발표의 마당이라고 할 수 있다.

2014년 통계로 보면 시집출간종수는 1,944권 소설 2,236권인데 이전 5년간 출판 종수를 따져보면 시집 출간은 출판 불황에도 불구하고 3.6% 증가했다. 2015년 『문예연감』에서 244종의 문예지 중에서 시전문지가 195종으로 시전문지가 압도적이다.

문예지의 지역 편중화 현상도 여전한데 전체 244종 가운데 서울에서 발행되는 것이 무려 181종이며 경기도의 23종까지 합치면 서울 경기권에서 발행되는 문예지가 전체의 대부분을 차지한다.

경제적으로 보면 문예지의 출간은 손해를 볼 수밖에 없는 구조이다. 현장에서 체감되는 문예지의 손익분기점은 월간지의 경우 정기구독자가 3,000명 이상, 계간지는 5,000명 이상이 되어야 겨우 도달한다. 물론 이는 제작비와 인건비를 최저로 산출했을 때의 가능성이며 실제로는 이보다 더 많은 비용이 발생한다. 지금 상황에서 적자를 보지 않는 문예지는 몇 종을 빼고는 전무하다고 볼 수 있다.

그럼에도 불구하고 문예지들이 꾸준히 발간되는 것은 문예지들마다 각각의 이유가 있기 때문이다. 우선, 대형 문학출판사에서 발행되는 종합문예지들의 경우는 가장 큰 손해를 보며 문예지들을 출간한다. 하지만 장기적인 입장에서 보면 문예지는 안정적인 작가를 확보하기 위한 교두보 역할을 한다. 문학의 경우, 작가를 확보하기 위해 출판사들마다 경쟁하고 있는 구도다. 이런 경쟁 구도 속에서 출판사가 발행하는 문예지는 작가를 확보하는 데 중요한 역할을 한다. 문예지는 작가에게 작품발표와 연재 등으로 안정적인 원고료 수입을 제공하고, 문예지 발표 이후 출판사는 작가의 단행본 출간을 맡게 된다. 대부분 문예지를 통해 발표한 작품은 그 발행 출판사에서 책을 출간하게 된다. 출판사는 문예지를 통해 작가를 확보하고, 미리 독자들에게 작품을 홍보하는 역할을 담당하는 것이다.

대형 문학출판사를 제외한 문예지들의 재정은 열악하기 그지없다. 그럼에도 문예지들이 꾸준히 창간되는 것은 예전에 비해 책 만들기가 경제적, 기술적으로 쉬워졌기 때문이다. 그렇기에 창작자들이 서로 십시일반하여 문예지를 발간하는 경우가 많다. 문예지 발간에 참여한 창작자들은 문예지를 통한 작품발표의 기회를 얻을 수 있기 때문이다. 대개 시전문지들의 경우가 그러한데 이런 경우 발행인과 문학 동료들의 문학에 대한 열정과 희생 없이는 발간되기 힘들다. 그나마 몇몇 전통 있는 문예지들은 창작자들의 도움과 독자들의 호응을 바탕으로 꾸준히 발행되고 있다.

창작자들은 한국문학에 큰 역할을 한 오래된 문예지들에 적은 고료를 받더라도 양질의 작품을 제공한다. 독자들도 전통있는 문예지의 발행 이유와 정당성을 충분히 공감하고 이를 응원한다. 그러나 나머지 대부분의 문예지들은 전국의 익명 독자들을 대상으로 발행되고 있지만, 실제로 그 안을 들여다보면 문학단체나 문학동인 중심의 차원에서 잡지가 소화되고 있다. 문예지의 특성상 오랫동안 문학 현장에서 의미 있는 역할을 해 온 문예지에 대한 독자들의 충성도는 상당히 높은 편이다. 그러므로 새롭게 시작하는 문예지가 문단의 중심에 서서 독자들을 확보하기란 쉽지 않다. 이런 이유로 많은 문예지들은 소수의 독자층을 미리 마련해두고 동인지 형태의 발간을 한다.

현재 문예지의 팽창으로 인한 여러 문제점들 중에 세 가지 정도만 꼽아 볼 수 있겠다. 먼저 지면확대로 인한 작품의 하향평준화이다. 잡지의 양적 팽창으로 문학인들은 발표할 지면이 많아졌고, 이로 인해 아직 발표할 만한 작품이 아님에도 불구하고, 발표할 수밖에 없는 일들이 발생한다. 또한 작품을 발표하는 창작자들도 몇 인기 있는 문인들로 집중되기 때문에 창작자들의 빈익빈부익부가 더욱 가속화되어 또 다른 소외를 낳게 한다. 이것은 출판사, 잡지 편집자, 창작자들 간의 인간관계도 큰 이유의 하나라고 봐야 한다. 둘째로, 비슷한 기획의 반복과 재생산을 들 수 있다. 대부분의 문예지들이 엇비슷한 기획을 반복해서 내보내고 있다. 이러한 점은 담론을 창출하는 잡지 본연의 역할보다는 구색 맞추기 식의 지면 채우기로 비춰질 공산이 크다. 마지막으로 편집권의 남용이다. 편집권은 권력이 아니라 좋은 필자를 모시기 위해 발로 뛰는 봉사 행위이다. 잡지를 만들어 또 다른 편집권의 위용을 창작자들에게 내보이려는 처사는 심히 딱하기만 하다.

3.

문학은 새로운 세대들의 등장과 이들을 지지하는 새로운 그룹들에 의해 변화 발전되어 왔다. 현재의 문예지 또한 그러한 기로에 서 있는지도 모른다. 최근 불어 닥친 전통적인 종합문예지들의 비판론은 이를 증언하는 사건이었다. 이제 일반 독자들은 권위 있는 문예지들에게 거리낌 없이 비판의 돌을 던진다. 일 년에 책을 한 권도 읽지 않는 독자들도 이러한 비판에 동참한다. 소셜 네트워크를 통한 정보의 공유화는 거의 모든 문제가 문학판 내부에서 해결되었던 것을 본격적으로 불가능하게 만들고 있다. 또한 이미 문학이 감당할 만한 범주를 넘어선 대형 문학출판사들에게 문학을 붙들어달라고만 애원할 수는 없는 일이다.

이제 문학매체도 생존하지 말고 새로운 몸으로 바꾸어야 할 때이다. 기존 문예지의 틀을 벗어나 새로운 문학 매체를 구상하고 꿈꾸어야 할 때이다. 미디어에 감염된 독자들은 문학을 새롭게 만나고 싶어한다. 긍정적인 것은 최근 이러한 변화의 바람이 시작되는 것은 아닌가 하는 점이다. 새로운 성향과 기획의 잡지가 탄생하고 있다. 소설리뷰를 전문으로 하는 『악스트』(은행나무)는 값싼 가격으로 질 좋은 잡지를 만들어 독자들에게 큰 호응을 얻고 있다. 내용 또한 기존의 평론 중심에서 작가나 편집자들의 자유로운 리뷰 중심으로 옮겨 읽기도 한층 편해졌다. 젊은 시인들이 만든 독립잡지 『더 멀리』는 소리 소문 없이 알려지고 있는 새로운 잡지이다. 독립잡지여서 아직까지 SNS와 작은 서점을 중심으로 독자들과 만나고 있다. 책의 형태는 소박하지만 내용은 알차다. 일반인들의 투고원고도 받고 있다. 앞으로도 이러한 형태의 문예지가 더 많아졌으면 좋겠다. 이인성, 김혜순, 정과리가 만든 단체 '문학실험실'에서 발행하는 반년간지 『삶』도 최근 창간되었다. 창간호에서는 "디지털 문명, 세계화, 정보화, 신자유주의 경제. 현 세계 체제와 문화적 조류를 대표하는 거의 모든 것에 저항하겠다"고 말했다. 격월간으로 발행되는 장르문학 미스테리 전문지 『미스테리아』(엘릭시르)도 장르문학 독자들에게 호평을 얻고 있다. 현재 3호까지 발행되었는데 3호는 '스파이' 특집이다. 색다른 기획으로 많은 관심을 모으고 있다. 또한 젊은 세대들이 만드는 무크지 『파란』(함께하는출판그룹파란)도 출간을 했다.

최근 창간한 웹진 『공정한 시인의 사회』(http://blog.naver.com/sidong6832)도 많은 관심을 받고 있다. 문단에서 여러 번 획기적인 시도를 했던 웹진의 발간이 이번에는 어떠한 반향을 일으킬지 귀추가 주목된다.

이제 문학을 포괄적으로 수용하고 대우하고 처신을 마련해줄 출판사는 점점 희박해질 것이다. 벌써부터 그런 우려는 시작되고 있는지 모른다. 더욱 다양한 개성을 가진 소수의 문예지들이 많이 등장했으면 좋겠다. 시 읽기, 시 낭독 모임, 독서모임 등의 모임들도 많이 생겨나야 한다. 독서인구가 많이 줄어들었다. 젊은 세대가 40만 명밖에 되지 않는다. 기존 세대들의 반 이상 줄었다. 일자리는 더 줄어들었고 청년들은 메마른 정서로 살아가고 있다. 젊은 세대일수록 책을 읽거나 문학을 수용하려는 기회가 점점 더 없어질지 모른다. 하지만 이렇게 어려운 때일수록 새로운 문학의 역할이 주어질지 모른다. 요즘 기업이나 돈 있는 개인들은 메세나(Mecenat) 활동을 한다. 메세나의 대상에 문예지들도 포함된다면 좋겠다. 한 기업이 한 문예지를 후원한다면, 그 후원을 통해 이루어지는 문화적 가치는 상당히 클 것이다. 문학의 가치는 시대가 아무리 변한다 하더라도 역사적으로 올곧게 남아 있을 테니 말이다. 한 문예지 후원을 통해 창작자, 작품, 독자 모두를 만족시키는 결과를 낳을 것이다.

문예지는 없어서는 안 될 중요한 문화적 자산이다. 현재까지 한국문학뿐 아니라 한국의 인문학적 지식을 공유하고 이끌어간 매체가 바로 문예지이다. 문학의 사회적 역할이 줄어들어 대중들의 관심이 조금 줄어들었지만, 여전히 문학의 산파구실을 하는 문예지의 중요성은 아무리 강조해도 지나치지 않다. 모든 분야가 상업적으로 변질되고, 환금성을 최고의 덕목으로 떠받드는 이 시대에 아무런 댓가도 바라지 않고 묵묵히 문학현장을 책임지는 문예지의 존재는 크기만 하다.

새로운 독자를 위해 매체는 어떻게 진화해야 하는가

1. 새로운 매체에 대한 생각

최근 새로운 문학 매체 몇 종류가 등장했다. 『악스트』, 『미스테리아』, 『더멀리』, 『릿터』. 나는 『악스트』, 『더멀리』, 『릿터』의 정기구독자이다. 최근 새롭게 등장하는 문학 매체들에 관심이 많기 때문에 정기구독을 했다. 그리고 이러한 잡지들을 응원해주고 싶은 마음도 한몫을 했다. 새로운 스타일의 잡지를 읽는 재미도 쏠쏠하다. 잡지 기획이 얼마나 재밌는지를 엿보기도 하고, 편집 디자인이 얼마나 신선한지를 살펴보기도 한다. 가장 중요한 것은 잡지의 정체성과 방향을 생각해보는 일이다.

기존의 문예지들은 비슷한 방향의 정체성을 가지고 있다. 예를 들면 한국 문학의 담론을 생성하고, 문인들의 창작 마당을 마련해 주는 것. 문예지의 특성상 담론의 생성과 현장문학의 마당이라는 정체성은 가장 중요한 것이다. 지역의 문예지는 지역 문단의 활성화라는 특정 이유가 더 붙는다. 문예지가 가지는 또 하나의 정체성은 새로운 창작자들을 발굴하여 문단에 소개한다는 것이다. 새롭게 무장한 문인들을 등단시켜 한국 문학의 미래를 위해 큰 역할을 한다는 점은 정말 중요한 점이다. 문제는 이러한 문예지들이 이미 많이 있다는 점이다. 문예지(앞으로 시전문지를 중심으로 얘기함)를 소화할 수 있는 전문 독자의 수는 한정되어 있는 데 반해 문예지의 수는 급격히 증가하고 있다. 이러한 불균형은 독자와 시인 모두를 힘들게 한다. 문예지의 생산과 소비 차원의 균형은 이미 많이 기울어져 있는 상황이다. 시인들과 예비문인들을 위한 정론 문예지가 대부분인 반면 일반 대중들을 위한 문예지는 찾아보기 어렵기 때문이다. 그런 점에서 최근 등장한 문예지들은 각별한 의미가 있다.

최근 새롭게 등장한 새로운 스타일의 문예지들은 이런 기존의 문예지들과 다른 양상을 가지고 있다. 기존 문예지들은 시인들에게 가독의 방향이 맞춰져 있다. 즉 한국문학의 자장 안에서 어떠한 역할을 해야 한다는 문예지의 지향성은 잠재적으로 시인 및 예비시인들에게 그 초점을 향하게 하는 결과를 낳았다. 실제 일반 독자들이 문예지를 읽기란 여간 어려운 일이 아니다. 전문적인 문학 공부를 하지 않는 이상 기존의 문예지들은 어렵고 따분하다. 그러나 최근 문예지들은 다르다. 일반 독자를 위한다는 배려가 느껴진다. 문예지의 방향이 문학 내부의 시인들이 아니라 문학 외부의 독자들에게로 가 있다. 일단 이들 문예지들은 현재 신인공모를 하지 않고 있다. 문예지들의 가장 큰 역할인 등단제도에 참여하지 않고 있다. 이러한 점은 기존 문예지들과 변별되는 가장 큰 점 중의 하나이다.

『악스트』는 정기구독자였다가 최근에는 서점에서 직접 구입해서 보고 있다. 『악스트』는 표지가 멋있다. 일반 문예지 같지 않다. 문예지를 읽는 독자들(특히 젊은 세대들)의 많은 사람들이 기존 문예지들은 가지고 다니기에 창피하다는 것이다. 왜냐하면 표지가 너무 촌스럽기 때문이라고 한다. 그런데 『악스트』는 들고 다닐 만하다는 것이다. 문학을 읽는다는 것이 고리타분하고 촌스럽게 여겨지는 게 지금의 인식인 것인가 하는 생각도 들었다. 그러나 아직도 여전히 문학을 꿈꾸고 문학에 목숨을 걸고 싶다는 젊은 친구들이 많이 있다. 『악스트』는 세련된 디자인이 돋보인다. 또한 서평 전문지라는 특유의 편집 방향이 있다. 그리고 가격이 정말 저렴하다. 서점에서 구입하면 2,900원이다. 잡지의 제작비를 생각했을 때 도저히 있을 수 없는 가격이다. 이런 점은 출판사측에서 일정 부분 문학의 저변화를 위해 모험을 택한 경우라고 할 수 있다. 지금까지 그 모험은 성공했다고 볼 수 있다. 앞으로 얼마나 오래 발행될 수 있을까가 관건이다.

『릿터』는 2호까지 발행한 신생잡지이다. 민음사가 『세계의문학』을 폐간하고 새롭게 창간한 잡지라서 언론과 독자들의 큰 관심을 받았다. 『릿터』의 디자인도 문예지로서는 혁신적이다.

창간호는 타이포그래픽을 사용했고, 2호는 페미니즘이라는 기획에 맞게 웹툰작가 이자혜 씨의 작품을 사용했다. 그러나 나중 이자혜 씨의 청소년 성폭행 방조 사건으로 인해 전량 회수하여 새로운 디자인으로 다시 발행하는 우여곡절을 겪었다. 『릿터』의 가장 큰 변별점은 출판사의 편집자들에 의해 기획 편집되고 있다는 점이다. 『릿터』의 편집자들 중에는 서효인 시인, 박혜진 문학평론가와 같은 문인들도 있다. 2호 표지에 참여했던 이자혜 씨의 사건이 있었을 때 정말 빠르게 대처했다는 생각이 들었다. 기존 문예지들처럼 편집위원 시스템이라면 빠르게 대처하기 힘들었을 것이다. 내용도 독자들에게 향해 있다. 어렵고 딱딱한 평론은 없다. 시 몇 편과 에세이, 짧은 단편이 주를 이룬다. 인터뷰도 문학인과 연예인을 다루었다. 2호에서 배우 김새벽 씨의 인터뷰는 참 좋았다.

『더멀리』는 김현, 강성은, 박시하 시인이 만들고 있는 독립잡지이다. 출판사가 끼지 않고 오로지 시인들이 자발적으로 만드는 독립 잡지이다. 최근 문단 내 성폭력과 같은 이슈에 대해 앞장서서 얘기하고 이를 수용하면서 더 큰 관심을 받고 있다. 시인들의 자유로운 에세이가 많다. 두껍지 않은 양이지만 읽을거리가 풍부하다. 일반 독자들의 시 작품도 투고를 받아 게재하고 있다.

이들 잡지의 공통점이 있다. 첫째로 잡지를 기획하고 편집하는 이들이 기존 평론가 중심이 아니라는 점이다. 릿터는 편집자, 악스트는 소설가, 더멀리는 시인들이 편집의 주체로 참여하고 있다. 두 번째로 등단 공모제도를 시행하고 있지 않다는 점이다.

세 번째로 수용자 중심의 방향성이다. 잡지의 기획이 일반 독자들에게 초점이 맞추어져 있다.

이렇게 최근 발행된 잡지들의 인상을 얘기하는 것은 새로운 잡지가 독자들에게 어떻게 다가가고 있는지를 나 스스로도 점검해보기 위해서이다. 일단 독자들에게 다가간다는 점에서는 가장 큰 역할을 했다고 볼 수 있다. 이 글의 가장 큰 목적은 독자들과 매체들이 어떤 불가분의 관계가 있는지를 생각해 보는 일이다. 그럼 문예지를 읽는 독자들은 누구인가. 그들에 대해 생각해볼 수 있다.

2. 새로운 독자는 과연 누구인가

문예지를 읽는 독자들은 누구인가. 기존 문예지를 읽는 독자들은 비슷한 양상을 보인다. 즉 전문적으로 문학을 좋아하는 독자들이다. 그렇기에 일반 독자들은 문예지를 어렵고 지루한 그들만의 잡지로 여길 가능성이 크다. 문예지 편집자로서 오래 경험한 필자가 보기에 일반 문예지의 독자들은 대개 시인, 평론가, 대학원생(박사과정 이상), 문창과 일부 학생, 습작생 등등이 대부분이다. 순수하게 시를 좋아해서 문예지를 정기구독하거나 구입해보는 경우는 정말 드물다. 즉 문예지를 읽는 독자들은 시에 대해 전문적인 마니아층 독자라고 볼 수 있다.

그러므로 문예지의 독자는 양적인 측면에 있어서 한계가 있다. 문예지가 많아질수록 고정되어 있는 독자들의 수를 나눌 수밖에 없게 된다. 문예지의 증가가 오히려 악화를 구축하게 된다.

방법은 독자층의 저변을 확대하는 것이다. 기존 문예지의 독자가 아닌 일반 독자들을 문예지의 독자로 끌어오는 방안이 무엇보다 중요하다. 전문적이 아니더라도 시를 좋아하는 일반 독자들까지 끌어들이는 역할을 감당하는 문예지들이 속속 나와 줘야 한다. 이러한 새로운 독자층들이 문예지의 플랫폼을 변화하게 하고 아카데믹한 시단의 매체 양식을 변화시킬 수 있다. 그런 면에서 『릿터』, 『악스트』, 『더멀리』와 같은 문예지들의 등장은 반갑기만 하다.

독자들의 입장에서 보면 문예지를 읽기 힘든 몇 가지 이유가 있다. 첫째로 읽어내기가 어렵다는 것이다. 전문적인 평론이나 시인들의 말, 발표되는 시까지 일반인들은 어렵다고 평한다. 두 번째로 문예지의 유통 폐쇄성이다. 문예지를 구입하거나 정기구독 하려면 주변에서 쉽게 문예지를 볼 수 있어야 하는데 그렇지 못하다. 대부분의 문예지가 영세하다보니 유통에까지 큰 신경을 못 쓰는 형편이다. 세 번째는 디자인이다. 최근에 발행되는 잡지들과 문예지를 비교해보면 문예지의 디자인이 얼마나 촌스러운지 알 수 있다. 표지뿐 아니라 본문까지 문예지 디자인에 큰 변화가 필요하다. 촌스러운 표지를 들고 다닐 용기가 있는 독자들은 별로 없을 것이다. 이러한 점을 하나씩 보완해 나가다보면 문예지도 독자들에게 더 나아갈 수 있을 것이다.

3. 매체는 어떻게 변화해야 하는가

그렇다고 기존 문예지의 중요성과 역할이 줄어드는 것은 아니다. 시의 부흥을 위해서 문예지의 역할이 무엇보다도 중요하다. 그것에 관한 이형권의 다음과 같은 말은 새겨둘 만하다.

문예지가 많다고 시의 저변 확대가 된다거나 시단이 활성화된다고 볼 수는 없는 일이다. 문제는 시의 창작과 유통, 혹은 시의 생산과 소비 차원에서 균형감과 균질감이 요구되는 것이다. 문예지의 성패는 무엇보다도 어떤 시인들이 어떤 시를 발표하는지, 그것을 얼마나 많은 독자들이 찾아서 읽어주는지에 달린 것이다. 더 정확히 말하면 시 창작의 양적인 차원보다 그것을 읽는 독자의 양적인 차원이 더 중요하다는 것이다. 이 땅에는 시인이라는 타이틀을 가지고 사는 수많은 사람들이 있는데, 그들에게 먼저 필요한 것은 그들 자신이 우선 양질의 독자가 되어 시의 저변을 확대하는 일이다. 마치 야구가 붐을 이루기 위해서는 동네 야구로부터 프로야구에 이르기까지 그 경기를 관전하면서 즐기는 사람들의 저변이 넓을수록 좋은 것과 마찬가지다. 관중이 많으면 야구 선수가 더 신나는 경기를 보여줄 것이기 때문이다.

문학장에서 훌륭한 독자는 훌륭한 시인 못지않게 중요한 역할을 한다. 동서고금의 훌륭한 시인은 언제나 훌륭한 독자에서 출발하여 수많은 고뇌의 시간을 거쳐 자신의 이름을 완성해 왔다. 그래서 시의 독자들 가운에 양질의 독자가 있다면, 그들이 창작의 무대에 올라와서 다시 양질의 작품을 쓰고, 그 작품을 다시 다른 독자들이 찾는 선순환 구조를 만든다면 더없이 좋은 일이다. 문제는 그러한 독자들에게 양질의 작품을 제공할 장을 마련해주어야 하는데, 그 장은 일반적으로 문예지, 시집, SNS, 신문 등의 매체가 아주 중요한 역할을 한다. 이 가운데 문예지는 연속간행물로서의 주기적 연속성, 당대성, 전문성, 집중성, 민첩성 등에 있어서 다른 매체들과 비교도 안 될 만큼 핵심적이다.

—이형권, 「시 문예지를 말한다」, 『딩아돌하』, 2016년 가을호, 32~33쪽

인터넷과 스마트폰이 우리 삶의 대부분을 차지한 지금, 매체의 변화는 불가피하게 보인다. 스마트폰의 대중화로 오히려 시집 판매량은 늘었다고 한다. 인스타그램과 페이스북, 트위터 등의 SNS는 시를 소비하고 향유하는데 가장 적절한 플랫폼이다. 스마트폰으로 시집을 찍어 올리거나 풍경 사진과 함께 시의 한 구절을 적어 올리는 방식은 일반 대중들도 쉽게 하는 시 향유의 방식이다. 황인찬은 「오직 공감 받는 것들만이 살아남는다: SNS 시대의 시 텍스트 소비 양상 변화」(『서정시학』, 2016년 봄호)라는 글에서 "현대문학이 오늘날의 대중에서 외면 받는 것은 그것이 이미 인쇄 매체에 최적화되어 굳어진 양식이기 때문이다."라고 말했다. 이어 디지털 매체의 특성에 맞게 시가 변용되어 향유하는 여러 사례들을 소개해 주고 있다. 이렇듯 여러 가지 가능성을 계속해서 제시하고, 이 가능성들이 문학이 훼손되지 않는 선에서 효과적인지를 따져봐야 한다. 문예지의 발전은 그렇게 하나

씩 작은 변화들을 감지하면서 이루어갈 수 있다.

문학은 새로운 세대들의 등장과 이들을 지지하는 새로운 그룹들에 의해 변화 발전되어 왔다. 현재의 문예지 또한 그러한 기로에 서 있는지도 모른다. 최근 불어 닥친 전통적인 종합문예지들의 비판론은 이를 증언하는 사건이었다. 이제 일반 독자들은 권위있는 문예지들에게 거리낌 없이 비판의 돌을 던진다. 일 년에 책을 한 권도 읽지 않는 독자들도 이러한 비판에 동참한다. 소셜네트워크를 통한 정보의 공유화는 거의 모든 문제가 문학판 내부에서 해결되었던 것을 본격적으로 불가능하게 만들고 있다. 또한 이미 문학이 감당할 만한 범주를 넘어선 대형 문학출판사들에게 문학을 붙들어 달라고만 애원할 수는 없는 일이다.

이제 문학매체도 생존하지 말고 새로운 몸으로 바꾸어야 할 때이다. 기존 문예지의 틀을 벗어나 새로운 문학 매체를 구상하고 꿈꾸어야 할 때이다. 미디어에 감염된 독자들은 문학을 새롭게 만나고 싶어한다.

—이재훈, 「생존하지 말고 다시 태어나야 하는 운명: 문학 매체의 생존 전략」,

『시인동네』, 139쪽

이러한 새로운 독자층 때문에 매체가 변화되어야 하는 것인가. 매체의 변화로 인해 독자들이 시를 좋아하게 되는 것인가. 둘 다 맞는 말이다. 매체도 변화되어야 하며 매체가 변화되면 독자들도 환호하게 될 것이다. 지금은 새로운 매체 실험이 무엇보다 필요한 때이다. 종이 매체뿐 아니라 스마트폰을 활용한 시의 향유 방식에 대해서도 고민이 필요할 때이다.

문예지의 소통 방식도 변화되어야 한다. 일방향적인 방식이 아니라 독자들도 적극적으로 문예지에 참여할 수 있도록 문을 열어주어야 한다. 가장 중요한 점은 천편일률적인 문예지의 스타일이다. 정론적인 담론을 생산하는 전문적인 기존의 문예지들도 있어야 하고, 독자들에게 쉽고 친근하게 다가갈 수 있는 문예지들도 있어야 한다. 이렇게 다양한 문예지들이 서로 부족한 부분들을 보완하며 함께 걸어갈 때에 지금보다 훨씬 나은 문학의 토대가 마련되리라 생각한다.

제2부 우주의 궁극적 실재

허무의 시학

: 이형기론1)

1. 영원한 문학청년

이형기 시인에게는 '영원한 문학청년'이라는 별명이 늘 따라다닌다. 문학청년이라는 말 속에는 늘 새로운 문학 세계를 탐구하려는 열정적 자세가 포함되어 있다. 소위 말하는 문학병, 시마(詩魔)에 들려 끊임없이 앓는 것이다. 나는 이형기 선생의 생전 모습을 가까이에서 볼 수 있는 행운을 얻은 적이 있었다. 2003년 2월 즈음, 현대시 발행인인 원구식 선생님과 함께 방학동에 있는 이형기 선생의 자택으로 찾아뵈었다. 부끄러운 마음을 무릅쓰고

---

1) 본 평문은 필자의 논문 일부분이 보완·수록되어 있다.

이형기 선생을 연구한 석사논문을 전해 드린 후 약 2시간가량 선생과 대화를 나누었다. 나는 선생의 말씀을 메모했는데, 당시 나누었던 대화의 일부분을 소개하고자 한다.

내가 시 쓰는 친구들에게 말하고 싶은 것은 시는 절대로 누구에게 의지하는 게 아니에요. 각자가 하는 것입니다. 시를 써보면 써볼수록 그 생각이 간절해요. 지금부터 50년 쯤 전에 조지훈 시인을 술집에서 처음 만났어요. 내가 용기를 내서 물어봤지요. 선생님 어떻게 하면 시를 잘 씁니까? 하구요. 그랬더니 조지훈 시인이 말하길 한 마디로 방치하면 된다 라고 합디다. 내버려두면 된다고요. 시가 되려면 되고 안 되면 안 되는 거지요. 그 참 명언이에요. 그때는 참 머쓱했지만 그 말이 얼마나 잊히지 않는지 지금까지 늘 머릿속에 되살아난다 말입니다. 문호는 스스로 깨닫는 것입니다. 스스로 깨닫지 않고는 한 발도 나아갈 수 없어요.

지금까지도 '스스로 깨닫는 것'의 의미를 마음속에 되뇌고 있다. 그 후 박사논문까지 선생의 발자취를 더듬으면서 늘 스스로 깨닫기 위한 선생의 의지와 태도를 엿볼 수 있었다. 선생은 마지막 이승의 끈을 놓기 전까지도 작품을 쓰셨던 시인이다. 선생은 2005년 2월 2일 작고하시기 전, 마지막 유고시 「놀이의 기하학」과 「지구는 둥글다」를 『현대시』에 발표하시고 영면하신다. 『현대시』의 편집자로서 그 마지막 시를 붙잡고 한동안 멍했던 기억이 아직도 생생하다.

문학사는 늘 어떤 유파, 에콜, 진영에 가담하거나 제도를 운영하는 그룹이 거느린 시인들을 기억하기 마련이다. 시가 가진 배타적 결속력과 개별적인 가치판단의 특수성을 감안한다 하더라도 훌륭한 시인들에 대한 야박한 문학사적 평가는 늘 아쉽기만 하다. 특히 당대가 요구하는 문학적 태도나 조류와는 무관하게 자신의 시세계를 끊임없이 갱신하며 개성적인 시가(詩家)를 축조하는 예를 많이 볼 수 있다. 그런 의미에서 이형기는 가장 모범적인 예에 속한다. 이형기는 오히려 저 홀로 우뚝 서 있는 경우에 해당한다. 이형기는 늘 당대의 주류와 일정 정도 거리를 두면서 시적 갱신과 자각으로 새로운 세계를 끊임없이 탐구해 온 시인이다. 그의 탐구자적 자세는 시세계의 변이를 훑어만 보더라도 충분히 짐작할 수 있다. 그렇다고 이형기가 은둔자적 시인은 아니었다. 늘 문학 현장의 중심에서 시인, 학자, 언론가, 교수로서 자신만의 목소리를 내어왔다. 새로운 논제에 누구보다 열정적으로 논쟁에 참여하고 시단의 담론을 이끌어 간 시인임을 생각한다면 이형기의 단독자적 시관은 확실히 특별한 것이었다. 이형기는 단독자였다. 한국시인협회 회장을 역임하거나 수많은 문학인을 배출해낸 동국대 국문과에서 오랜 교수 생활을 하는 문학적 권위를 누렸지만 시에서만큼은 늘 문학청년으로서의 태도를 잃지 않았다.

　이형기 선생은 지금까지 8권의 신작 시집과 3권의 시선집을 출간했다. 그 외 11권의 시론집과 평론집 등을 상재했다. 이제 8권의 이형기 시집과 미발표작을 묶은 전집이 세상에 빛을 보게 되었다. 앞으로 이형기를 연구하는데 있어서 귀한 자료가 되리라 믿어 의심치 않는다. 소설 미치광이로 불리었던 소년 시절에서부터 병을 얻어 오랜 투병 생활을 했던 노년에 이르기까지 이형기는 늘 창작의 열망과 천재적 자의식을 놓지 않았던 '영원한 문학청년'이었다.

2. 자각과 갱신의 시의식

이형기는 1933년 경남 사천군 곤양면 서정리에서 출생하였는데 세 살 때 가족이 진주시 강남동으로 이사 오고 본적도 모두 옮겨온다. 진주에서 요시노소학교에 입학하였는데 당시 별명은 '소설 미치광이'였다. 1945년 진주농업학교에 입학하였고 1949년 16세의 나이로 제1회 개천예술제 백일장에서 장원을 했다. 차상은 박재삼 시인. 백일장 심사위원은 유치환, 김상옥, 김춘수 시인이었다. 1950년 『문예』지로 추천 완료되어 문단에 나온다. 당시 나이가 17세였다. 이때부터 이형기에게는 최연소 등단이라는 타이틀이 따라붙었다. 이후 이형기는 2005년 작고할 때까지 한국 시단의 중심에서 가장 활발하게 작품활동을 벌여온 시인이다.

이형기는 지금까지 『적막강산』(모음출판사, 1963), 『돌베개의 시』(문원사, 1971), 『꿈꾸는 한발』(창원사, 1975), 『풍선심장』(문학예술사, 1981), 『보물섬의 지도』(서문당, 1985), 『심야의 일기예보』(문학아카데미, 1990), 『죽지 않는 도시』(고려원, 1994), 『절벽』(문학

세계사, 1998) 등의 시집을 상재했다. 이후 1998년부터 2005년 작고할 때까지 36편의 신작시를 발표하였다. 이 전집에는 시집에 실리지 않는 36편의 작품들까지 포함되어 있다.

이형기는 끊임없는 자기갱신을 통하여 시적 긴장감을 늦추지 않고 다양한 형질의 작품을 생산해 왔다. 또한 시인, 비평가, 언론인, 학자로서의 면모를 유감없이 발휘하며 자신만의 고유한 시사적 위치를 얻고 있다. 초기의 전통적 자연 서정의 세계, 중기의 주지주의적인 날카로운 감성과 새로운 언어 미학의 세계, 후기의 생태학적 고발과 문명비판의 세계로 변화하며 끊임없이 자기갱신을 한 시인이다. 이형기의 시세계 전체를 통어하고 있는 세계는 바로 '허무'라고 할 수 있다. 이형기의 '허무'는 초기시에서 후기시로 갈수록 다른 방향으로 펼쳐진다. 초기시에서는 자연의 순환원리를 통해 인생의 무상함과 허무를 깨닫는 달관의 견지와 같은 입장을 취한다. 그러나 후기시로 갈수록 실존적 허무로 성격이 바뀐다. 즉 이형기 시세계 전체를 통어하는 주제는 허무의식이라고 할 수 있다.

이형기의 시의식의 변화 과정은 여타의 다른 시인들과 다른 면모를 보이고 있다. 대개의 경우, 초기에 불화와 대립의 세계에서 점차로 수용과 화해의 세계로 이행하는 순으로 시세계가 전개된다. 하지만 이형기는 이러한 수순의 역으로 시세계가 전개되고 있다. 즉 자아와 세계의 조화를 추구한 세계에서 자아와 세계의 조화가 깨지는 불화의 세계로 이행하고 있다. 이것은 이형기가 가진 자신의 시세계에 대한 자각에서 비롯되었다고 할 수 있다.

첫 번째의 『적막강산』은 누구나 흔히 그럴 수 있는 20대의 자연 발생적 서정이 그 내용을 이루고 있다. 두 번째의 『돌베개의 시』는 거기에 회의를 품고 새로운 시를 찾아 나선 내가 방황 중에 쓴 산만하고 타성적인 메모를 묶은 것이다. 세 번째의 이 『꿈꾸는 한발』은 말하자면 그러한 방황 끝에 나로서는 이것이다 하고 찾아낸 새로운 시의 지평이라 할 수 있다. 사실은 그래서 쑥스러움을 무릅쓰고 5년 만이란 말을 되풀이 한 것이다. 여기에 이르러 나는 비로소 詩人이란 自覺을 갖게 되었다.

위의 『꿈꾸는 한발』 자서에서 알 수 있듯이 이형기 시세계의 변화 요인은 자발적인 갱신의 노력에서 나왔다. 즉 초기시의 자연발생적 서정의 세계에 대한 회의가 비평적, 이론적 관심으로 전개되고 그러한 탐구의 결과로서 새로운 시세계가 창출된 것이다. 실례로 이형기의 자전적 연대기를 살펴보면 시적 변모의 과정 중에 오스카 와일드, 보들레르, 쉐스토프, 고바야시 히데오, 알베르 티보데에 심취하면서 서양 모더니즘 문학에 대한 탐구를 계속해나간 것을 확인할 수 있다. 이형기는 자신의 시론인 「시의 세계성이란 무엇인가」라는 글에서 르네상스 이후 서양 근대 문화는 통일 원리의 상실이라는 중대한 변화가 야기한 결과라고 말하면서 통일성의 원리가 상실된 현대적 삶의 모순에 대한 능동적인 대응이야말로 현대시를 현대적이게 하는 결정적인 조건이라고 말하고 있다. 이것으로 보아 이형기는 조화의 세계를 그린다면 현대적 삶을 제대로 담을 수 없다는 스스로의 자각이 새로운 시적 세계를 만들게 한 셈이다. 「시의 세계성이란 무엇인가」라는 글의 결론에서 이형기는 "현대에 살고 있는 시인이 쓴 시라고 해서 모두 현대시가 되는 것은 아니다. 현대성을 갖추고 있을 때 비로소 그것은 현대시가 된다"라고 말하고 있다. 또한 그는 자신이 생각하는 방법론을 통해서 그가 지향하는 시에 대한 견해를 피력하고 있다. 시론 「악마의 무기, 그 모순」에서 이형기는 시를 두 가지로 나누고 있다. 첫째는 자연발생적인 시이고 다른 하나는 방법론을 자각한 시이다. 자연발생적인 시는 자연스럽게 우러나와서 쓴 시로 시에 대한 자각이 없이 쓴 시다. 여기에서 자각이 없다는 것은 자기반성이 없다는 것을 뜻한다. 방법론을 자각한 시는 자신의 정신행위 자체에 대한 인식과 그 인식 과정에 시선을 두는 시이다. 이어서 이형기는 한 인간의 성장단계와 시를 비교한다. 즉 자기 반성이 없는 시는 아직 성인이 못된 미성숙한 단계이며, 미숙한 시인들과 성장한 시인들과의 차이는 시에 대한 지적 성찰이 있느냐 없느냐에 따라 구별된다는 것이다. 위의 자서에도 진술했듯이 이형기는 자신의 시적 변화를 자연발생적인 서정에서 시적 자각에 이르는 과정으로 진단하고 있다.

정리하면, 이형기 시의식의 전개는 불화의 세계에서 친화의 세계로 이행되는 일반적인 시의식의 전개과정을 답보하고 있지 않다. 이형기는 오히려 그 반대로 친화의 세계에서 불화의 세계로 이행되고 있으며 나중에 또 다른 지향점의 세계로 돌아가려는 순환적 구조를 가지고 있다.

두 번째 이형기 시의식의 특이성으로 주목할 만한 점은 동시대 문단이 지향하는 경향과 무관하게 자신의 시적 경향을 유지해나갔다는 데 있다. 작품의 문학적 의미를 규정할 때 그 작품이 존재했던 시대의 공통된 경향과의 관계를 살피는 일은 중요할 것이다. 이형기는 지난 세대의 우리 문단이 순수냐 비순수냐 혹은 리얼리즘이냐 모더니즘이냐 하는 논쟁에 빠져 대부분의 시인들이 시류의 물결에 휩쓸릴 때에도 이와 일정하게 상거하면서 오로지 문학을 지키는 일에만 몰두한 시인이다. 이형기는 전후 모더니즘을 개척한 것으로 알려진 1950년대 시인들과도 섞이지 않고 1960년대의 참여시나 그 이후 현대시 동인과 같은 유파와도 공통분모가 잘 드러나지 않는 시인이다. 이형기가 본격적인 시작활동을 개진한 1950년대에는 전쟁체험으로 인한 전쟁 현장 시들과 그 불안의식을 호소한 시들이 승한 시기였다. 또한 다른 한 편에서는 「후반기」 동인들을 주축으로 한 모더니즘에 관심을 쏟던 시기이기도 하다. 그런데 이형기의 시에서는 전쟁의 영향이 전혀 보이지 않으며, 당시 대두된 모더니즘과도 관계없이 전통 서정시의 시세계를 고수했다. 이후 약 10여 년의 공백기를 거친 이형기의 시작활동은 1960년대로 올라간다. 이 시기의 문단은 순수·참여 논쟁이 첨예한 문학과제로 대두된다. 이형기는 이때도 문단의 경향과는 상관없이 서구 모더니즘을 독자적으로 수용하고 나름의 시론을 정립해 새로운 시적 활로를 여는 작업을 수행한다.

3. 소멸의 세계와 허무의식

그러면 이형기는 시세계의 변화를 어떠한 양상으로 견인하여 갔는지 일별해 보자. 이형기의 대표작이자 전국민의 애송시인 「낙화」는 이형기 초기시의 세계를 압축한 작품이다.

가야 할 때가 언제인가를
분명히 알고 가는 이의
뒷모습은 얼마나 아름다운가.

봄 한철
격정을 인내한
나의 사랑은 지고 있다.

분분한 낙화……
결별이 이룩하는 축복에 싸여
지금은 가야 할 때,

무성한 녹음과 그리고
머지 않아 열매 맺는

가을을 향하여

나의 청춘은 꽃답게 죽는다.

헤어지자
섬세한 손길을 흔들며
하롱하롱 꽃잎이 지는 어느 날

나의 사랑, 나의 결별,
샘터에 물 고이듯 성숙하는
내 영혼의 슬픈 눈.

—「낙화」 전문

꽃이 떨어지는 상황은 존재의 소멸의식을 잘 형상화하고 있는 장면이다. 꽃이 떨어진다는 자연적 정황을 모티브로 해서 자아의 주관적 정서를 함께 드러내고 있다. '낙화'는 "나의 사랑은 지고 있다"로 대상이 주관화되어 나타나다가 "나의 청춘은 꽃답게 죽는다"는 소멸의 정조에까지 나아간다. 이러한 소멸의식이 "샘터에 물 고이듯 성숙하는" 것으로 끝이 나면서 극복의 차원을 보여주고 있다. 이러한 극복이 발생할 수 있는 이유는 '결별'을 '축복'으로 인식하는 능력 때문이다. 낙엽이 물드는 과정은 소멸이 진행되는 과정이며 꽃이 지는 과정은 소멸의 현장과도 같다. 사람들은 낙엽이 물들거나 지는 과정을 보며 아름답다는 미의식을 느낀다. 저물어가는 자연의 섭리를 통해 아름다움을 느끼는 정서적 행위는 이별을 축복으로 받아들이는 역설의 의미를 이해하는 발판으로 삼고 있다. 소멸을 생성과 축복으로 인식하는 것은 인간의 본면을 직관적으로 꿰뚫어 보는 시적 인식이다.

이형기의 시적 세계관의 핵심은 허무의식에 있다. 그의 허무의식은 두 가지의 근거를 통해 발생되었다. 하나는 자본주의와 문명체험이 허무의식을 갖게 하였다는 점이다. 이형기의 시작 활동은 1950년대부터 1990년대까지 넓은 시대에 걸쳐 있다. 즉 전후체험에서부터 자본주의가 가속화되는 산업화시대를 체험했다. 이러한 체험을 통해 인간의 본성이 변화되어 가는 사회적 현상을 목도했으며, 인간성 상실의 위기의식을 누구보다도 예민하게 감지했다.

또 하나의 근거는 이형기의 허무는 스스로 시적인 자각을 통해 이루어진 세계관이라는 점이다. 이형기는 자신만의 시관을 가진 시인으로서 자리하기까지 몇 번의 시적실험을 해야 했다. 그는 부단하게 자신의 시적 세계관을 회의하고 갱신한 시인이다. 초기의 시적 세계관이 달관과 조화의 세계에서 불화의 세계관으로 바뀌면서 '허무의식'이 본격적으로 드러나게 되었다. 이형기는 조화의 세계관에서 불화의 세계로 전이된다. 이러한 시 세계의 변화 이유는 우선 이형기 자신이 말한 자전적 연대기를 통해서 확인할 수 있다.

그 이전까지 쓴 나이브한 서정시로는 돌아갈 수 없고 또 돌아가서도 안 된다는 생각이 내 의식의 밑바닥에 깔려 있었다. 말하자면 시세계를 바꾸어야 한다는 생각이다. (…중략…) 아울러 내게는 모든 사물을 뒤집어 볼 수 있어야만 새로운 시의 길이 열린다는 생각이 떠올랐다. 추악함 속에서 아름다움을, 어둠 속에서 빛을 보는 그러한 시각의 필요성에 대한 자각이다. (…중략…) 그러는 동안에 나는 또 꿈의 언어, 그것이 시라는 얼핏 들으면 상식 같은 사실에 대한 개안을 얻게 되었다. 꿈은 이쪽이 아니라 저쪽에 있는 초현실의 세계를 만들어낸다. 물론 허구일 수밖에 없는 그 세계의 밑바닥에는 현실세계를 부정하는 의지가 깔려 있다. 그러니까 꿈의 언어인 시에 있어서 가시화되어 있는 현실세계가 근원적으로 부정과 파괴의 대상이 되지 않을 수 없는 것이다.

—이형기, 「자전적 연대기」, 『현대시』, 1993.6, 59~61쪽

그러한 세계관의 변화는 다양한 독서체험과 시에 대한 갱신의 노력을 통해 이루어진 것이다. 이후로 이형기에게 허무의식은 시적 세계관을 대표하는 가장 중심적 시의식으로 자리잡게 되었다. 이형기의 허무의식에서 크게 영향을 준 체험은 독서체험이다. 대학 시절부터 읽은 독서열은 병적으로 번지기 시작했는데 그의 독서목록에는 허무의식을 가지게 될 만한 사상가들이 많이 있다. 세스토프로 대표되는 독서체험은 이후에도 허무의식을 지탱하는 가장 중요한 의식의 밑거름이 된다. 이후 1950년대 후반과 1960년대에 걸쳐 일본 인상비평의 대가라고 알려진 고바야시의 글에 깊은 인상을 받게 된다. 고바야시는 프랑스 문학 전공자

였으며 이형기는 고바야시를 통해 보들레르, 랭보, 모차르트, 고흐 등을 심도 있게 접하게 된다. 또한 도스토예프스키를 다루고 있는 「도스토예프스키의 생활: 역사에 대하여」라는 글을 만나고 역사에 대한 허무주의적 태도를 가지게 된다. 이후 이형기의 허무의식은 까뮈와 보들레르, 에밀 시오랑 등과의 만남을 통해 더욱 급진적으로 드러나게 된다.

이 시기에 이형기는 서구 모더니즘에 대한 이론 연구를 폭넓게 진행한다. 특히 까뮈의 '부조리의 철학'과 보들레르에 심취하여, 새로운 시적 세계를 열어 보이려는 개안을 얻게 된다. 이 시기의 작품들은 대체로 현실세계를 부정하고 파괴하려는 시적 경향을 보인다. 『꿈꾸는 한발』의 자서에서도 말했듯이 그는 '자연발생적 서정시'에서 벗어나 비로소 시인의 자각을 하게 된 것이다. 이런 허무의식은 다음과 같은 시를 통해 드러난다.

너는 언제나 한순간에 전부를 산다.
그리고 또
일시에 전부가 부서져 버린다.
부서짐이 곧 삶의 전부인
너는 모순의 물보라
그 속엔 하늘을 건너는 다리
무지개가 서 있다.
그러나 너는 꿈에 취하지 않는다.
열띠지도 않는다.

서늘하게 깨어 있는

천 개 만 개의 눈빛을 반짝이면서

다만 허무를 꽃피운다.

오 분수, 냉담한 정열!

―「분수」 전문

　「분수」에서 한 순간에 전부를 사는 것이나 일시에 전부가 부서져 버리는 분수의 현상은 허무의식을 나타내준다. 그러므로 분수의 삶은 허무 그 자체라고 할 수 있다. 그러나 "하늘을 건너는 자리"엔 "무지개가 서 있다". 이것은 어떤 초월적인 자리나 기회가 있음을 말해 준다. 분수는 이러한 초월의 자리, 즉 '무지개'의 자리를 욕망하지 않는다. 오직 또다시 반복되는 허무를 꽃피우는 것이다. 이 시에서는 니체가 말하는 적극적 방식의 허무주의가 내재해 있다. 자아는 '허무'를 '꽃피운다'라고 하여 절망적 인식 상황을 나름대로 재해석하고 있고, 마지막 시행에 가면 '냉담한 정열!'이라고 하여 허무적인 삶마저 정열로 읽어내는 허무의식이 드러나 있는 것이다.

　허무의식을 가지게 되는 독서체험을 통해 이형기는 허무의식에 대한 자신의 독특한 시론을 펼친다. 세계의 본질에 대한 투지와 갱신의 자구적 노력은 시인으로서 당연히 갖춰야 할 덕목이라고 이형기는 생각했다. 그러한 새로운 세계에 대한 끊임없는 탐구와 도전의 자세는 자신을 부정하는 것에서부터 시작한다. 이형기는 자신의 이전 세계관을 부정함으로써 새로운 세계를 건설하려는 방법적 틀을 확보한다. 그 새로운 세계는 아무 것도 규정되지 않고 불확정적인 '허무'와의 대결이다. 그는 이 허무를 통해 자신이 가지고 있었던 시적 세계관의 변화를 시도했고, 그 변화의 연속을 통해 갱신을 이루었다.

이형기는 문명의 체험 속에서 스스로의 갱신을 통해 허무의식을 가지게 되었다. 이 허무의식은 초기시에서부터 후기시까지 골고루 퍼져 있다. 물론 허무의식의 성격은 각각 다른 방향으로 펼쳐진다. 초기 시집인 『적막강산』과 『돌베개의 시』에서는 자연의 이치가 낳은 허무를 말한다. 자연의 순환원리를 통해 인생의 무상함과 허무를 깨닫는 달관의 견지와 같은 입장을 취한다. 그러나 후기시로 올수록 실존적 허무로 성격이 바뀐다. 스스로가 발견해낸 세계인식의 지향점을 허무의식으로 삼고 그 허무의식을 통해 삶과 죽음에의 실존적 체험을 이룩하는 것이다.

4. 문명비판

이형기는 무엇보다 자신의 허무의식을 통해 문명을 비판하고 있다. 문명을 비판하는 그 이면에는 허무의식의 형성이라는 배경이 존재한다. 이형기는 이미 자신의 시적 세계관 속에 허무의식이 형성되어 있었다. 이 허무의식의 형성은 유년시절의 독서 체험과 새로운 시에 대한 자각을 통해 자연스럽게 형성된 의식이다. 이 선험적 인식은 새로운 시적 자각에 대한 갈망으로 드러난다. 이 새로운 자각이 바로 문명사회를 비판적으로 바라보는 시적 계기가 되었다.

이형기에게 레디메이드의 틀에 갇힌 사고방식은 시적 갱신을 꿈꾸려는 자신에게 가장 경계해야 할 인식의 벽으로 생각하고 있다. 그러므로 갇혀 있는 세계에 대한 충격장치로 레디메이드의 틀을 타파하려는 게 이형기의 의식적 노력이다. 이러한 충격 주기는 구체적으로 시의 세계에 대한 충격주기로 나타난다. '발전'의 논리로 근대에 등록된 기술문명은 편리함과 유용성으로 인해 현대인들에게 없어서는 안 되는 기본 조건으로 여겨졌다. 이런 조건 가운데에서 점점 인간의 정신은 왜소화되고 나약해져 갔다.

과학 기술 문명의 발달로 인해 삶의 질이 향상된 대신 우리는 언제부터인가 무의식적으로 기술문명에 구속되고 있다. 시인들은 점점 길들여지는 인간을 자아가 소멸되어 가는 기계적 이미지를 시로 형상화하며 위기의식을 드러내었다. 문명비판의 도시시 화자들은 대부분 위악적이다. 이 위악적 태도로 문명사회의 병적 징후들과 허위를 비판하는 하는 게 문명비판의 주된 태도이다.

한겨울
심야의 라디오 일기예보는
듣기 전에 이미 가슴이 설렌다.
바람은 북동풍 초속 이십오 미터

심술로 퉁퉁 부은

천이십 밀리바의 저기압을 등에 업고

오호츠크 해로 지금 눈보라를 몰고 간다.

모든 선박의 운항 금지를 명하는

폭풍경보

세상은 온통 꼼짝달싹 못하게

계엄령처럼 숨죽여 놓고

거동이 수상한 캄차카 반도는

공중에 거꾸로 메달아 놓고

저 혼자 미쳐 날뛰는 오호츠크 해

그리고 눈보라를

내 가슴에 가득 채우는 한겨울

심야의 일기예보.

그것은 명왕성 저쪽으로부터

세기말의 감수성한테 보내는

은밀한 스텐바이 신호

지구 폭파의

디데이통보처럼 전율적이다.

거덜나리니

내 기꺼이 거덜나리니

바람아 광풍아 석달 열홀만 불어라!

—「일기예보」 전문

「일기예보」라는 시에서는 이러한 종말의 위기의식을 잘 보여주고 있다. 일기예보는 인간에게 없어서는 안 되는 기초적인 정보이다. 과학기술의 발달은 이후 시간에 대한 자연적 조건까지도 정확하게 예측할 수 있는 단계에까지 다다랐다.

우리는 일기예보를 통해 자연을 관리하고 극복하려는 인간의 이성적 노력이 어느 정도의 수준인지를 알 수 있다. 시인이 바라보는 일기예보는 위험을 미리 파악하고 극복할 수 있는 예보로서가 아니라 이 문명세계의 미래에 대한 예보와도 같다. 이제 기술문명의 세계는 곧 몰락하리라는 종말에 대한 위기의식이 시에 드러나 있다. 즉 '예보'는 문명의 몰락에 대한 예보이다. 그 사실을 시인은 "전율적이다"라고 말한다. 시인은 모든 것이 "거덜나리니/내 기꺼이 거덜나리니"라고 위기의식을 강하게 드러낸다. "세기말의 감수성"에게 보내는 "은밀한 신호"가 바로 문명몰락에 대한 일기예보인 것이다.

문명의 종말에 대한 위기의식은 「전천후 산성비」와 같은 시에서도 더욱 구체적이고 직설적으로 드러난다. 이 시에서 얘기하는 "우리 시대의 비"는 '산성비'로 대표되는 오염된 자연을 말한다. 이미 자연은 오염되어 있기에 "계절과 무관"하게 내리며, 이렇게 불규칙하고 이상한 현상은 "시도 때도 없이" 내리는 비와도 같다. 이 땅에 내리는 비는 "전천후 산성비"이다. 비가 전천후라는 말은 우리 삶의 전부면을 적실 수 있는 비의 속성에 대한 비유이다. 그 비는 모든 것을 가능하게 할 수 있는 전천후의 비인 것이다. 아무 계절에나 내리는 이 전천후 산성비는 "푸른 것을 모조리 갉아 먹어 버리는" 비이다. 푸른 것은 아직 오염되지 않은 이 땅의 모든 생명체를 말한다. 이 생명체들도 하나씩 오렴되어 가고 있는데, 비는 "죽은 구근"을 깨워 "자꾸만 생산을 재촉"하고 있다. 그리고 생산이 넘치고 넘쳐 남아도는 잉여의 상태가 된다.

「병아리」에서는 문명에 의한 생태계 파괴를 보여준다. 이 시에서는 인위적으로 생산되고 있는 달걀을 묘사하고 있다. 우리가 먹고 있는 달걀의 대부분은 양계장에서 사육된 것이다. 사육 달걀은 빠른 시간 내에 좋은 품질의 달걀을 대량생산해야 하기 때문에, 한밤에도 계속해서 불을 밝혀야만 한다. 달걀은 잠을 자야 하는 시간, 새벽을 맞이하기 위해 꿈을 꾸어야 하는 시간에 인위적으로 밝힌 불빛에 의해 깨어난다. "달걀의 꿈은 병아리"이지만 도시에서 '달걀'은 "콜레스테롤 함량 극소화"된 "하얗고 깨끗하게 표정도 지워진/우량품 달걀"의 운명만 있다. 밤이 없는 양계장은 문명사회를 지탱하는 물질 생산소의 상징이다. 이곳에서는 병아리도 없으며 암탉이 사랑하는 경우도 없다. "오직 생산!/생산만을 다그"치는 시간 속에서 부화를 거세당한 생산에의 강요만이 존재한다.

시인은 병아리를 통해 창조의 소멸을 말한다. 생명으로의 탄생은 없고 인위적인 탄생만 있는 사회. 그것은 죽음의 사회이다. 생태계가 파괴되고 있는 현실사회에서 병아리로 태어나지 못하고 양계의 달걀로 대량생산되는 모습은 지금 우리 문명사회의 축소판을 그대로 재현해주고 있는 형국이다.

이 도시의 시민들은 아무도 죽지 않는다

어제 분명히 죽었는데도

오늘은 또 거뜬히 살아나서

조간을 펼쳐든 스트랄드브라그 씨의 아침 식탁

그것은 위대한 생명공학의 승리

인공합성의 디엔에이 주사 한 대가

시민들의 영생불사를 확실하게 보장하고 있다

교통사고로 머리가 깨어진 채

오토바이의 액셀러레이터를 밟아대는 젊은 폭주족

온 몸에 암세포가 퍼져서

수술한 배를 그냥 덮어버린 노인이

내기 장기를 두다가 싸운다

아무도 죽지 않기 때문에

장사를 망치고 죽을 지경인 장의사 주인도

죽지 않고 살아서 계속 파리를 날린다

1년에 한 살씩 나이를 먹는다는 계산은

전설이 되어버린 도시

얼마나 오래 살았는지

누구도 제 나이를 아는 사람이 없다

젊어도 늙고

늙어도 늙고

태어날 때부터 이미 폭삭 늙어서

온통 노욕과 고집불통만 칡넝쿨처럼 칭칭

무성하게 뻗어난 도시

실연한 백발의 노처녀가 드디어 목을 맨다

그러나 결코 죽을 수는 없는

차가운 디엔에이의 위력

스스로 개발한 첨단의 생명공학이

죽음에의 길마저 차단해버린 문명의 막바지에서

시민들의 소망은 하나밖에 없다

아 죽고 싶다

—「죽지 않는 도시」 전문

「죽지 않는 도시」에서는 문명의 폐해에 대한 위기의식을 가장 극단적인 상황으로 표출한다. 이 도시의 시민들은 아무도 죽지 않는다. 그러나 영생하는 이 땅의 사람들은 전혀 즐겁지 않다. 위대한 생명공학의 기술로 사람들은 죽지 않지만 오히려 사람들은 죽고 싶어 한다. 죽지 않는 이 도시는 "온통 노욕과 고집불통만 칡넝쿨처럼 칭칭/무성하게 뻗어난" 곳이다. 생노병사는 인간에게 주어진 천성적인 운명에의 길이다. 하지만 첨단기술은 이 운명에의 길조차 허락지 않는다. "스트랄드브라그"는 걸리버 여행기에 나오는 영생 불사하는 종족의 이름이다. 이 도시의 인간은, 도시를 건설한 문명 발전론자들은 이 운명을 영위할 인간들을 "스트랄드브라그"로 만들고 싶어한다. 그것이 문명인에게 주어지는 최대의 은혜인 것이다. 그러나 사람들은 죽음에의 길까지도 차단해버린 이 문명 속에서 "죽고 싶어"한다. 참혹한 상황이 바로 지금의 현실이다.

이형기는 문명비판의 자세를 통해 이 현실과 세계를 불합리하고 부조리한 공간으로 파악하였다. 도시는 죽고 싶지만 '죽지 않는 도시'이다. 이 도시는 문명사회가 이룩해낸 찬란한 결과물이다. 그러나 그 문명을 살아가는 인간의 내면은 허무의 세계를 인식하게 되었다. 이형기의 허무의식은 이렇게 문명비판을 통해 현실화되고 있다. 또한 이 문명비판은 어떠한 극복의지나 새로운 전망이나 낙관을 수반하지 않고 차가운 현실의 끔찍함만을 남겨 놓고 있다. 모든 것은 죽음으로 귀결되어야 하는 소멸인식이 문명비판의 표면 속에 함의하고 있다.

5. 변증법적 인식과 초극적 의지

이형기의 후기시에서는 갈등의 시기를 통합하여 자아와 세계의 관계가 다시 화해의 관계로 회귀하려는 모습을 보이고 있다. 앞 시기에서 보이는 허무의식을 바탕으로 하는 존재론적인 주제가 그대로 이어져 있다. 그러나 이러한 주제가 더욱 심화 확대되어 새로운 세계를 지향하려는 의지로 표출된다. 특히 이형기의 『절벽』에서 보여지는 죽음에 대한 초극적 인식, 즉 죽음을 통해 새로운 세계를 지향하려는 의지를 통해 영원을 꿈꾸는 모습은 이러한 변증법적 지향의식을 드러내주는 실례라 하겠다.

아무도 가까이 오지 말라
높게
날카롭게
완강하게 버텨 서 있는 것

아스라한 그 정수리에선
몸을 던질밖에 다른 길이 없는
냉혹함으로
거기 그렇게 고립해 있고나
아아 절벽!

—「절벽」 전문

　절벽은 이제는 아무런 희망도 새로운 길도 보이지 않는 마지막 여정의 끝이다. 이러한 길에서 할 수 있는 일은 "완강하게 버텨 서 있는 것"뿐이다. 그러나 시에서의 화자는 모든 것을 자포자기하는 자세의 버팀이 아니다. 그것은 "높게/날카롭게" 서 있는 형상이다. 목적의 끝과 길의 끝에서 "몸을 던질밖에 다른 길이 없는" 마지막 선에서, 시의 화자는 절벽의 한계를 냉철하게 인식하고 있다. 다른 길이 없다는 고백은 냉혹한 현실에 대한 철저한 인식이다. 이러한 인식은 죽음으로 결말짓는 실존의 최후에서도 냉철한 의식을 잃지 말아야 함을 스스로에게 다짐하고 있다. 이는 어떤 한계에 대해 도전하려는 의식적 몸짓에 해당한다.
　이형기는 생성과 소멸의 연속적 과정을 신생의 추구라는 인식

으로 극복해내고 있다. 시집 『절벽』에는 95편의 「아포리즘」이
함께 수록되어 있다. 이 「아포리즘」은 이형기 후기시를 읽어내
는데 중요한 논증 자료가 된다. 「아포리즘」의 전체적 핵심은 죽
음을 단절로 보지 않고 새로운 생명의 탄생으로 보는 불멸의
정신이다. 그는 시인이란 존재의 위상을 이러한 불멸의 정신을
획득하는 것에서 보고 있다. 죽음을 통해 새로운 생명의 역동성
을 발견하고 거기에서 영원을 갈구하는 초월의식이 후기시에
주도적으로 드러나는 점이다.

　　나의 시계는 거꾸로 돌아간다
　　과거에서 미래로가 아니라
　　미래에서 과거로

　　그것은 탄생이 아니라
　　죽음에서 시작되는 내 인생
　　그것과 같다

　　그러므로 나는
　　미래의 미래 그 저쪽에 있는 추억
　　과거의 과거 그 저쪽에 있는 희망
　　그처럼 정상이다

　　이를테면 저 능금을 보아라

한때의 식욕이 따먹고 버린
아무도 거들떠보지 않는 씨 하나에서
새로이 움터오는 과거의 시작을

죽은 다음을 살고 있는 인생은
한시에서 열두시
열두시에서 한시로
보이지 않는 계단을 밟아가고

탐스러운 열매의 미래가
씨 속에 간직된 과거의 먹이로 돌아가는
나의 시계는
거꾸로 돌아가는 것이
바로 돌아가는 것이다

—「거꾸로 가는 시계」 전문

소멸에서 새로운 생성의 세계로 가기 위해서 이형기는 시간을 되돌리는 방식을 취하기도 한다. 허무의식에서 시간은 중요한 구실을 한다. 새로운 삶의 질서는 죽음 이후의 삶을 스스로 계획하는 인식의 힘으로 등장한다. 시의 화자는 "탄생이 아니라/죽음에서 시작되는 내 인생"이라고 말한다. 그것은 과거 이후에 미래가 있듯이 죽음 이후의 시간도 새로운 삶의 공간, 생성의 공간이 있음을 암시하는 것이다. 그것을 "아무도 거들떠보지 않는 씨 하나에서/새로이 움터오는 과거의 시작"이라고 생성의 자리에 죽음 이후의 시간을 대치시킨다. 그렇기에 시에서 보이는 시적 화자의 시간은 일반적인 의미의 시간이 아니다. 그 시간은 바로 "거꾸로 돌아가는 시간"이다. 하지만 화자는 이 시간 개념이 "바로 돌아가는 시간"이라고 말하고 있다. 그것은 영원성의 시간을 자신의 시간으로 바라봄으로써 시간에 대한 기존의 인식과 다르다는 점을 더욱 강조하고 있다.

눈을 감으면
아득한 기억의 저쪽에서
하얗게 떠오르는 것이 있다
보니 그것은
여태까지 내가 수없이 입 밖에 내었던
그리고 또
입 안에서 이리저리 굴리다가
꿀꺽 삼켜버린 말들이다
원래는 색깔과 모양과 의미가 있었던
그것들이 이제는 그저 하얗다
만들어진 모든 것은
필경 사그러져 버린다는 뜻인가
그러나 다시 보면
그것은 싸락눈이 깔린 언덕이다
봄이 되어 그 눈이 녹으면

파릇파릇 새싹이 돋아날

그리하여 새로 시작할 그 자리

소멸과 생성이

둘이면서 하나인 모순의 자리가

바로 거기 있구나

─「모순의 자리」 전문

『절벽』이후의 이형기 시는 더욱 선명하게 초극적 의지를 실천
하고 있다. 「모순의 자리」는 2001년 발표된 시다. 시인이 말하는
"아득한 기억의 저쪽에서/하얗게 떠오르는 것"은 무엇일까. 그
것은 본질의 자리다. "소멸과 생성이/둘이면서 하나인 모순의
자리"이다. 그 자리는 원래 여러 모양과 색깔이 있었던 자리였다.
하지만 이제는 하얗게만 보이는 형체와 색깔이 사라진 모습으
로, 곧 사그라질 모습으로 시인에게 남아 있다. 실상 모순의 세계
는 무엇인가를 깨닫는 순간 알 수 있는 본질의 세계이다. 모순을
통해 소멸과 생성을 함께 인식될 수 있는 힘은 허무를 초극하는
의지와도 맥이 닿아 있다.

　허무의식은 이형기에게 세계를 바라보는 새로운 인식의 차원
에서 진행되었다. 그리고 이 허무의식은 끊임없이 생장, 발전하
면서 변화를 보였다. 결국 이형기의 허무의식은 허무를 통해 소
멸로 치닫는 세계가 아니라 새로운 세계를 생성하려는 지향점으
로 삼았다.

여기서 나는 일체를 無로 돌리는 커다란 시연을 만나게 된다. 그
러나 그것은 세계의 무덤이 아니라 세계가 새로 태어나는 자궁이다.
무의 심연을 거쳐야만 비로소 세계는 자신을 얽어매고 있는 유용성
의 틀에서 해방될 수 있기 때문이다. 시라는 이름의 무용성의 추구
는 이러한 세계의 해방을 노리는 의식적인 작업이다.

—이형기, 「無用性의 의미」, 『시와 언어』, 문학과지성사, 1987, 273쪽

이형기가 만난 허무는 무덤이 아니라 새로운 창조를 가능하게
하는 힘이었으며, 그것은 또 하나의 숨을 만든 자궁이었다.

이형기는 '허무의 시인'이다. 이형기가 도달한 '허무'는 생성과
소멸의 끊임없는 과정의 변증법적인 인식이 새로운 지평을 열고
있는 시의식이다. 허무를 통해 새로운 창조적 세계를 꿈꾸는 시
인이다. 그 초극적 의지를 우리는 잊지 않아야 한다. 끊임없이
자신과 대결하며 문학청년으로서 결기를 잃지 않으려는 시인의
태도 속에서 우리는 진정 시가 무엇인지 다시 한 번 궁구할 수
있을 것이다. 덧붙여 이형기 시의 주제의식뿐 아니라 방법론의
변이 과정, 이형기 시론의 특성, 이형기 시의 현대성 등 다양한
방면으로의 연구가 앞으로 더 진행되어야 할 것이다. 이번 전집
을 통해 이러한 연구가 더욱 활발해지길 누구보다 간절히 바라
본다.

선시에 나타나는 모순어법의 발현 양상

: 조오현론

파사현정(破邪顯正)은 "그릇된 것을 깨뜨려 없애고 바른 것을 드러낸다"는 뜻을 담은 사자성어이다. 파사현정은 점점 가속화되어 가는 거짓과 물질에 대한 욕망과 탐욕, 더 높은 자리에 있는 사람일수록 더욱 간악해지는 불의와 부정을 바라보는 시각이 담겨 있다. 정치, 경제, 사회가 모두 탐욕의 담론으로 수렴되는 이 물질자본의 시대에 우리는 무엇을 생각할 수 있을까.

문학은 그러한 때에 분명한 메시지를 전해줄 수 있을 것이다. 문학의 기능 중 하나인 성찰의 양식은 가장 중요한 미덕 중의 하나이다. 지금이야말로 내면적 성찰이 가장 중요한 시대가 아닌가 한다. 가진 자나 못가진 자나 배운 자나 못 배운 자나 모두 물질의 가치를 가장 중요한 가치로 인정하고, 모두 그 가치를 이루기 위해 인간의 가장 중요한 자존까지도 함부로 폄하하는 게 지금의 현실이다. 이때 우리는 자신을 천천히 돌아보고, 자신의 얼굴에 묻은 허물을 떼어내고 낮은 자세로 엎드려 반성하는 일이 존귀한 일이라는 점을 직시해야 한다.

흔히 선(禪)을 가리켜 자신의 본래 성품을 돌아보는 일이라고 말한다. 자신을 생각하고 돌아보는 일이 선을 닦는 행위이며, 선을 닦기 위해서는 고요한 시간과 장소를 택해 선을 이루는 순간에 들어가야 한다. 이러한 정서적, 육체적 행위를 통해 자성(自性)을 보며, 자성을 천천히 바라볼 때 견성(見性)을 이루고, 이 깨달음을 통해 각자(覺者)가 되는 것이다. 이 각자가 바로 부처(Budda)가 되는 것이라고 말한다. 이러한 과정은 흡사 시를 쓰는 행위와도 많이 닮아 있다. 시를 쓰는 일은 자신을 닦는 행위이며, 고요한 몰입의 순간을 찾아 인간사의 여기저기를 엿보아야 하는 게 시쓰는 일이다.

시에서 선적 상상력은 바로 각자가 되는 도정을 통해 부처에 이르는 길을 시로써 형상화하는 일일 것이다. 하지만 우리는 '선(禪)'이라는 말을 가까우면서도 멀게만 느껴진다. 그 이유는 여러 가지가 있겠지만, 서구적 시각에서 이론적 토대가 형성된 시라는 장르 자체에 대한 내부적 정황과 '선시'라는 개념 자체에 대한 소홀함 때문일 것이다. 우리는 선적 상상력이 발현된 시를 접하면서 가장 먼저 해결해야 할 문제가 바로 선시에 대한 개념 규정과 선적 상상력의 구체적 발현 양상이다. 우선 송준영의 말을 빌어 정리하면 다음과 같다.[1]

선시는 혜능이 말한 '本來無一物'의 게송이 선시의 기원을 이룬다. 현재는 선시라고 일반적으로 통칭하지만, 원래의 어원은 산스키리트어 gata이다. 이 말이 가타(伽陀)로 음역되었고, 게(偈)와 송(頌)이 합쳐져서 게송(偈頌)이라고 의역된 것이다. 게송은 불전 가운데 운문으로 된 시를 말한다. 불교는 계(戒: 계율), 정(定: 참선), 혜(慧: 지혜) 삼학(三學)의 일치를 추구하는 종교인데 선은 이 세 가지 배움 가운데 정에 해당한다. 정은 산스크리트어로 Dhyāna로 선나(禪那)라 음역되어 약칭 선이라 불린다. 곧 정려(靜慮) 사유수(思惟修) 정(定)이라 의역되었다. 이 의역에서 '생각을 고요에 들게 한다', '생각을 닦는다'는 말이 나온다. 이 말이 시(詩)라는 단어와 합해져서 선시가 되는 것이다. 즉 고요에 들어 생각을 닦는 노래가 게송 혹은 선시라 하는 것이다. 즉 선시는 선사상을 시적으로 표현한 언어 양식을 말한다. 곧 선사들의 선적 체험, 이른바 선수행의 결과 체득된 오도의 경지를 선시적 수사법으로 표현한 시가 바로 선시이다.

여기서 중요한 것은 선시의 수사법이 어떤 방법인가 하는 점이다. 송준영의 논의를 따라가 다시 정리해보면 선시의 수사법은 내용적으로 선사의 오도송을 비롯하여 불경이나 어록, 공안집을 바탕으로 하는 것이며, 형태적으로 보면 고전 선시에 자주 나타나는 절연, 압축, 기상, 모순, 병치, 사물의 가탁에 의한 형상

---

1) 지금부터 선시에 관한 이론적 논의는 송준영과 이재훈이 나눈 대담 「선시에 관한 몇 가지 물음들」(『현대시』, 2003년 6월호)과 송준영의 「현대선시의 새로운 기미」(『현대시』, 2002년 12월호)의 내용을 참조.

화 등을 말한다. 이중에서 특히 많이 나타나는 수사법은 모순적 어법이다. 선시의 모순적 어법은 스스로 깨친 세계를 문자로 보여주어 미혹한 중생들을 깨닫게 하기 위한 선사들의 간절한 노파심에서 비롯된 것이다. 선시의 내용면에서는 어느 정도 이해가 가지만, 형태적인 면에서의 수사법은 우리에게 조금 낯선 부분이 있다. 이중에서 모순적 어법을 세 가지로 분류하면 반상합도(反常合道), 초월은유(超越隱喩), 무한상징(無限象徵)을 들 수 있다. 반상합도(反常合道)란 우리가 정상이라 규정하는 일상을 돌이키고 뒤틀어서 정상과 비정상이 융통하고 회감하여 수승된 다른 세계로 나아가는 것. 즉 서로 다른 것이 상호 합일되어서 고차원의 다른 세계로 합도 되는 경지를 말한다. 초월은유(超越隱喩)는 이질적인 두 사물에서 유사성을 발견하는 비유, 곧 비동일성에서 동일성을 발견하려는 비유이다. 초월은유는 일반적인 시론에서 얘기하는 병치은유나 치환은유의 견해를 모두 벗어나는 비유라 할 수 있다. 무한상징(無限象徵)은 선의 도리는 본질과 물질적 현상을 따로 구분하지 않는다. 선시에선 상징에 남아 있는 논리적 고리를 단절시킴으로 중생의 분별 간택심을 초월하려는 불립문자의 표징일 뿐이다. 곧 선시에선 단어, 시구 혹은 선시 자체가 낱낱이 암시적 상징으로 형성된다. 따라서 선시어의 암시성, 상징성이 일반시보다 연결성, 밀도 면에서 훨씬 복잡다단하다. 인드라망처럼 상징의 굴레가 복잡하고 그 행간의 의미가 무한하므로 무한상징이라 칭한다.

이번 설악 스님 조오현의 시에서는 이러한 모순적 어법의 수사가 엿보이는 시편을 선보이고 있다. 시인 조오현은 불가의 오래된 선승으로 시 속에서 불교적 가르침의 차원이 아니라 깊은 인식과 언어적 미감을 통해 자신만의 시의 미학을 발휘해 온 시인이다. 조오현의 시는 형태적인 면에서 시조의 양식을 업고 있으며, 내용면에서는 불교적 세계관 혹은 선적 세계관의 바탕 위에서 형성되어 왔다. 수사적인 측면에서 보면 선적 수사법이라 할 수 있는 모순 어법을 자유자재로 체득되어 발현하고 있다.

허깨비인줄 아는

그 순간

목숨이 다 한다

—「깨달음이란 없다」 전문

시인은 시제에서 이미 깨달음이란 없다고 전언을 한다. 깨달음을 아는 순간에는 이미 목숨을 다하는 것이라고 말한다. 그러면 우리 미혹한 인간에게 깨달음은 영원히 도달할 수 없는, 닿을 수 없는 진리인가. 시인은 그 깨달음의 본면에 대해 어떠한 해설을 달지 않는다. 오히려 모든 실상과 진실이 "허깨비"라는 점을 담담하게 들려줄 뿐이다. 허깨비임을 알 때 우리는 비로소 자각하는 것이다. 이 시에는 선시의 수사법이라 할 수 있는 모순적 어법의 반상합도와 초월은유의 성격이 드러나 있다. '깨달음은 없다'라고 말하고 있지만, 이미 시의 화자는 깨달음을 아는 순간을 말한다. 정상과 비정상이 융통하여 새로운 의미의 파급을 만들어내는 반상합도의 경우처럼, 깨달음은 없지만 깨달음을 아는 순간을 통해 깨달음 자체가 허깨비라는 점을 시사한다. 모든 본질에 깨달음은 영원히 도달할 수 없을지도 모른다. 깨달음은 더 간절히 닿으려하면 할수록 멀리 달아나는 것인지도 모른다. 깨달음을 아는 순간까지 우리는 무지한 인간인 것이다.

부음을 받는 날은
내가 죽어 보는 날이다

널 하나 짜서 그 속에 들어가 눈을 감고 죽은 이를
잠시 생각하다가
이날 평생 걸어왔던 그 길을
돌아보고 그 길에서 만났던 그 많은 사람
그 길에서 헤어졌던 그 많은 사람
나에게 돌을 던지는 사람
나에게 꽃을 던지는 사람
아직도 나를 따라다니는 사람
아직도 내 마음을 붙잡고 있는 사람
그 많은 얼굴들을 바라보다가

화장장 아궁이와 푸른 연길,

뼛가루도 뿌려본다

―「내가 죽어 보는 날」 전문

   시에서 "죽어 보는 날"을 말한다. 실제로 우리 주변에서 죽음 체험을 통해 죽음의 의미를 생각해보고 지금 현실의 삶을 소중히 생각해보는 행사가 열리기도 한다. 이러한 행사 말고도 실제로 죽음을 체험한 임사체험은 오래된 심리적 육체적 현상이다. 임사체험을 연구하는 학자들도 있으며 세계의 임사체험자들의 경험담을 모든 임사체험 사이트도 있다. 임사란 특정인이 육체적으로 위태로운 상태가 되어 여건이 나아지지 않아 죽음에 이르게 되는 순간을 가리킨다. 임사체험자들은 육체적, 정신적으로 사망의 과학적 근거에 의해 자신이 죽음을 체험했음을 인식한다. 그 체험을 통해 자신이 바라보는 가시적 현상에 대해 생각한다.

   위의 시에서는 "부음을 받는 날"이 죽어 보는 날이라고 했다. 부음은 다른 사람의 죽음소식을 듣는 일이다. 시의 화자는 다른 죽음 소식을 통해 자신의 죽음을 실존적으로 체험한다. 이 또한 반상합도의 수사법에 가깝다. 시의 화자는 죽어 보는 체험을 통해 독자들에게 어떤 의미를 전달할 지에 골몰하지 않는다. 반성적 사고를 통해 스스로를 되돌아보고, 뼛가루도 뿌려본다는 행위만 보여줄 뿐이다. "평생 걸어왔던 그 길"을 생각해보며, "나에게 돌을 던지는 사람/나에게 꽃을 던지는 사람/아직도 나를 따라

다니는 사람/아직도 내 마음을 붙잡고 있는 사람"을 떠올리는
것이다. 이러한 성찰의 계기를 보여줌으로써 우리는 죽음의 의
미를 스스로 생각해보는 것이다.

　　타작마당에 가면
　　아주 못 살게 하는 것이 있다.
　　그 옛날 보릿고개
　　배가 고파 비벼댔던
　　아직도 내 목에 걸려 있는
　　풋보리 그 가시라기

　　만약 사람을
　　도리깨로 다스린다면
　　한 40년 잘못 살아온
　　내 죄는 몇 가마니나 될까
　　그 한번 모조리 훑고 떨어서
　　담아보고 싶어라.

　　내 친구 김바위
　　타작마당에 가 보니
　　빚더미 그 높이만큼이나
　　쌓아놓은 보리 가마
　　그 죄는 허접한 쭉정이

불을 질러 버리더라.

―「보리타작 마당에서」 전문

위의 시는 더 구체적으로 우리의 지난했던 삶을 회억한다. 가
난하고 어려웠던 시절을 생각하니 목이 메이는 것이다. 시의 화
자는 타작마당에 가면 옛날 보릿고개 시절이 생각난다. 그때 원
없이 먹지 못했던 풋보리 가시라기가 아직도 목에 걸리는 듯,
목이 메이는 것이다. 도리깨는 타작을 위해 보리를 패기 위한
도구인데, 그 도리깨로 시의 화자를 다스린다면 어떨까를 떠올
려본다. 또한 잘못 살아온 자신의 죄는 몇 가마나 될까를 생각
한다. 그런 생각을 통해 화자의 친구 "김바위"가 등장한다. 그는
빚더미만큼이나 높이 보리 가마가 있었다. 그의 빚더미가 죄라
면 그의 죄는 허접한 쭉정이라 칭한다. 그 쭉정이를 불질러 버리
라고 말한다.

조오현의 시는 쌓고, 올리고, 의미를 확장하는 세계가 아니다.
오히려 내리고, 버리고, 의미를 무화시키는 세계에 가깝다. 그렇
다고 그의 시가 득도의 공간에서 홀연히 유유자적하는 오도(悟
道)의 단독자도 아니다. 늘 우리 삶의 일부분에서 가장 쉽고 투명
한 언어로 우리의 일상을 투망질한다. 조오현의 시는 모순어법
의 수사법을 자유자재로 사용하고 있지만, 그 수사법을 통해 우
리를 성찰의 세계로 인도한다. 깨달음을 넘어선 현자의 선문답
은 우리 속인들에게 너무 어렵다는 점을 시인은 알기 때문일까.
이미 세속의 모든 욕망과는 절연한, 혹은 초월한 시인의 마음속

에 우리 속인들의 마음을 헤아려주고 싶은 시인의 투명하고 온화한 마음이 가득차 있다. 시인은 "마음은 바라볼 수는/있어도 건져낼 수는/없는 노릇이"(「미완성」)라는 점을 우리에게 불현듯 알려준다. 이러한 개오(開悟)의 과정을 통해 우리는 각자(覺者)의 길을 향해 매번 걸어갈 수 있는 것이다.

담박(淡泊)의 시학

: 허형만론

조선의 대표적인 유학자 율곡은 『정언묘선(精言妙選)』이라는 시선집에서 시를 감상하고 비평하는 기준에 대해 말한 바 있다.[1] 그것은 '품격(品格)'이라는 것인데, 품격의 범주에는 는 충담소산(沖澹蕭散), 한미청적(閒美淸適), 청신쇄락(淸新灑落), 용의정심(用意精深), 정심의원(情深意遠), 격사청건(格詞淸健), 정공묘려(精工妙麗), 결(缺) 등 여덟 가지나 된다. 품격이란 작자의 인격이 작자가 선택한 적절한 주제와 형식을 통하여 드러난 총체적인 미감(美感)을 말한다. 율곡의 품격론은 고전시가를 해석하고 가치판단하는 데 사용하는 가치기준이지만, 지금의 시에서도 곱씹어볼만한 시

---

1) 이에 대한 논의는 김병국, 「율곡의 품격론」, 『고전시가의 품격 미학』(월인, 2009)을 참조.

의 덕목들이 많다. 품격론은 대체적으로 시의 본원인 "사람의 정을 다 다 드러내고[곡진인정(曲盡人情)], 사물의 이치에 두루 통하되[방통물리(旁通物理)] 유순하고 참된[우유충후(優柔忠厚)]" 내용을 담고 있다. 율곡이 『정언묘선(精言妙選)』에서 밝히는 시에 대한 얘기를 보면 자신의 깨달음을 통해 성찰로 이어지는 품격의 미학을 강조하고 있다.

시는 비록 배우는 자가 잘해야 될 일은 아니지만 성정(性情)을 읊어 청화(淸和)를 폄으로써 가슴속의 더러움[滓穢]을 씻을 수 있는 즉 존양성찰(存養省察)에 일조가 된다.

시적 자아의 내면을 닦거나 내면을 비우고 성찰의 자세를 획득하려는 시의 태도는 가장 중요한 시의 덕목 중 하나이다. 허형만의 시를 읽다보면 율곡이 제시한 품격론의 핵심을 생각하게 한다. 허형만의 시는 작은 일상적 사건을 계기로 삶의 이치를 깨닫게 하며, 자신을 부단히 성찰하는 반성적 사고를 통해 비움의 자세를 획득하게 한다.

허형만은 잘 알려져 있다시피 한국시의 가장 큰 물줄기인 서정의 맥을 가장 충실히 지켜온 대표적인 시인 중의 한 명이다. 지금까지 열네 권의 시집을 출간하며, 시인으로서 국문학의 연구자로서 역할을 감당하며 평생을 시와 함께 지내왔다. 허형만의 시적 세계는 이 세계의 불온하고 더러운 모든 양태(樣態)와 존재들을 따스한 손길로 어루만져 안온과 평안을 전해준다. 세계와 자아의 화해는 쉽게 이루어지는 것이 아니다. 신산한 삶의 내력과 굴곡진 역사 속에서 한 지식인이 겪어야 하는 내상(內傷)을 스스로 이겨내고 남은 자리에서 작은 씨앗처럼 생성된다. 그러한 평온한 세계는 처음에는 아무 힘없이 미약한 세계로 보이지만 실상 모든 것을 끌어안아 새로운 세계의 지향점을 제시해주는 길잡이 역할을 한다.

허형만은 한때 '반체제 시인'으로 날 선 역사의식과 시인으로써 가져야 할 태도를 올곧게 유지하며 그의 시업을 쌓아왔다. 또한 순수 서정시인으로서 세파에 흔들리지 않고 자신만의 세계를 쌓아 왔다. 이러한 것들이 바로 한국적 서정의 광맥을 가장 성실하게 캐내온 시인으로서의 역할을 여실히 보여주는 부분이다.

허형만은 1973년 『월간문학』 신인상에 당선됨으로써 시단에 발을 들여놓는다. 1978년 첫 시집 『청명』을 발간하고, 1984년 제2시집 『풀잎이 하나님에게』, 1985년 제3시집 『모기장을 걷는다』, 1987년 제4시집 『입맞추기』, 1988년 제5시집 『공초』와 제6시집 『이 어둠 속에 쭈그려 앉아』, 1993년 제8시집 『새벽』, 1995년 제9시집 『풀무치는 무기가 없다』, 1999년 제10시집 『비 잠시 그친 뒤』, 2002년 제11시집 『영혼의 눈』, 2005년 제12시집 『첫차』, 2008년 제13시집 『눈 먼 사랑』, 2010년 제14시집 『그늘이라는 말』을 상재했다. 허형만은 등단 이후 지금까지 빈 공백 없이 성실하게 시업을 쌓아 왔다.

허형만의 시세계를 크게 초기, 중기, 후기로 나누어 살펴볼 수 있다.2) 초기시는 1973년 등단부터 첫 시집 『청명』이 출간된

1978년까지 발표된 시인데, 개인적인 순수서정과 전통적인 경향을 띠고 있다. 중기시는『목요시』동인으로 활동하던 1979년부터 제9시집인『풀무치는 무기가 없다』를 펴낸 1995년까지 창작된 시기이다. 이 시기의 시들은 진솔한 삶과 역사적 상상력, 향토적 서정의 세계를 근간으로 한다. 후기시는 1996년 이후의 시세계를 말한다. 후기의 시세계에 와서 중요한 변모를 보여주는데 내면으로의 침잠, 고요한 자기성찰, 생명의식의 고양 등을 핵심 세계라고 할 수 있다. 즉 허형만은 전통적인 순수서정의 세계에서 삶과 역사에 대한 관심으로 이동하였다가 다시 개인의 내면으로 돌아온다. 후기시에 와서 자기성찰과 생명의식이라는 화두를 가진다. 이번 글에서는 2000년대 이후 출간된 시집을 중심으로 시에 드러난 담박(淡泊)의 세계를 엿보고자 한다.

> 우리의 연약함을 보시고
> 우리의 이파리를 꺾이지 않게 하시며
> 당신의 이름을 위해 우리를 지키소서
> 야훼, 우리 하느님
> 태풍이 몰아쳐도 뿌리 뽑히지 않게 하시고
> 들불이 번져와도 타지 않게 하소서
> 비록 어둠 속에서도 두 눈 크게 뜨게 하시며
> 나팔을 높이 불어 쓰러진 동족을 일으키소서

---

2) 이와 관련된 논의는 김선태, 「성실성과 친화력의 시인」(『유심』, 2011년 11~12월호)을 참조.

우리의 햇살을 전과 같이 함께 하게 하시고
우리의 새들도 처음처럼 돌려보내 주소서
짓밟는 자에게 생명의 귀함을 일깨워 주시고
낫질하는 자의 낫은 녹슬게 하소서
야훼, 우리 하느님
우리의 땅은 더욱 기름지게 하시고
우리의 영혼을 버러지로부터 보호해 주시고
우리의 뿌리는 더욱 깊이 뻗게 하시며
우리의 하늘은 더욱 푸르르게 하소서.

—「풀잎이 하느님에게」 전문

허형만은 우리 민중들의 애환을 강인한 역사의식을 통해 지속적으로 드러내왔다. 초기시라 할 수 있는 위의 시는 대표적인 예이다. 시의 화자는 나약하고 가녀린 존재이다. 지금은 힘이 없어 무기력하며 아무 것도 할 수 없는 처지로 보인다. 하지만 "풀잎"처럼 연약한 존재는 그대로 밟히거나 주저앉지 않는다. 풀잎의 간구는 이 시대를 지키고 이겨내려는 강력한 의지의 표현이다. "우리의 연약함", "우리의 이파리"를 지키는 것은 "야훼, 우리 하느님"이다. 신에게 의탁한 소망의식은 새로운 천국의 세계를 만들어달라는 것이 아니다. 바로 이전의 세계로 되돌려달라는 것이다. 연약한 풀잎의 존재는 바로 쉽게 밟히고 죽을 수 없는 우리 서민의 삶과도 일치한다.

민중은 쉽게 밟혀 사라지거나, 신음만 내다 포기하고 마는 나약한 존재가 아니다. "낮은 자", "민중"의 편에서 간구하는 시의 목소리는 여리고 낮은 어조로 읊조리지만, 내면의 의지와 결기는 강인하다. "태풍이 몰아쳐도", "들불이 번져와도" 뽑히지 않고 타지 않는 질긴 생명력을 가진 대상이 바로 민중이다. 또한 나약한 민중의 삶을 짓밟는 존재에 대해서도 소망의 말을 한다. "생명의 귀함을 일깨워 주시고", 민중들을 핍박하는 "낫"은 녹슬게 해달라는 것. 그것을 모든 만물의 창조주이신 신에게 간곡히 갈구해보는 것이다.

시인이 풀잎이라는 작고 나약한 존재를 통해 신에게 부르짖는 것은 우리 민중의 삶을 지켜봐달라는 의미이다. 늘 밟히는 존재, 그러면서도 절대 없어지지 않는 존재이며 생명의 대표적 표시인 풀잎은 우리 민중의 모습과 꼭 닮았다. 허형만은 역사적 현실을 의식한 이러한 우리 일상의 삶에 대한 깊은 관심을 가지고 있다.

전셋집으로 옮기고 나니
내가 가난한 걸 비로소 알겠더라
유산이라곤 기껏 슬픔만 남겨놓고
아버지 떠나가신 소한(小寒) 날
펑펑펑 튀겨지는 조팝꽃 같은 눈송이들
저 눈송이 주먹밥처럼 뭉쳐 먹으면 배부를까
하양 하늘만 하염없이 바라보곤 했었는데
그날 이후 아버지는 영영 오시지 않고
오늘은 두 아들의 애비가

풍성한 조팝꽃 무더기 앞에 앉아

미치게 푸르른 하늘만 우두커니 우러르다

남겨줄 유산 없음에 허허! 한바탕 헛웃음 치느니

—「유산(遺産)」 전문

　이러한 민중의 삶에 대한 깊은 이해와 관심은 시인의 살아온 경험에서 기인한다. 시의 화자는 기껏 "슬픔만 남겨놓고" 떠나가신 아버지를 생각한다. 가난한 삶은 우리 윗세대들이 공통적으로 경험한 가장 보편적인 삶의 체험이다. 오죽하면 "조팝꽃 같은 눈송이들"을 뭉쳐 주먹밥처럼 먹으면 배부를까 라고 했을까. 그러한 시절, 아버지는 늘 부재한다. 시의 화자는 이제 아버지가 되었다. 아버지가 남겨준 슬픔의 유산은 아니더라도 자신이 크게 남겨줄 것 없는 유산에서도 "헛웃음"을 친다. 풍족한 물질의 유산이 아니라, 눈을 보며 조팝꽃 무더기라 칭하는 정신적 부요의 유산이 더 소중함을 느끼게 하는 시다. 위의 시를 보면 시인이 세계를 대하는 태도가 느껴진다.

　이태리 맹인가수의 노래를 듣는다. 눈먼 가수는 소리로 느티나무 속잎 틔우는 봄비를 보고 미세하게 가라앉는 꽃그늘도 본다. 바람 가는 길은 느리게 따라가거나 푸른 별들이 쉬어가는 샘가에 생의 긴 그림자를 내려놓기도 한다. 그의 소리는 우주의 흙 냄새와 물 냄새를 뿜어낸다. 은방울꽃 하얀 종을 울린다. 붉은점모시나비 기린초 꿀을 빨게 한다. 아찔하다. 영혼의 눈으로 밝음을 이기는 힘! 저

반짝이는 눈망울 앞에 소리 앞에 나는 도저히 눈을 뜰 수가 없다.

—「영혼의 눈」 전문

시의 화자는 이태리 맹인가수의 노래를 듣고 있다. 맹인가수의 노래를 영혼의 소리로 받아들인다. 눈 먼 가수가 이 세계와 관계 맺는 방식은 소리와 냄새, 혹은 직접 만져보는 일일 것이다. 눈 먼 가수는 소리를 통해 봄비를 보고, 꽃그늘도 본다. 그가 느끼고 체험하는 것은 눈으로 보는 것이 아니라 마음으로 보고 읽고 느끼는 것이다. 온몸으로 체감하여 소리로 빠져나오는 그의 노래는 영혼의 깊은 골짜기에서 불어오는 바람이다. "우주의 흙냄새"와 "물 냄새"를 뿜어내고, "은방울꽃 하얀 종"을 울리고, "붉은점모시나비 기린초 꿀을 빨게" 하는 힘을 가지고 있다. 그 모든 힘은 '영혼의 힘'에서 나온다고 시의 화자는 생각한다. 눈이 멀어 캄캄한 어둠 속에서 살고 있으나, 영혼의 눈으로 보는 세계는 더욱 밝기만 하다.

한 방울 한 방울 물방울이 모여
강을 이룬 동굴이 있습니다
그 동굴에는
눈이 먼 사랑이 살고
그리움이 살고 아픔도 살고 있습니다
그리움은 눈 먼 사랑을 잡아먹고
아픔은 그리움을 잡아먹고 삽니다

눈 먼 사랑이여
한 방울 한 방울 물방울 떨어질 때마다
그 파동으로 울음 우는
서러운 짐승이여

—「눈 먼 사랑」 전문

　시인은 "눈 먼 사랑"을 통해 공동체적 삶의 지평을 넓히려고
한다. 하나의 개체들이 서로 모이면 거대한 문명이 되고, 이것이
바로 역사가 된다. 눈 먼 사랑은 바보처럼 보일지라도 사랑의
가치를 가장 여실히 드러내는 사랑의 방식이다. 하지만 모든 고
귀한 가치가 그렇듯 눈 먼 사랑도 그리움 때문에 괴로워한다.
시에서는 그리움이 눈 먼 사랑을 잡아먹고, 아픔이 그리움을 잡
아먹는다고 했다. 눈 먼 사랑은 아픔으로 매일 울어야 하는 짐승
의 피를 운명적으로 타고 태어난다.

한나절 퍼붓던 비
잠시 그치자
잠자리 무리지어
된장잠자리
노랑잠자리
날개띠잠자리 무리지어
날 수만 있다면
일곱 번이든 여덟 번이든

아픔의 껍질을 벗고

그리움의 속내도 벗고

훠이훠이 청산이

좋아라 잠자리 무리지어

한나절 퍼붓던 비

잠시 그친 뒤.

―「비 잠시 그친 뒤」 전문

　허형만은 우리 개인의 삶을 그윽하게 바라보며 그 아픔을 공동체의 아픔으로 체화하는 모습을 넘어 새로운 풍경의 미학을 보여준다. 그것은 하나의 일상적인 풍경을 의미화시켜 삶을 바라보는 태도이다. 또한 성찰 속에서 길어 올린 '담박(淡泊)'의 언어를 보여준다. '담박'은 무엇인가. 욕심이 없고 마음이 깨끗한 정신의 상태를 말한다. 허형만의 시 속에 드러나는 욕망은 무엇인가를 얻고 쌓으려는 태도가 아니다. 오히려 모든 것을 버리고 비워가는 욕망이라고 말할 수 있다. 이 비움의 정신을 '담박의 시'라고 부를 수 있는 것이다.

　위 시에서도 비가 그치고 난 후의 청명한 풍경을 잘 그려내고 있다. 시인이 관심 깊게 본 것은 잠자리의 무리이다. "무리지어/날 수만 있다면"이라는 말로 개인주의화 되어 있는 현재의 관계에 대한 아쉬움을 토로한다. 또한 "아픔의 껍질을 벗고/그리움의 속내도 벗고"라는 말로 지금까지 덧입혔던 삶의 모든 사연과 연모의 정까지 벗어던지려 한다. 비 온 후의 말끔한 풍경처럼

청명한 마음이 되고 싶은 시인의 의지가 담겨 있다. 그 풍경이
비록 "잠시 그친 뒤"이긴 하지만 그 잠시의 시간이 바로 우리가
삶을 살아가는 동력이 될 지도 모르기 때문이다.

　　나는 지금 어딘가로 떠난다
　　나는 지금 어딘가로 떠나서
　　그 어딘가가 어딘지도 모르는 곳으로 떠나서
　　마침내 나마저도 떠나고자 한다

　　꽃집에서 한 단의 프리지어를 샀다 허망보다 깊은 색, 짙노란 꽃
잎들이 천천히 다가와 나의 얼굴을 부벼댔다 한꺼번에 내뿜는 뜨거
운 콧김, 그 아찔함! 최후의 사랑처럼 한 단의 프리지어는 이미 꽃이
아니었다

　　나는 지금 어딘가에서 돌아오고자 한다
　　나는 지금 어딘가에서 돌아와
　　그 어딘가가 어딘지도 모르는 곳에서 돌아와
　　마침내 나마저도 잊고자 한다
　　　　　　　　　　　　　　　　　　　　　　—「寂滅을 위하여」 전문

　　저무는 길 끝으로 푸드득
　　새 한 마리 나는 소리 튕겨오르자
　　그 자리 희미하게 별 하나 돋는다

들녘은 서서히 비워져 가고

안개들이 오리목(木) 숲으로 나직이 숨어든다

저묾은 길 끝에서 멈추고

지상은 쓸쓸하다

시간의 그림자가 물살처럼 무겁다

한 사내, 그 쓸쓸함을 붙잡고

물살을 탄다 속절없이

또 별이 돋는다.

—「지상의 나그네」 전문

시인은 떠나고자 한다. 시「적멸을 위하여」는 떠남과 돌아옴이라는 귀환의 서사를 통해 삶의 이치를 깨닫는 성숙한 자아의 모습을 표출한다. 시적 화자는 어딘지 모르는 미지의 곳으로 떠나고자 한다. 그 어딘가로 떠나는 주체는 내 몸이지만, 내 속의 자아까지 미지의 어떤 곳으로 떠나고 싶어한다. 적멸은 어떤 공간인가. 이 세계와 절연한 사라져 없어진 곳, 죽음의 세계가 아니던가. 그 영원히 벗어나는 세계를 드나드는 경지가 적멸을 말할 수 있는 경지일 것이다. 떠나고 돌아오는 과정 속에 시의 화자는 프리지어를 만난다. 프리지어는 시의 화자에게 이미 꽃이 아니다. 프리지어는 위안의 색이 아니라, 아찔함을 선사해주는 개오(開悟)의 색을 가진 꽃이다. 이제 시인은 귀환의 도정을 청한다. 미지의 공간에서 돌아와 이전의 "나마저도 잊고자 한다"고 고백한다.

알 수 없는 어떤 세계의 정서가 목구멍까지 차오를 때 우리는 그것을 비워내야만 한다. 시인이 숨어들어 비우고자 하는 것은 무엇인가. 「지상의 나그네」는 그런 점을 궁금케 한다. 온갖 인간사의 번뇌와 집착을 비우려 할 것이다. 혹은 비우고자하는 것이 무엇인지 시인도 막막해할 것이다. 숨어들고, 비워져가는 소멸의 세계. 소멸 속에서 새롭게 생성되는 세계를 시에서는 보여준다. 새 한 마리가 지나간 자리에 돋는 별은 새로운 생명의 성소이다. 나그네들만이 이러한 경이로운 풍경을 볼 수 있다. 새와 별, 들녘과 안개는 생성과 소멸의 짝패를 이루는 공간이다. 나그네인 한 사내 또한 쓸쓸한 물살을 탄다. 사내 또한 새와 들녘처럼 비워져야 할 대상인 것이다. 생성과 소멸의 변화 속에 시간은 존재하며 우리의 일상은 존재한다.

天山산맥 한 구비 마악 넘었을 때 출렁, 출렁이는 사막의 빛으로 온 우주도 출렁이는 게 보였다 하늘을 날던 새가 날래게 내려와 신기루라 귀띔했다 사막을 나보다 한발 늦게 쫓아온 바람은 아마도 수많은 영혼들이 깨어났기 때문일 거라고 일러주었다 한참이나 사막을 가로질렀음에도 나의 生의 방향을 가르쳐줄 선지자의 지팡이는 보이지 않았다 보이지 않는 것의 비밀 비밀은 사막에도 있었다 출렁, 출렁이는 빛 의 비밀 그 생명의 비밀이 또한 나를 출렁이게 했다.

—「사막의 빛」 전문

깨달음의 길은 비움의 행위 속에서만 찾아지는 게 아니다. 시인은 다양한 방식으로 고행의 길을 선택하며, 더 먼 깨달음의 길로 가려한다. 시인에게 깨달음은 도달되는 곳이 아니다. 언제나 도달할 수 없는 미지의 공간이다. 시의 화자는 사막의 한 가운데서 어떤 빛을 발견한다. 그 빛은 깨달음을 일깨워주는 각성의 표식일 것이다. 그렇기에 "사막의 빛"이 온 우주를 출렁이게 할 수 있는 것이다. 그 빛은 "신기루"일 수도 "수많은 영혼들이 깨어난" 표지일 수도 있다. 하지만 화자의 정신을 번뜩이게 할 만한 선지자의 지팡이는 보이지 않는다. "보이지 않는 것의 비밀"이 바로 시인이 불가능한 것인 줄 알면서도 도달하려는 어떤 대상이다. 그런 대상이 시인을 움직이게 하고, 매혹하게 한다.

하늘로 향하는 길은
오직 하나

수 천 수만의
門을 열어 제치고
마침내 다다른 마지막
門 하나

이 門 앞에 다다르기까지
육십 년이 걸렸구나
일러주는 구름

한 점

처음 만났으나
전혀 낯설지 않는 만물상이
그 육십 년 여기에 부려놓고
미련 없이 내려가라고
등을 토닥이고

나는 잘 익은 시간처럼
가볍게 폴딱폴딱
산을 내려오다

—「하늘 門」 전문

　시인이 향하는 길은 어디일까. 자신의 살아온 삶의 내력을 짚어보며 미련 없이 떠날 수 있는 겸허의 태도를 원한다. "하늘로 향하는 길"은 어떤 지향점을 가진 곳인가. 자신의 내면을 가장 잘 비춰주는 순수하고 절실한 장소가 바로 그 길목일 것이다. 하늘의 길로 가려면 수천 수만의 문을 열어야 한다. 지금껏 살면서 시인은 수천 수만의 문을 열고 닫으며 신산한 삶을 살아냈을 것이다. 그러다가 하늘로 가는 길의 문 앞에 당도하기까지 시인은 육십 년이 걸린 것이다. 육십 년을 여기에 내려놓고 가라는 전언은, 비움의 미학을 극적으로 실천하는 처방인 것이다. 비웠기 때문에 시의 화자는 "가볍게 폴딱폴딱/산을 내려" 오고 싶은 것이다.

보아서는 안 될 것 안 보며 살고자 했다
말해서는 안 될 것 말 안 하고 살고자 했다
보고 말 하는 게 모두 귀로 통하는지라
들어서는 안 될 것 또한 듣지 않고 살고자 했다
했으나, 토굴 면벽하지 않고서야 어이 하리야
마침내 들어서는 안 될 소리 듣고 말았으니
許由(허유)의 귀 씻는 정도 갖고는 어림없는 일
아예 귀를 자를 수밖에, 그래 자른 귀 殮하여
솔바람소리 맑은 양지 바른 곳에 묻기 위해
아흔두 살 노모 계시는 지리산 속에 들다

—「귀를 殮(염)하다」 전문

강원도 건봉사 화장실 두꺼운 유리문에 손가락이 끼었다
검지와 중지 손톱에서 붉은 피가 솟았다
순간 멍했다 아득했다
짜릿한 아픔은 한참 후의 일, 희한하게 정신이 맑았다
겨울 하늘을 나는 새 한 마리까지 한결 더 푸르러 보였다
시 쓰는 정신이 이럴 것이다
긴장과 소름, 통증과 눈물을 속으로 감추는 일이
한 세상 살아가면서 얼마나 중요한 덕목인지를
토해내는 피로 일갈하고 있는 손톱

시인으로 사는 일이 이럴 것이다

―「손톱」 전문

시인은 세상의 온갖 더러운 말과 행태들을 보고 싶거나 듣고
싶어하지 않는다. 그렇기에 "보고 말 하는 게 모두 귀"로 통하는
귀를 닫으려 했다. 하지만 멀쩡히 살아 있는 감각의 귀가 안 들을
수는 없을 것이다. 시의 화자는 듣지 않기 위해 가장 단호한 처방
을 내린다. 바로 귀를 자르는 것이다. 자른 귀를 염하여 양지
바른 곳에 묻어두려는 것이다. 자리산 속에 스며들고자 하는 시
인의 태도는 혼탁한 세상사로부터 모든 것을 버리려고 하는 시
인의 태도이자 성찰의 행위이다.

「손톱」의 화자는 손톱을 다치는 상황을 통해 시 쓰는 의미를
찾는다. 피를 쏟고 난 후 정신이 맑아지는 것은 마음속에 뭉쳐
있던 답답함이 아픔을 통해 각성됐기 때문이다. "긴장과 소름,
통증과 눈물을 속으로 감추는 일"이 시 쓰는 일이라는 것을 시인
은 잘 알고 있다. '담박'의 언어로 시의 그물을 드리우는 허형만
의 시적 세계는 통증과 눈물을 담보로 하지만 우리를 성찰하게
한다. 허형만의 시는 이러한 덕목을 발판 삼아 더 큰 시의 길로
비상할 것이다. 그 길에 독자들의 시선도 함께 할 것이다.

우주의 궁극적 실재를 추구하는 자유인

: 원구식론

원구식 선생을 만난 것은 1998년의 일이다. 대학 3학년이던 나는 여러 해 동안 등단의 꿈을 이루지 못하고 낙방을 거듭하던 때였다. 도서관에서 보았던 월간 『현대시』라는 잡지에 매료되어 그곳에 투고했고 당선 통보를 받았다. 나중에 들은 얘기지만 나를 추천했던 원구식 선생은 내 작품을 보자마자 이건 당선작품이라고 접어두셨다고 한다. 이듬해 나는 대학원 진학과 함께 다시 서울살이를 시작했다. 그때부터 현대시 사옥이 있었던 삼각지 주변을 어슬렁거리기 시작했다. 당시 삼각지 전철역 근처에 있었던 『현대시』는 5층짜리 빌딩을 통째로 쓰고 있었다. 원구식 선생은 가장 꼭대기 층을 집무실로 사용하고 있었다. 매캐한 담배 연기로 가득했던, 시인들이 들락거리고, 가끔씩 기타 연주로 떠들썩했던 그곳을 출입하면서 그 후 지금까지 선생과의 인연이 이어져왔다.

당시 『현대시』를 발행하고 있던 출판사 한국문연은 사세가 급격히 기울어가고 있는 중이었다. IMF가 찾아왔고 컴퓨터 전문 서적 출판사로서 새로운 갱신이 필요한 시기였다. 선생은 모든 것에 지친 것이 역력했다. 돈을 버는 일도 심드렁했고, 당신 회사의 미래에 대해서도 큰 열의를 보이지 않았다. 오직 관심은 문학뿐이었다. 회사의 많은 직원들은 『현대시』가 뭐길래 그러시냐고 말했다. 결국 선생은 모든 걸 버렸다. 회사 사옥을 매각하여 모든 부채를 해결하고, 회사의 나머지 것들은 모든 직원들에게 나눠 주었다. 당시 그 빌딩을 처분하지 않았다면 지금 백억이 넘을지도 모른다는 말도 들렸다.

그리고 원구식 선생은 월간 『현대시』 하나만 들고 신촌의 월세 사무실로 나왔다. 그때 나는 선생의 길과 함께 하기로 작정하고 월세 사무실에서 책상 두 개를 놓고 현대시를 만들었다. 아마 그때부터 선생은 자유를 찾았는지 모른다. 시인으로서 가질 수 있는 자유. 선생은 체질적으로 자유주의자였다. 돈 대신 자유를 얻었으며, 시를 쓸 수 있으니 행복하다는 선생의 삶은 어쩌면 내 삶에도 큰 영향을 끼쳤는지 모른다. 돈을 많이 벌었던 시절을 함께 하지 못하고 가난한 시절을 내내 함께 한 선생과 나의 운명에 대해서도 무언가 신의 큰 뜻이 있을 거라 믿고 있다. 그 뒤로 『현대시』는 신촌에서 광화문으로, 광화문에서 지금의 북가좌동으로 옮겨와 현재까지 이르고 있다. 나름 『현대시』 명의의 사무실(빌라)도 있으며 자체적으로 모든 잡지와 책을 출간하고 있으니 어려운 시절에 비하면 감사할 따름이다.

원구식 선생에 대해 말하려면 여러 가지 방법이 가능하다. 그는 시인이다. 시인으로서의 자의식이 때론 너무 지나쳐 정신이 번쩍 들만큼 시인의 피가 뼛속까지 흐르고 있다. 또한 월간『현대시』와 격월간『시사사』를 빼놓고 선생에 대해 이야기하는 것은 불가능하다. 잘 알려져 있다시피 그는 1990년에 창간한 월간 『현대시』발행인이며 2002년 창간한 격월간『시를 사랑하는 사람들』의 발행인이다. 지금까지 한 호의 결호도 없이 발행되어 오고 있다.

선생은 잡지의 발행뿐 아니라 한국문연에서 발행되는 모든 출판의 그래픽디자인을 도맡아 하고 있다. 그는 한국 최초로 3D 프로그램 기법의 표지디자인을 선보인 바가 있다. 한국의 컴퓨터 그래픽디자인 1세대라고 할 수 있다. 그가 포토샵이나 일러스트, 각종의 3D 툴들을 다루는 것을 지켜보면 그 솜씨에 혀를 내두를 정도이다. 컴퓨터의 디자인뿐 아니라 컴퓨터에 대한 전문가적 지식과 기술도 함께 가지고 있다. 컴퓨터가 대중적으로 보급되는 시기에 컴퓨터 대중교육서『어머니께 드리는 컴퓨터 책』(전2권, 1994, 한국문연)을 직접 집필하여 출간하기도 했다. 또한 올칼라 컴퓨터 종합잡지 월간『PC아카데미』(1996~1998)를 창간한 발행인이라는 사실을 모르는 사람들도 많다. 컴퓨터 대중화의 초창기에 이미 국내 최초의 시전문 PC통신 '현대시 BBS'(1992)를 개설한 획기적인 기획력을 보여주기도 하였다. 선생은 디지털에 대한 마인드를 머리로뿐만 아니라 기술로도 체득하고 있는 몇 안 되는 시인이다. 지속적으로 「새로운 패러다임의 창출」, 「디지털, 사이버, 환상, 그리고 시」, 「누가 시의 위기를 말하는가」 등의 평론을 통해 디지털 시대에 시의 역할에 대한 담론을 제시해 왔다. 선생은 디지털 시대가 서사의 시대가 아니라 이미지의 시대, 즉 운문의 시대라는 점을 누구보다 빨리 파악한 시인이다.

또한 선생은 음악인이기도 하다. 방황하던 청춘 시절 미8군 무대를 전전했다는 소문도 있다. 그의 기타 실력은 이미 정평이 나 있다. 음악에 대한 조예로 인해 국내 최초로 뉴미디어시 음반 〈사이렌 사이키〉(1999, 신나라뮤직)를 제작하기도 하였다. 음악뿐 아니라 영상 매체에도 큰 관심을 가지고 활동을 하였다. 1998년에는 〈영상으로 보는 한국의 시인들〉(비디오 25부작)을 기획 제작하여 출시하고 시네텔서울에서 방영한 문학사적 업적도 있다. 1998년에는 100여 권의 시집과 80여 분의 동영상이 포함된 국내 최초 '시디롬시집'을 발간하여 문단에 큰 호응을 얻기도 하였다. 이후 '현대시 엔터테인먼트'를 설립하여 전국적인 조직으로 활성화하고 시 콘텐츠를 어떻게 가공하여 많은 독자들에게 쉽게 다가갈 수 있을지에 대해 오랜 고민과 모색을 하기도 하였다.

원구식 시인은 1955년 8월 17일 경기도 연천에서 출생하였다. 그는 연천의 유복한 가정에서 귀한 아들로 성장했다. 시인은 초등학교 때까지 어머니가 큰 쟁반에다 집밥을 차려 학교에 배달을 해줄 정도였다고 한다. 한탄강과 선사 유적지가 있는 그곳에서 천혜의 자연환경을 경험하며 유년 시절을 보냈다. 이후 공부를 꽤 잘하여 서울로 유학을 갔다. 서울의 명문인 배재고등학교를 졸업했다. 그의 고등학교 시절은 파란만장했다고 전해진다. 지금은 전국적인 조폭이 된 불량한 친구들과 어울려 다니며 놀았다. 선배들과 운동부들도 그를 건드리지 못했다고 한다.

나는 가끔
낡은 경원선처럼 덜거덕거린다.
이미 퇴출당한 이 열차는
경원선보다 후진 노선에서
아직도 덜거덕거리고 있을 것이다.
내가 갑자기 말을 더듬고
행동이 어눌해지며 덜거덕거리는 것은
순전히 이 열차 때문이다.
부끄러운 이야기지만
나는 이 열차의 화물칸에서
인생의 모든 것을 배웠다.
처음으로 연애를 했고
담배를 피웠으며
특별한 이유없이
병적으로 싸움에 몰두했었다.
치졸하기 짝이 없는 연애는
순식간에 끝났지만

나는 꽤나 진지했었다.
열차 안에는 많은 아주머니들이
단속원들의 눈길을 피해
과일 행상을 했는데
그네들은 한결같이 친구들의 어머니였다.
'절망에 기초하지 않는 삶은 없다'
이것은 그때 어머님들이
내게 일러준 삶의 교훈이다.

어리석게도 나는
덜거덕거리는 이 열차가
희망으로 가는 유일한 비상구였음을
깨닫지 못했었다.
하라는 공부는 하지 않고
껄떡거리며
열차를 주름잡았지만
어머님들의 불쌍한 눈길이 없었던들
내 삶은 일찍이 끝났었는지도 모른다.
나는 그저
책가방을 옆구리에 끼고 내리는
늦은 저녁의 연천이 싫었다.
노모가 기다리는
왜소한 내 정체가 순식간에 드러나는

연천이 나는 무조건 싫었다.

머리 속은 온통

익명으로 존재하는 경원선뿐이었다.

나는 지금도

낡은 경원선처럼 덜거덕거린다.

그럴 때마다 내가

본능적으로 몰입하는 연천엔

묻어버리고 싶은 과거가

아직도 살아 있다.

영원히 간직하고 싶었던 특별한 밤을 버리고

도망치듯 떠났던 눈물의 정거장이

희미한 가로등 아래

눈을 뜨고 있다.

─「연천으로의 몰입을 위해선 낡은 경원선이 필요하다」 전문

　연천은 선생의 문학적 원적지이자 상처가 함께 떠오르는 곳
이었다. 경원선은 용산에서 원산으로 이르는 노선이다. 당시
시인은 경원선을 타고 연천에서 서울을 오가며 학창시절을 보
내고 있었다. 시인은 경원선 열차의 화물칸에서 인생의 모든
것을 배웠다고 한다. 담배를 배우고, 연애를 하고, 싸움에 몰입
하기도 했다. 일찍부터 행상을 하는 어머니들을 통해 삶의 교
훈을 배웠다. 그런데 이 열차는 시인에게 희망으로 향하는 유
일한 창구였다고 한다. 시인에게 연천은 나고 자란 고향이지만

그만큼 초라하고 부끄러운 자신의 모든 것이 적나라하게 생각나는 곳이기도 하다. 낡은 경원선을 매개로 고향 연천으로 이어지는 기억의 접합술은 덜컹거리는 시인의 마음을 그대로 잘 표현하고 있다.

선생은 1975년 배재고등학교를 졸업하고 중앙대학교 문예창작학과 75학번으로 입학한다. 중앙대 문예창작학과는 서라벌예술대학 문창과를 흡수한 문단 산실의 중심이었다. 선생은 서라벌예대가 중앙대로 편입된 초창기 흑석동 학번으로 서라벌예대의 선배들과 함께 학교를 다녔다. 대학생 원구식은 평범한 학생이 아니었다. 공부에 관심이 없었고 수업에 잘 나가지 않았다. 학점 미달로 8학기가 아닌 12학기를 다니고 나서야 졸업할 수 있었다. 미당 서정주 선생은 원구식 학생을 특별히 아꼈다고 전해진다. 원구식 학생이 수업에 들어오지 않으면 조교를 시켜 잠을 깨워 수업에 들어오도록 지시했다고 한다. 그 이후로 미당은 제자 원구식을 아끼며 오랜 인연을 이어갔다. 원구식 학생이 대학생 시절, 지금도 여전히 회자되는 연애 사건이 터졌다. 한낱 대학생이 당시 장군의 외동딸과 사랑의 도피행각을 벌였던 것이다. 이범준 장군(1928~2007)은 육사 8기 예비역 3성으로 강릉 지역구의 11~12대 국회의원, 교통부장관, 한국조폐공사 이사장, 전주이씨대동종약원 이사장을 역임했다. 유신 정권 말기의 장군과 그 외동딸, 그리고 시를 쓰는 대학생. 목숨의 위협을 느낄만한 사건이었지만 사랑의 힘으로 모두 극복하였다. 그리고 한 문학 천재의 순교자적 삶을 옆에서 떠받쳐주는 지금의 사모님(이선희)

과 결혼에 이른다. 사모님을 만나지 않았다면 지금 선생의 삶이
없었을지도 모른다.

무너지는 것은 언제나 한꺼번에 무너진다.
무너질 때까지 참고 기다리다 한꺼번에 무너진다.

塔을 바라보면 무언가
무너져야 할 것이 무너지지 않아 不安하다.
當然히 무너져야 할 것이
가장 安定된 자세로 비바람에 千年을 견딘다.
이렇게 긴 세월이 흐르다 보면
이것만큼은 무너지지 않아야 할 것이
무너질 것 같아 不安하다.

아 어쩔 수 없는 무너짐 앞에
뚜렷한 名分으로 塔을 세우지만
오랜 세월이 흐르다 보면
맨처음 塔을 세웠던 사람이 잊혀지 듯
塔에 새긴 詩와 그림이 지워지고
언젠간 무너질 塔이 마침내 무너져
흔적도 없이 사라지고
어디에 塔이 있었는지조차 알 수 없게 된다.

塔을 바라보면 무언가

무너져야 할 것이 무너지지 않아 不安하고

무너져선 안 될 것이 무너질 것 같아 不安하다.

— 「탑」 전문(1979년 『동아일보』 신춘문예 당선작)

대학에 재학 중이던 1979년 『동아일보』 신춘문예에 시 「탑」이
당선되어 등단한다. 「탑」은 신춘문예 당선작들 중에 최고로 꼽
히는 작품들 중의 하나이다. 1979년은 유신정권이 몰락한 해이
다. 그 해 정월에 유신정권의 몰락을 예견한 시가 신춘문예 당선
작이 되었다는 점은 더욱 관심을 촉발하게 된 계기가 되었다.
남진우 시인은 위의 시를 "79년에 위 작품의 등장은 단연 충격적
이었다고 할 정도의 방법적 새로움과 삶에 대한 번득이는 통찰
력을 담고 있었다. 아니 위 작품의 저류에 흐르고 있던 예시적
직관은 그대로 그 직후에 벌어졌던 역사적 격변들(유신정권의 붕
괴 및 일련의 정치사회적 지각변동)을 이미 꿰뚫어 보고 있다고 할
정도로 정확함과 예리함을 구비하고 있었다"(『현대시』, 1990년 9
월호)고 분석하기도 하였다. 등단작과 사랑의 도피행각에 대한
얘기는 다음 선생의 육성을 통해 들을 수 있다.

이 시를 쓸 당시 나는 세상 무서운 줄 모르는 스물 네 살이었고,
사랑의 도피행각에 빠져 있었다.
대구의 허름한 여관방에서 애인을 기다리며, 이루어질 수 없는
사랑을 생각했다. 그와 동시에 쥐꼬리만한 권력이 내 인생을 방해할

수 없다는 자기 최면을 수도 없이 걸었다. 아, 애인은 내게 올 것인가. 감시의 눈초리가 가득한 서울의 밤을 떨치고 무력한 시인에게 올 것인가. 내가 원하는 사랑은 과연 가능한 것인가.

나는 그 여관방에서 이 시를 썼고, 다음날 애인을 만났다. 꿈 같은 날들의 연속이었다. 우리는 겁도 없이 전국을 유람했다. 나는 대학 4학년이었고, 애인은 졸업을 한 직장인이었지만 모든 걸 버렸다. 그러나 가진 돈은 곧 떨어졌고, 사방은 꽉 막힌 벽이었다. 겨울을 앞두고 눈이 내리는 어느 날, 서울의 미도파 백화점 버스 정류장 앞에서 우리는 도시락 가방을 옆에 끼고 집으로 돌아가는 사람들을 한없이 부러운 눈으로 바라보고 있었다. 아, 이대로 죽어버릴까, 그런 생각이 수도 없이 들었다. 말하지는 않았지만 눈빛만으로 쉽게 서로를 느낄 수 있었다.

무너지는 것은 언제나 한꺼번에 무너진다. 무너질 때까지 참고 기다리다 한꺼번에 무너진다. 이 구절은 그때 아마 내 가슴 속에서 자연스럽게 나오는 절규 같은 것이었을 것이다. 소설을 쓰는 어느 선배의 도움으로 자양동에 손바닥만한 방을 마련하고 살림을 차렸다. 수젓가락 두 벌과 몇 개의 그릇과 밥상 겸 공부상인 접이식 밥상, 이불 한 벌, 베개 두 개가 살림의 전부였다. 행복했다. 갈 데까지 가다 안 되면 죽어버리자.

아, 그 어느 하루 무섭던 날. 우리는 발각되었고, 애인은 집으로 끌려갔고, 나는 차가운 방바닥에 내팽개쳐졌다. 그날 이후 내 삶은 삶이 아니었다. 바로 그때 나는 이 시가 동아일보 신춘문예에 당선되었다는 통지를 받았다. 그러나 별로 기쁘지 않았다. 애인이 없는 내 삶은 아무런 의미가 없었기 때문이었다.

—원구식, 「나의 등단작을 말한다」(『시사사』 4호)

1981년 대학을 졸업한 후 숭실대학교 국문과 대학원에 입학한
다. 하지만 대학원 생활보다 출판인으로서의 행보를 본격적으로
이어나간다. 1983년부터 1985년까지 형설출판사 편집장으로 있
으면서 출판 편집 책임자의 경험을 착실히 쌓는다. 그리고 출판
사 한국문연을 설립한다.

원구식 선생이 현대시를 창간하기까지의 여정은 문단에 많은
뜬소문들이 있다. 이 대목은 선생의 말을 직접 인용하는 편이
나을 듯 싶다.

잡지를 한다는 것은 업이에요. 이 업을 제게 주신 분은 전봉건
선생님이십니다. 전봉건 선생님은 동아일보 신춘문예에서 저를 뽑
아주신 분이지만, 천성적인 게으름 때문에 찾아뵙지를 못했어요.
어느날, 선생님께서 저를 찾으신다기에 가 뵈었더니 『현대시학』을
가져가라는 것이었어요. 그래서 제 사무실에 선생님을 모시고 6개
월 정도 발행했지요. 『현대시학』은 이때 세로쓰기에서 가로쓰기로
바뀌었지요. 선생님이 돌아가신 후 저는 이 업에서 벗어나고자 『현
대시학』을 정진규 시인께 넘겼지요. 그야말로 홀가분한 상태에서
유유자적 시간을 보냈죠. 그러나 업이라는 게 사람을 놓아주지 않
더군요. 구상 선생님과 정한모 선생님께서 시단을 위해 다시 잡지
를 만들어 달라는 것이었어요. 전봉건 선생님의 유훈도 이 두 분

선생님의 말씀을 따르라는 것이었기에, 저는 그 말씀을 따를 수밖에 없었습니다. 그것이 업이라면 받을 수밖에요. 『현대시학』을 그만둘 때도 두 분 선생님의 허락을 받았었지요. 그러니까 『현대시』의 출범은 두 분 선생님의 뜻은 물론 우리 시단 주요 선생님들의 중지가 모아진 결과지요. 때문에 『현대시』는 신생 잡지였지만 한국 시의 정통성을 이어받은 적자라고 할 수 있지요. 『현대시』의 출범을 두고 세상에 떠도는 세세한 얘기가 많이 있지만 큰 줄기가 지금까지 이야기한 거예요. 자세한 이야기는 적당한 시간이 되면 글로 남기도록 하지요.

—원구식·이재훈 대담, 「시인, 명(名) 기타리스트 그리고 순교자」

(『나는 시인이다』, 팬덤북스, 2011)

1992년 선생은 첫 시집 『먼지와의 싸움은 끝이 없다』(한국문연)를 세상에 내놓는다. 이 시집의 자서에는 이렇게 씌어 있다. "첫 시집을 낸다. 억울하다. 이것이 솔직한 나의 심정이다." 당시 선생은 남부러울 것이 없는 처지였다. 사업이 크게 성공하여 빌딩을 소유한 출판사 대표였고, 사랑하는 아내와 아들이 있었다. 하지만 그에게도 문학은 여전히 자신을 옥죄는 애증이 얽힌 운명적 대상이었다.

1.

나는 고장난 이데올로기—— 잃어버린 시간 속에 집을 세우고 세상을 바라본다. 망가진 내가 보인다. 그러나 나는 연약한 몸으로 우주를 해석했으며, 먼지와 기나긴 싸움을 벌여왔다.

—「먼지와의 싸움은 끝이 없다」 부분

풀은 나보다 뼈가 하나 더 많아요.

그 잎사귀나

발목 근처에 있는 뼈로

지나가는 바람을 옆구리에 집어넣고는

꿈속까지 스며들어

병든 허파 사이에서 풀벌레를 키우고

죽어서 살아나는 방법을 가르쳐요.

어둠에 불지르며 밤에만 떠나는 여행도.

갈곳없이 발바닥만 떠도는 차가운 열병도.

아, 밤에는 꿈을 꾸지 말았으면!

—「풀」 전문

　첫 시집 『먼지와의 싸움은 끝이 없다』는 시인이 앞으로 평생 나아가야 할 방향이 슬쩍 엿보이는 시집이다. "나는 고장난 이데올로기"라는 명명으로 자신의 정체성을 증명하고, 이런 시적 자의식과 철학이 어떤 파장을 일으키며 나아갈 지 예견하는 시집이다. 물론 「풀」과 같이 섬세한 감성을 지닌 아름다운 시도 있다. 나는 개인적으로 「풀」이라는 시를 좋아한다. 문학평론가 오형엽은 원구식의 시를 가리켜 순결한 애정과 퇴색한 욕망이 충돌하는 '사랑의 층위', 시인을 포함한 인간 및 현실의 타락에 대한

'풍자의 층위', 부모·고향·첫사랑으로 대변되는 과거에 대한 '추억의 층위', 존재론적·철학적 사유를 전개하는 '진리의 층위'로 나누고, 원구식의 시세계를 온전히 이해하기 위해서는 최소 네 가지 이상의 시적 공간, 혹은 층위를 각각 이해하는 동시에 이것들을 교직하고 융합하여 형성되는 전체적 의미구조에 근접해야 한다고 분석했다(오형엽, 「지독한 패러독스」, 『열린시학』, 2010년 여름호). 첫 시집은 이런 부분들을 모두 실험하는 탐구의 장이 되고 있다.

　두 번째 시집 『마돈나를 위하여』(한국문연)는 2007년에 출간된다. 첫 시집 이후 무려 16년 만에 두 번째 시집을 출간했다. 이 시집으로 〈한국시인협회상〉을 받았다. 두 번째 시집으로 본격적인 시작 행보를 보인 선생은 이성의 힘을 유감없이 보여주고 있다. 이 시집은 자신의 원적지인 고향과 사랑을 다시 복원하여 정리하고, 이 세상에 대한 자유인으로서의 또다른 사회적 발언과 강력한 이성의 힘을 보여주려는 철학적 움직임이 가득하다.

　선생의 세 번째 시집 『비』(문학과지성사, 2015)는 선생의 집적된 이성의 힘이 어떠한 파동의 무늬로 언어화되는지를 보여주는 시집이다. 선생은 이 시집을 출발점으로 새로운 우주의 궁극적 실재를 보여주려는 의지를 보여주고 있다. 문학평론가 이광호는 시집 해설에서 "한국의 모더니즘 시의 한 거점이 '과학적 상상력'이었다고 한다면, 원구식의 시는 그 계보를 갱신하고 있다고 볼 수 있다. 그것은 전통적인 서정의 문법과도 다르며, 형식과 질서 자체를 허무는 전위적인 모험과도 다르고, 2000년대의 젊은 시인들의 '분열된 주체의 환상'과도 다르다. 그 빈틈으로부터 원구식 시는 이성적으로 사유하는 주체와 과학적 상상력을 재배치한다. 동일성의 주체와 분열증적 주체 사이에서의 긴장 관계를 재발견하며, 거시적 상상력과 미시적 환상의 입체적 관계를 복원하려 한다"고 선생의 시를 진단하고 있다.

세 번째 시집 자서에서 선생은 "이번 시집으로 나의 습작기를 마친다"고 밝히고 있다. 그리고 선생은 새로운 세계로 갈 것이라고 선언했다.

지금 선생은 동서양의 철학을 섭렵하고 있다. 물리학과 수학, 하이데거와 칸트, 들뢰즈와 지젝과 랑시에르와 바디우와 칸토어와 괴델, 튜링에 이르기까지. 결국 그 어떤 방법을 택하더라도 선생은 시인이라는 정체성으로 수렴되게 된다.

이러한 사상적 흐름은 여러 대담을 통해 증언되고 있다. 「상상과 환상의 통합」(『시와환상』, 2010년 가을호~겨울호)은 "2000년대 이후 한국시의 가장 첨예한 화두였던 '미래파'를 '미래환상파'라는 다른 이름으로 재명명하면서, '상상/환상', '개연성/불확정성', '새로움의 유희/다름의 유희' 등으로 연쇄되는 대립의 계열을 통해 그것을 그야말로 하나의 역사적 '사건'으로 파악하려는 시도"(이찬)라는 평가와 함께 많은 시인들에게 회자되고 있는 대담이다. 이뿐 아니라 「나는 고장난 이데올로기」(『시사사』, 2012년 11~12월호)에서도 이와 같은 면모를 읽을 수 있다. 현재 시단의 시적 경향과 성과, 한계에 대해서 누구보다 예리한 식견을 가지고 있다. 그 식견을 바탕으로 앞으로 한국시가 나아가야 할 방향에 대해서도 예견하고 있다. 선생은 '이성적 사유의 회복'이라는 말로 앞으로 시가 나아가야 할 방향을 타진하고 있다. '차이'의 철학이 지나가고 '같음'의 철학이 도래하고 있다는 진단과 리토르넬로와 같은 개념 인식은 앞으로 나아가야 할 지점에 대해 오래 고민하게 만드는 식견이다. 선생은 이제 플라톤에 대한 새로운 깨달음을 얻었다고 한다.

알고 보니 그동안 플라톤이라는 매트릭스 속에서 내가 살아왔던 것이에요. 내가 철학적으로 영향을 받은 흄이나 니체, 푸코, 들뢰즈…, 뭐, 이런 사람들이 그저 매트릭스 속의 등장인물이에요. 나는 그들과 대화하고 밥 먹고 살아왔는데 그 공간이 플라톤이라는 매트릭스였다니! 아무튼 알게 모르게 나를 지배해 왔던 플라톤을 알고 보니 베르크손이나 바슐라르가 순식간에 이해되는 것이에요. 그것은 안다는 것과 깨닫는 것과의 차이에요. 1 더하기 1이 2인 것을 아는 것과 깨닫는 것은 엄청난 차이가 있어요. 어느 날 갑자기, 아, 그래서 2로구나! 하고 무릎을 치게 되지요. 이때부터 새로운 사유가 시작됩니다. 이제 플라톤이라는 매트릭스에 벗어나 우주의 궁극적 실재를 찾아가고 있습니다. 자유인입니다.

—원구식·장석원 대담, 「나는 고장난 이데올로기」(『시사사』, 2012년 11~12월호)

문학은 모든 계급의 이익을 대변해야 한다고 말하는 시인. 스스로를 '고장난 이데올로기'라고 말하는 시인이 원구식 선생이다. 시인은 자신의 시세계에서 중요한 키워드 중 하나인 '시간'이

라는 개념을 "시간은 결국 물이나 불, 흙이나 공기 같은 물질"이
며 "나는 물질주의자"라고 자처한다. 인간의 철학을 모두 문학의
자장 안으로 포획하여 새로운 진술을 만들어내는 이성적 힘이
선생에게는 있다. 선생이 앞으로 계획하고 있다는 시간에 대한
수학적 사유를 풀어내 우주의 궁극적 실재를 추구하는 장시를
기대하고 있다. 원구식 시인의 장시가 세상에 발표될 즈음에 한
국시는 또다시 새롭게 변화될 것이라 믿는다.

> 내 눈이 어두워
> 좋은 시를 본 지 오래되었다.
> 아, 나무들이 어린 잎을 내뱉는
> 5월의 봄밤이 영원히 계속되었으면!
> 풋풋한 풀냄새가 코를 찌르고,
> 온몸을 촉촉하게 적셔주는 물소리가
> 이대로 영원하였으면!
> 아, 네 몸에서 나는 살냄새,
> 늦은 오후의 햇살보다 부드러운
> 너의 젖가슴에 못난 얼굴을 묻고
> 다시는 깨어나지 말았으면!
> 눈을 뜨면, 가녀린 네 발목 위로
> 소리없이 내려 쌓이는 달빛.
> 희야, 우리 불광천에 살자.
> 세상이 우리를 버렸다고 해서

우리가 버려지는 것은 아니다.
더 이상 거슬러 올라갈 곳이 없는 이곳에서
세찬 희열로 알을 스는 잉어들.
열 마리씩이나 되는 새끼들을
비행기 편대처럼 이끌고 다니는 흰뺨검둥오리들.
희야, 우리 불광천에 살자.
낡은 교각 위에서 뚱뚱한 비둘기들이
수상한 눈길로 우리를 내려다볼지라도,
희야, 우리 불광천에 살자.
아, 보석과도 같은 불광천의 봄밤이
이대로 영원히 계속되었으면!

—「불광천」 전문

  선생이 북가좌동으로 와서 불광천을 오르락내리락 한 세월이 벌써 12년째에 접어든다. 이제 불광천의 봄밤에서 품어온 선생의 시들이 세상 밖으로 더욱 세차게 나올 것이다. 이제 우리에게는 우주의 궁극적 실체를 꿈꾸는 언어의 난장을 맛 볼 차례가 왔다.

  선생은 자전거를 즐긴다. 자전거에 관해서라면 마니아를 넘어 전문가급이라 할 만하다. 전국 엠티엠 자전거 경주대회에 참가해 수상한 실력을 갖추고 있다. 아마 봄이 오면 자전거를 더욱 열정적으로 즐길 것이다. 우리는 불광천이나 한강 어디쯤에서 배가 조금 나온 자전거복을 입고 봄의 자유를 즐기며 쌩 달려가는 자유인 원시인을 마주할 지도 모른다. 그가 한강변에서 시를 생각하며 우수의 저녁을 보내고 있을지도 모른다. 이제 그 사유의 시간이 선생에게 더 오래오래 주어졌으면 좋겠다.

성속을 초월하는 힘과 성찰의 내력

: 김영승론

예수는 자신의 옆구리를 만지려는 막달라 마리아에게 말한다. "나를 만지지 말라. 내가 아직 아버지께로 올라가지 못하였노라"(요한복음 20:17). 막달라 마리아는 부활 첫날 예수의 부활을 확인하고 싶어서 예수를 만지려고 했다. 마리아의 '라뿌니(스승님)'였던 예수는 마리아의 접촉을 금지시킨다. 원래 예수는 자신의 몸과 피를 중요한 상징(빵과 포도주)으로 나눔으로써 진리를 전파했다. 프랑스의 철학자 장 뤽 낭시는 예수가 예외적으로 접촉을 금지시킨 이 상황을 주목했다.[1] 낭시는 '나를 만지지 마라'는 전언이 신학적 유일 사례에 해당한다고 보았다. 예수의

---

1) 장 뤽 낭시, 정과리 역, 『나를 만지지 마라』, 문학과지성사, 2015.

비유는 이미지를 통해 고지하는 방식이다. 낭시는 나를 만지지 말라는 말의 함의를 "나를 만지려면 제대로 만져라. 떨어져서." 라고 이해한다. 즉 만진다는 행위보다 만지러 가는 다가감의 인식에 주목한다. 만지면 안 되는 '부활한 몸'의 신성에 주목하기보다는 '다가감'에 주목해야 한다. 우리는 이를 통해 다가가지만 깨닫지 못하는 삶과 항상 반성하는 일상적 삶의 태도를 생각하게 한다.

슬라보예 지젝은 '나를 만지지 마라'는 전언이 팬데믹 시대 새로운 사랑의 기준이 되었다며, 이 어처구니없는 상황에 낙담하거나 우울에 빠지지 말고 더불어 살아갈 궁리를 해야 한다고 역설한다.[2] 경제적 우위와 자유민주주의 정체 체제도 코로나 바이러스로 인한 팬데믹 상황에서는 아무 소용이 없다. 지젝은 "우리가 싸워야 할 대상은 바이러스라는 자연적·우발적 존재가 아니라 차별과 배제의 논리로 바이러스의 창궐과 확산을 악화시키는 우리의 사회적 시스템"이라고 말한다. 또한 우리가 적대시하고 있는 타자인 "바이러스는 일반적 의미에서 살아 있는 것도 죽어 있는 것도 아니다. 그것은 일종의 산 주검(living dead)이다. 바이러스는 복제하려는 충동을 지녔다는 점에서는 살아 있지만, 일종의 바닥 상태 생명"이라고 진단한다.

아감벤은 『얼굴 없는 인간』(박문정 역, 효형출판, 2021)에서 팬데믹 상황에서 주목해야 할 이미지로 얼굴을 주목한다. '얼굴 없는

---

2) 슬라보예 지젝, 강우성 역, 『팬데믹 패닉』, 북하우스, 2020.

나라' 챕터를 보면 인간만이 얼굴로 진실을 드러낸다는 것을 말한다. 인간은 동물과 다른 존재로 구분되는 것 중의 하나가 바로 얼굴의 정치학이다. 아감벤은 "얼굴이 표현하는 바는 누군가의 고유한 마음의 상태일 뿐만 아니라 인간 존재의 '개방성'과 의도적 노출 그리고 다른 이와의 소통이다. 이것이 얼굴이 정치의 장소인 이유다."라고 말한다. 이 장의 마지막 부분에서 "얼굴에 대한 권리를 단념하고, 마스크로 덮고, 시민의 얼굴을 가리기로 결정한 국가는 정치를 스스로 없애 버린 셈이다."라고 논쟁적인 말을 남기고 있다. 아감벤의 말처럼 지금 우리 공동체는 인간이 동물과 다른 가장 큰 점인 정치를 스스로 버린 셈이 된 것인지도 모른다. 하지만 이것은 우리 공동체가 살아갈 수밖에 없어 행한 어쩔 수 없는 선택이었다. 하지만 감염과 질병이 인간의 고귀함과 자존감도 앗아갈 수 있는 것인가에 대한 성찰은 계속되어야 한다.

원래가

공룡한테 물어봤는데
걔들 때도 다
팬데믹이 있었다는데

그런데
그러면 다들 그냥

죽으면 되는 거래

그래서
다 죽었대

그 공룡은 누군데?

화석이지

오빠는 화석 공룡하고도 대화해?
그럼

오빠는
벚꽃하고도 대화해?
그럼

오빠는
코로나 바이러스하고도 대화해?
그럼

뭐라고 그랬어?
가라고 그랬지

간대?
그럼

안 가면?
가

뭐라고 하니까 간대?
뭐라고 안 했어

그럼 왜?
오빠 눈빛이 너무 슬프대

슬퍼서 간대?
그럼

몸은
애초의 원소로 돌아가려는 듯

H, Na, C, N, O, He
Ca, Fe, Mn, Pb
Zn, Cu

이런 것들이 소곤소곤

깔깔깔깔

웃겨
웃겨 눅겠어

나를 보고

경배한다

—「팬데믹」 전문

　시인의 언어는 국가와 이데올로기와 경제의 모든 시스템으로
부터 저항하는 말에 가깝다. 인간에 대한 근본적인 성찰과 시적
주체가 지향하는 세계관을 습합한 언어는 지시적 전달의 언어와
는 궤가 다르다. 시인은 언어 자체가 가진 자율적인 동력으로
언어를 밀고 나간다. 그런 점에서 김영승은 언어의 자율성을 가
장 순수하게 따르는 방법론을 지니고 있다.

　시인은 팬데믹의 상황을 우화적으로 시화시킨다. 시의 화자는
화석 공룡하고도 대화를 하는 순백의 말을 가진 자이며 순수한
상상력의 소유자이다. 이러한 시의 화자는 인간의 순리와 이치
에 대해 아주 간결하게 진단한다. 팬데믹의 상황은 인류사에 있
어서 자주 있는 일이었으므로 "그러면 다들 그냥/죽으면 되는
거래//그래서 다 죽었대"라고 말한다. 인간은 언젠가는 죽는 존
재이기 때문에 틀린 말은 아니며, 우리 인간 공동체는 죽지 않기

위해 안간힘을 쓰면서 팬데믹 상황을 공포의 전시장으로 만들고 있다. 시의 화자는 죽음의 현존 상태를 이미지화한 공룡을 유비하여 인간의 생존은 '화석'을 통해 그 본질을 증명해 내고 있음을 말한다. 팬데믹 상황에서 더욱 유심히 살펴야 할 것은 '소통'에 관한 문제이다. 위의 시에서 계속해서 질문하는 자는 누구인가. 질문자는 시의 또 다른 분신이면서도 이 시를 읽고 있는 우리들이며 끊임없이 본질에 대해 질문해야 하는 시인이다. 시의 언어는 "코로나 바이러스들하고도 대화"를 할 수 있는 독법을 가져야 하며, 이를 통해 단절과 불통에서 소통의 방식으로 열려 있어야 한다. 또한 "뭐라고 그랬어?/가라고 그랬지"라고 언어의 주술적 힘을 믿는 화자의 태도와 결기를 보여준다. 시에서는 바이러스를 과학적 진단의 대상에 초점을 맞추지 않는다. "그럼 왜?/오빠 눈빛이 너무 슬프대/슬퍼서 간대?/그럼"에서 보이듯 철학적 인식의 힘과 더불어 시의 바탕이 되는 힘은 정서적 감응이다. 이런 정서적 감응과 전이를 통한 문답식 대화는 우리를 다른 질문과 대답을 상상하게 하는 조건을 제시해준다. 이 모든 언어들은 "소근소근/깔깔깔깔"대는 해학의 밑그림 속에서 이루어진다.

김영승은 언어로 그림을 그리지 않는다. 언어가 가진 밀도의 힘으로 밀고 간다. 언어의 질감을 통해 시적 주체의 단독자적 자의식을 밀어 넣는다. 김영승에게 이미지는 서러운 병풍의 역할로 갈음되는 경우가 많다. 김영승은 대개 진술의 힘으로 마치 선언하듯, 농담하듯, 끊길 듯, 끊어지지 않고 언어가 언어의 꼬리를 잡고, 그 꼬리들이 스크럼을 짜고 한 편의 시가 된다.

김영승은 언어의 주술적 힘을 믿는다. 그의 시에 등장하는 짧은 시행과 반복, 그리고 속악한 언어와 순결의 언어를 병치시키는 방법은 이를 시사한다. 그렇다고 김영승이 언어의 동력으로만 시를 쓰는 것은 아니다. 언어의 동력이 가진 미진함이나 자기 답습으로부터 벗어나기 위해 낯선 형태적 실험이나 외래어, 한자어, 낯선 구문이나 표기 등을 자주 선보이지만 이 또한 언어의 동력에 가담한다. 그리고 김영승에게는 철학적 인식의 힘이 덧붙어 있다. 즉 언어의 주술적 힘과 철학적 인식의 힘이라는 두 축 사이를 길항하며 변증법적으로 인식을 쌓아올리면서 언어를 방목하는 방식이다. 그가 처음으로 보여준 '반성'의 기저에는 바닥까지 헤맨 경험의 장이 순수의 결정으로 남는 진귀한 광경이 숨어 있었다.

친구들이 나한테 모두 한마디씩 했다. 너는 이제 폐인이라고
규영이가 말했다. 너는 바보가 되었다고
준행이가 말했다. 네 얘기를 누가 믿을 수
있느냐고 현이가 말했다. 넌 다시
할 수 있다고 승기가 말했다.
모두들 한 일년 술을 끊으면 혹시
사람이 될 수 있을 거라고 말했다.
술 먹자,
눈 온다, 삼용이가 말했다.

—「반성 21」 전문

김영승의 성찰은 윤리적인 반성과는 다른 결을 가지고 있다. 위의 시에서처럼 반성은 후회와 새로운 마음가짐이 점철되어 있으면서 그 속에 지금의 현실을 벗어날 수 없는 체념이 함께 내포되어 있다. 그 체념은 가장 날 것의 마음으로 순치되어 우리의 정서에 남는다. 그 정서의 틈에서 우리가 발견할 수 있는 것은 순수의 감정이다. "술 먹자,"와 "눈 온다,"와의 상관관계와 행간의 의미는 반성의 의미가 무슨 소용일까라는 감정을 낳는다. 그러므로 김영승의 반성은 매번 우리를 반성하지 않도록 만들다가 결국 반성하게 되는 과정을 거친다. 이 기묘한 감정의 전달은 언어의 방목과 개성적인 인식의 힘으로부터 배태된다. 그 개성적인 인식의 힘이 철학으로부터 나오는 것은 당연하다. 그렇기에 "알몸으로/커다란 선인장을 끌어안고/변태성욕자처럼/성교하듯 숨 막히는 애무를 하면/얼굴에 눈에 입술에 혀에/성기에 가슴에 무릎에 엉덩이에/피……"(「반성 564」)라고 인간의 본성적 욕망을 얘기하기도 하고, "동물에겐 도대체/말썽이 없다//나에겐 도대체 말썽이 많다"(「반성 659」)고 인간이 가진 성찰의 한계를 직시하기도 한다.

김영승의 반성적 태도가 인간의 본질을 탐색하고 사유하는 매개체가 되기도 하지만 우리 공동체의 지향점을 근본적인 곳에서 다시 살펴봐야 하는 단초를 제공해주기도 한다. 가령,

우리는 아주 배고픈 나라로 여행을 갔다.
배고픔밖에 없는 나라가 그저 아득한

배고픔의 나라로 손잡고 갔다.
비인도적인 처사도 야만적인 행위도 없는
황홀한 쾌락도 따분한 무료함도 없는
그곳에서 우리는 감사한 저녁을 먹었다.
우리가 나눠먹은 저녁은
그날 저녁분의 배고픔이었다.

—「반성 207」 전문

와 같은 광경은 이를 잘 드러내 준다. 시인이 여행을 가는 곳은 "배고픈 나라"이다. 배고픈 나라에서 시인은 가장 감사한 저녁을 먹는다. 그곳은 "비인도적인 처사도 야만적인 행위"도 없으며 또한 "황홀한 쾌락도 따분한 무료함도 없는" 공간이다. 마치 유토피아가 만들어낸 순백의 공간과도 같다. 그러한 공간에서의 배고픔은 우리가 생각하는 가난이나 결핍과는 다른 충일한 인식적 체험이다. 위에서 보듯 김영승은 자주 극빈이 철학적 자세로 남는 현실적 태도의 광경을 감동적으로 보여준다.

한 가지 더 주목해야 할 점은 김영승의 언어가 가진 흥과 해학의 정서이다. 김영승 시에서 볼 수 있는 예언자적 결기는 언어적 해학을 통해 주술적 힘과 결기가 가진 무게를 가볍게 눙친다. 상스러움과 성스러움을 오가는 언어의 해학은 우리를 언어로부터 해방되게 만드는 힘을 가지고 있다.

송알송알 싸리잎에 은구…

술만 잔뜩 퍼마시고…
오래간만에…

"죽여버릴 거야…"
십년 공부가 와르르르르르르르…
무너지는 순간이다
주저앉아 슬피 흐느껴 운다.

이제 초등하교 1학년 짜리 어린 아들이
무슨 죄가 있는가 있다면 내 아내
진짜 있다면 나한테 있는 걸

약이 올라 새빨갛게 독이 올라
폭발 직전, 자살 직전까지
분노가 '滿tank' 되어
참고 또 참고 또 참았다가

질질질질질질질질 육신이
내장이 녹아 항문으로
요도로 흘러내리다가

누가 갖다준 386 고물 컴퓨터
잘못 만졌다고, '또 그러면

죽여버릴 거야!' 아들에게 꽥!
소리를 지르다니 아아아아아아

갈 데까지 갔구나 위험하구나 나
그래도 그런 극언 그 누구한테도
안 하고 살았는데 아들한테
그런 폭언을 하다니 아내
들으라고 한 소리지만 아내는…

'내가 낳았으니 내가 끝내버릴 거야 또
그러면…' 실성한 사람처럼
중얼거렸다니 하루종일
쉬지 않고 노래 부르는 아들이
움찔, 일순 경계의 몸짓

—「인생」 부분

    시인의 반성은 술로 대표되는 탐진의 지점에서 출발하여 구체적 삶의 양상에 이르기까지 그 촉수가 드리워져 있다. 인생은 반성의 연속이며, 반성은 인생을 환기하는 정서적 매개체이다. 초등학생을 키우는 부모의 일상과 인내는 보편적 공감을 이끌어낸다. 시에서 시적 화자와 아내는 윤리적 자아가 아니라 가장 인간적인 감정에 충실한 자아이다. 아이에게 죄가 없다는 것은 만고불멸의 진리이다. 죄는 어른들인 화자와 아내에게 있다. 하

지만 자녀를 양육하다 보면 자신의 분을 이기지 못하여 폭발하
거나 감정을 분출시킬 때가 많다. 의도적으로 윤리적 자아를 거
세하고 가장 본능적이고 인간적인 감정에 휩싸이는 순간을 통해
인간의 본면을 다시 성찰하게 한다. 이런 방식의 어법은 김영승
의 시에 자주 등장한다. "다이소에서 산 종이 집는 클립이 15개인
가 스무 개인가/천 원인가 2천 원인가에 산/아주 작은 클립이
다 불량이다 종이가 제대로 물려지질 않는다/분노가 치민다/나
는 왜 분개하는가 나는 왜 분개하는가"(「다이소 클립」)처럼 김수
영식으로 작은 일에 분개하는 인간의 본면을 보여주기도 한다.
다이소의 클립에 분개하는 이유는 "도로 사러 가야 하기 때문"이
다. 인간은 어떤 면에서는 의외로 단순하다. 허망한 결론 앞에서
인간의 본면은 더욱 날것으로 드러난다. 즉 김영승의 언어엔 가
식이 없다. 솔직함만이 남아서 그 언어의 날것이 우리를 서늘한
감정의 상황에 서성거리게 만든다.

블랙박스
그런 것을 다 기록하다니
神의 領域이다
CCTV
神의 領域이다
虛像을 만든 罪
죽으리라
지나간 시간을

복원하는 죄
역시 죽으리라

그 시공을
재생하는 자

죽으리라

모를 權利도 있고
모를 義務도 있다

지운 것은 지운 것이며
숨긴 것은 숨긴 것이다

그리고
사라진 것은 사라진 것이다

학교가
교회가
沙金과 金剛石의 광산인가? 건물이
거리가 골목이

버스 안이

전철 안이

가령,

옛날
어떤 여자는 자기 자녀한테
매일 도시락에 편지를 넣어 도시락을
싸주고는
나중에 도시락 편지라는 책을 내기도 했는데
우리는 그 편지를
모를 권리와
의무가 있다

江 건너 은행나무와
은행나무의
바람이 전해주는 이야기는
은행나무만 알고

연어는 알을 낳으러
母川을 거슬러올라와서는
바다와 江과 계곡의 이야기를
지운다

땅속의 감자를
너구리굴 속의 너구리 새끼를
촬영하고

火星의 표면을
촬영한다

胎兒를 촬영하고
精子의 이동을
촬영한다

그냥 運柩車처럼
보는 게 낫다 책도
레일 近處 그림자도

빨판상처처럼
가마우지처럼

열심히
맛있는 것 잡아다가
바친다 그리고

돈을 벌고

作曲도 한다 그리고

煙氣는 풍요롭게
피어오른다

一「모를 權利」 전문

　김영승의 시는 늘 본질을 탐색한다. 우회하거나 서성거리지
않고 본질과 마주한다. 그의 시에서 자주 구사되는 속(俗)의 언어
는 사실 선입견일 뿐이다. 그의 언어는 선정(煽情)이 아닌 우리가
매일 겪는 일상어이다. 사람들은 본질을 듣는 것이 불편할 뿐이
다. 그러므로 김영승의 언어는 세인들에게 속(俗)으로 오해받고
있는 성(聖)의 언어에 가깝다. 그의 시를 읽다보면, 우리는 자주
성과 속의 언어가 종이 한 장 차이라는 걸 깨닫게 된다. 김영승은
영성(靈性)의 언어를 가지고 있다. 덧붙여 김영승은 본질과 성찰
의 과정 속에 슬픔의 정서가 개입된다. 김영승에게 영성은 극도
의 슬픔을 경험한 후 얻을 수 있는 사유의 집적체이다.

　위의 시에서도 시인은 단호하게 말한다. 기록은, 즉 몰라도
될 기록은 신의 영역이라는 것이다. 또한 신의 영역을 침범한
행위는 죄이며, 그 죄값은 죽음에 이른다는 절망적인 상태를 애
기한다. 모를 권리를 침범하고 있는 대상은 문명의 산물인 "블랙
박스"나 "CCTV"이다. 이들의 죄는 "虛像을 만든" 것, "지나간
시간을/복원하는 죄"라고 말한다. 이러한 시간에 대한 개념은
"모를 權利도 있고/모를 義務도 있다"는 의미로 넓은 범위에서

정리된다.

시인이 단호하게 말하는 것은 "지운 것은 지운 것이며/숨긴 것은 숨긴 것이"라는 것. 그리고 "사라진 것은 사라진 것이"라는 점이다. 그러한 잘못된 사례의 예로 "학교"와 "교회"와 "건물"과 "거리"와 "골목"과 "버스 안"과 "전철 안"을 말한다. 이러한 대상물들이 "沙金"과 "金剛石"의 광산이라면 어쩌겠느냐고 되묻는다.

알 권리와 모를 권리를 얘기하는 비유의 대상들은 근대 문명이 만들어낸 산물들이다. 학교와 교회는 근대가 들어오면서 만들어지기 시작한 산물이며, 건물과 거리와 골목과 버스와 전철은 근대 문명이 발전하면서 생긴 산물이다. 하지만 시인은 이러한 산물들로만 그치지 않는다. 도시락 편지를 책으로 펴낸 일들을 얘기하면서 "우리는 그 편지를/모를 권리와/의무가 있다"고 말하기도 하며 "江 건너 은행나무"와 은행나무에 불어오는 "바람이 전해주는 이야기"를 말해주기도 한다. "연어"는 "母川을 거슬러올라와서는/바다와 江과 계곡의 이야기를/지운다"고 한다. 이렇게 자연의 일부가 어떻게 운행되는지를 여실히 말해준다.

인간의 욕망은 여기서 그치지 않는다. 다음의 싯구처럼 모든 것을 선정적으로 까발려지길 원한다. 우리는 촬영을 통해 있는 그대로를 선명하게 비추길 원한다. 우리에게 그 어떤 상상력도 필요치 않는다. 현대인들의 이러한 관음증은 디지털 기술의 발달에 힘입어 극에 달하고 있다. 땅속 동물들의 내밀한 일들과 우주 속의 일들까지 카메라로 비춰보려고 한다. 시인은 "그냥 運柩車처럼/보는 게 낫다"고 한다. 지금 우리의 문명사회가 풍요로운 것은 이렇게 사물뿐 아니라 자연의 흐름까지 먹잇감으로 잡아다 바치는 것 때문이다. "돈을 벌고" 심지어 창작의 행위인 "作曲"을 하기도 한다. 이러한 행위들이 합쳐져 "煙氣는 풍요롭게/피어오르"는 것이다.

문명을 경험한 인간들은 시간에 대한 집착을 병적인 증세로 나타내고 있다. 지나간 시간을 선명한 영상으로 남기고 싶어 하며, 기억의 상상력은 낡고 진부한 것으로 여긴다. 시인은 지나간 기억이 복원되거나, 혹은 그냥 모르는 권리가 되는 편이 낫다고 생각한다. 그 모르는 권리는 신의 권리이므로 우리가 침범해서는 안 되는 영역인 것이다. 김영승은 파헤치고 까발리는 것이 진실인 세상을 깊숙이 응시한다. 자연을 지우고, 인위적으로 기억하며, 선정적으로 비춰드는 욕망의 시선을 탐색하면서 우리가 잊고 있었던 기억의 방정식은 새롭게 정립되어야 함을 말하고 있다.

사진은
오래된 사진첩 속에서 영정이고
權威를 획득하게 된다

그것이 동영상이라 할지라도
포르노도

그 속에서 카타콤이며

영혼이다

스티커 떼듯 투명 아크릴지를 떼어내면
빛바랜 사진들은 잠깐
대들 듯이 반짝인다

네 귀충이를 끼워
붙이는 사진첩은

말라붙어 떨어져 나가기도 하고
고운 눈매의 소년은 비로소
아득한 先知者가 된다

— 엽서만한 자개 액자엔
어머니, 아버지
그리고 형제가 있다

동생은 嬰兒다

인간은 사진 속에서
비로소 인간이다

그 肖像權은

神에게 있다

한 200년이 흐른 후
본인이 보는 본인의 사진은
神이다

—「사진」 전문

사진을 바라보는 행위는 성찰의 행위와도 같다. 오래된 사진
일수록 시간의 축적과 사연의 깊이가 더해진다. 시인은 사진을
바라보는 행위에 초점을 맞춘다. 사진이 가진 권위는 오래된 사
진첩에서 가능한 일이다. 사진이 "카타콤"이 될 수 있는 이유는
시적 화자와 관계맺는 정서적 호응에 있다. "빛바랜 사진들은
잠깐/대들 듯이 반짝"이며 화자와 관계를 맺는다. 오래된 서사가
집적되어 있는 사진과 화자가 관계를 맺는 순간 시적 화자는
"선지자"로서의 권위를 인정받는다. 사진에는 어머니와 아버지
와 형제와 영아인 동생이 함께 존재한다. 사진을 통해 가족사를
엿볼 수도 있다. 그렇기에 사진 속에는 인간이 있다. 인간의 본질
과 본성을 읽어낼 수 있다. 화자는 결국 인간을 만든 신(神)에게
초상권이 있다고 말한다. 마지막 반전이 있다. 인간은 200년이
흐른 후 본인의 사진을 보았을 때 신을 발견할 수 있는 것이다.
하지만 이것은 역설이다. 인간은 200년 넘게 살아갈 수가 없기
때문이다.

속 비치는 가볍고 엷은
푸른 옷 입고 푸른 풀숲에서
며칠 머무르다
갸냘픈 제 몸 허공중에 떠받칠
몇 방울 피를 빨기 위해
이제 어둠 속에 불빛을 향해 날아온
아직은 청청한 영혼의 부유 같은
밤의 세포.

선악과 성속을 초월하여
악마가 되거나 천사가 되거나.

—「푸른 모기」 전문

여전히 인간은 끊임없이 깨달아야 하는 존재이다. 깨닫지 않고 사는 것과 깨닫고 성찰하며 사는 존재는 다르다. 인간은 인식하면서도 실천하지 못하는 아이러니를 안고 사는 존재이다. 인간은 모기와 같은 존재이다. 인간은 "갸냘픈 제 몸 허공에 떠받칠/몇 방울 피를 빨기 위해" 아등바등 서로 할퀴고 물어뜯는 존재이다. 영혼은 늘 고달프고 여려서 "어둠 속에서" 늘 부유하며 탕진하는 "밤의 세포"들이다. 시인은 오래된 성찰의 내력을 복기하는 존재이며, 언어의 주술적 힘을 믿는 존재이다. 시는 그런 가능성을 믿고 밀고나가는 언어이다. 김영승 시는 그런 지점에서 "선악과 성속을 초월하는" 언어의 도정 위에 늘 서 있다. 이

세계는 "악마가 되거나 천사가 되거나" 반복하지만 시인이 그려
내는 성속의 언어는 늘 악마가 아닌 천사의 편에 서 있다는 것을
믿는다. 그런 믿음으로 김영승의 시는 늘 새롭고 거친 저 혼자만
의 길을 뚜벅뚜벅 걸어나가는 것이다.

문명에 저항하는 부조리의 시학

: 전기철론

　부조리 문학은 20세기 이후 가장 인상적인 문학 계열이다. 전후(戰後)라는 특수성 때문이기도 하지만, 부조리가 가지고 있는 반골적인 저항 의식은 인간 본성의 가장 예민한 통점을 검안했던 방식이었다. 부조리(不條理, absurd)의 사전적 의미는 어울리지 않는 것, 특히 이성이나 양식에 맞지 않는 것 또는 이성에 정면으로 배치되는 것 등등을 가리킨다. 그러면 지금 우리의 이성과 양식의 규범은 무엇으로 재단되는지 먼저 타진하고 이를 통하여 부조리가 배태된 이유를 논증할 수 있다. 알베르 카뮈는 "부조리의 감정은 시간과 공간을 넘어 아무 때나 불쑥 일어날 수 있다"고 한다. 특정한 시간이 중요한 게 아니라 부조리의 감정이 일어나는 상태가 중요하다는 것이다. 부조리를 경험한 이는 낯선 세계에 갈 길을 찾지 못하고 방황한다. 이를 통해 자신을 소외시키고 고립화한다. 카뮈는 부조리의 해결방안에 대해 '자살', '희망', '반항' 등의 방안을 제시하는데 그중에서 '반항'에 가장 많은 의미를 부여한다. 전기철은 "자살은 신고제나 허가제가 아니어서/마침표에 도달할 수가 없다"(「떡갈나무의 나라는 어디쯤 있을까」)고 말한다. 그에게 마침표는 이 세계의 완전한 종말을 의미한다. 끝나지 않고 지속되는 이 세계에 대해 시인은 가장 극단적인 '저항'의 방식을 택한다. 우선 전기철의 이성을 제어하는 작동방식은 거대 자본문명의 시스템이라 말할 수 있다. 그에게 자본문명은 이성을 마비시키고, 혼돈시키며, 종내에는 환각에 이르게 하는 기제(機制)로 작용한다.

전기철은 최근 일련의 작품들을 통해 자본문명의 부조리한 현실을 날카로운 비판 의식과 다양한 언어적 실험으로 표출하고 있다. 문명사회의 인간은 기계적인 역할을 하며, 이를 통해 자신의 삶의 가치와 의미에 대해 회의(懷疑)하기 시작한다. 전기철은 이 세계를 비틀고 저항하고 기존의 문법 체계를 탈각시키는 "기형의 언어"를 보여 준다. 불규칙하고 불편한 행갈이와 더듬거리며 끊어지는 화자의 언어가 시의 도처에 널려 있다. 우선, 가장 눈에 띄는 것은 말에 대한 어법이다. 기존의 일반적 어법, 흔히 시적이라 부르는 언어의 단속(斷續)을 마치 야유라도 하듯 언어를 방목시킨다. 그가 시도하는 언어의 탈각화는 자본문명에 대응하는 시적 주체의 태도와도 관련이 있다. 그의 시적 태도는 종말적인 세계에 대한 인식을 기반으로 자신의 원형적 공간으로부터 탈주를 꿈꾸지만 이는 가능치 않다는 것을 보여 주는 것으로 마감한다. 부정과 염세의 세계에 사로잡힌 시적 주체의 모습을 통해 우리는 무엇을 직감할 수 있을까.

수세, 기에 걸쳐 물려. 받은 슬
품이 팬, 터마임으로 떠돌고 칼에
다 잔, 소리를 한 목, 소리가 매를 맞, 고 있다 신
이 이, 야기하도록 내버려. 뒤야 한다 날, 아라 성
스런 사막을 나는 종, 이 새들아! 하늘에 고
요의 씨, 앗을 뿌리고 핫
윙이, 라도 붙여. 줄 테니
말고기들! 하느님이 입에다가 무서운 말을 넣으면 어떡하려고 그래. 죽어 가는 갓난아이처럼 아무것도 요구하지 말아야지. 우리는 이 시대의 불청객이니까.

끔찍한 시, 대에 닻을 내
리니 박, 제된 음악이 창, 문으로 내
다보고 개들도 가. 난한 이들을 증
오한다 나는 재치 있는 말, 들을 모두 버리고 죽
어라 개, 새끼! 해 보지. 만 개는 히죽히죽 웃
을 뿐 빗, 방울보다 작은 주먹, 들아 날아라! 돈
과 권력 사. 이에 갇히기 전에
제발 마분지 소녀를 사랑한 피에로처럼 징징대지 마. 가난한 사람

들은 위험한 장난감이야. 가슴에 돌을 던져도 바닥에 떨어지는 소리
를 들을 수 없어. 큰 방에서 작은 방으로 이민을 가 버리든가 돌아갈
곳이 없도록 세상을 파괴해 버려.

친구를 갖지 못한 가. 로수 사
이를 왔다 갔다 하며 기, 침만 갖고 온 이 시대에
가난한 피, 에로는 버드나무, 보다 깊게 머리를 숙이고 분
노를 햇빛으로 삼, 고 증, 오를 달
빛으로 삼아 종, 교가 고안해. 낸 모든 범
죄 속을 걷는데. 배 속에서 오랑, 캐꽃이 날개를 편, 다
가로수가 포옹하는 걸 조심하라고! 질식해 죽을 수도 있어. 하늘
을 너무 만지면 악몽을 꾸게 돼. 뱉은 말이 길도 없는 곳에 떨어지면
외로움에 떨거든.

—「鳶」 부분

위 시에서처럼 시인이 실험하는 것은 불규칙적인 행갈이, 의
도성이 강한 비문법적 띄어쓰기 및 쉼표와 마침표 사용, 의도적
인 비문 사용, 단속적이고 더듬거리는 화자의 어법과 이를 효과
적으로 드러내기 위한 쉼표의 잦은 사용 등이다. 시인은 뒷골목
을 바라보며 그곳에 감각적인 환(幻) 이미지의 옷을 입힌다. 시적
화자가 바라보는 이 세계는 그로테스크하고 절망적인 이미지들
이 즐비한 환의 세계이다. 시인이 골목에서 본 것은 반항적인
눈들이 떠돌아다니고 낯선 목소리들이 귀를 채우는 이미지이다.

이러한 기괴한 이미지 속에 손을 집어넣고 이미 혼돈의 초원 위에 이성을 방목시킨 시적 화자의 사납고 거친 목소리들이 이 세계를 뛰어다닌다. 시인은 "말"에 대한 근본적인 불신을 통해 이 세계의 허위를 꼬집으려 한다.

시인이 느끼고 체험한 이 세계는 친구가 없는 세계다. 가로수 사이만 왔다 갔다 하며 고독의 시간을 방치하고, 기침만 반복하며 병을 얻은 시대라고 시에서 화자는 그 실상을 폭로하듯 중얼거린다. 시적 화자는 "가난한 피에로"다. 그렇지만, 행복하지 않고 극도로 이 세계를 증오하는 감성을 가진 피에로다. 분노를 햇빛으로 삼고 증오를 달빛으로 삼는 자다. 또한 이 시대는 종교도 범죄를 고안해 내는 말세의 시대다.

특히 위의 시는 인간문명이 낳은 온갖 허명들과 욕망들에 대한 철저한 부정과 조소로 일관돼 있다. 이미 세계는 욕망으로 가득 차 있으며 그 속에서 시적화자는 혼돈의 말을 체험한다.

외로움이 점점 더 싱싱해
진 다 침묵의 강에서 섹스
피어를 행군 多 행복한 척 하려
고 수다를 떠는 OTL
팩트인가, 청색이 분노했다는 게?……명사로 된 슬픔은 왜 없는 거야?……니체가 나에게 알은체도 하지 않고 지나쳤어……이 세상은 뒤샹의 샘을 들여다보고 있는 것 같아.

인격 없는 거리에서 기

계들은 고집이 세고 교회가 복덕방이 되

기도 하고 학교가 공사판이 되

기도 하여 똥 돼지들은 위장 전입이나 반칙으로 비상

구로 빠져나갔다.

유일하게 내 것인 성기로 아르키메데스처럼 지구를 들어 올릴 거
야……어차피 우리가 발을 딛고 있는 지구도 우주를 떠돌고 있
어……이 시대를 살아가려면 살아갈 목적을 버려야 해……어쩌면
똥 돼지들은 북한에서 수입했을 거야.

어느 실직자의 노트

같은 누이의 통증 속으로 들락거리는 뷁

제 자신과 적이 되어 윤회를 위해 생

일을 바꿔 유령처럼 살아간 다

지폐에 눈코를 붙여 줘야 할 것 같아……사람도 기계들처럼 자동
화시켜야 해……난 정신없는 땅에서 살고 싶어……누이는 정말 불
쌍한 분야야

―「콜라」 부분

「콜라」에서도 마찬가지다. 시인은 누이의 고통도 배달을 통해
알게 된다. 배달이란 자본주의가 만든 편리함의 산물로 인식할
수 있다. 가족의 고통을 배달이라는 매개체를 통해 전달받으면
서도 시적화자는 도스토옙스키의 질문에 골몰한다. 다분히 주객

전도의 상황이다. 시적 화자의 모습은 외로움이 점점 더 싱싱해지고 침묵의 강에서 놀며 수다를 떠는, 가면을 쓴 OTL(좌절한 사람)이다. 화자가 바라본 이 세계의 모습은 "인격 없는 거리에서 기/계들은 고집이 세고 교회가 복덕방이 되/기도 하고 학교가 공사판이 되/기도 하여 똥 돼지들은 위장 전입이나 반칙으로 비상/구로 빠져나"가는 곳이다. 이러한 시대에 시적 화자가 할 수 있는 것은 "제 자신과 적이 되어 윤회를 위해 생/일을 바꿔 유령처럼 살아"가는 일일 것이다.

　　피 묻은 거짓말이 전쟁을 선포한 오월이십사일, 나는 가족을 집에 묻어 두고 식민지 건물들이 즐비한 거리, 한 시대가 망해 가는 풍경 속에서 끙끙 앓는다. 만국의 색종이 비가 내리는 거리에서 은둔을 벗어 버린 나무들은 복사뼈가 부어 절뚝거리고 동성애자들의 권리를 주장하는 시위장에서 비둘기 떼들은 방탕한 시계처럼 뒤뚱거린다. 너무 늙어 버린 시대의 경계에 선 날품팔이로 몸에 색종이 비를 맞으며 겨울잠의 고독 속을 찾는 오월이십칠일, 새로운 시대로 가려고 내 얼굴 속에서 잠자는 새가 문을 여니 까마귀 울음소리가 들린다. 피 묻은 거짓말이 전쟁을 선포한 오월이십오일, 도시의 나무들은 사색의 산으로 돌아가지 못한 채 어릿광대처럼 동성애자들의 시위 속으로 들어가고 나는 잠을 팔아 개 짖는 소리로 배를 채운 후 나선형의 담배 연기 속에서 또 다른 시대를 찾는다. 피 묻은 거짓말로 짠 거미줄에 걸린 아이들이 쟁강쟁강 운다.

　　　　　　　　　　　　　　　　　　　　　　　　—「까마귀」 전문

시인이 구현하는 시적 이미지들은 음울하다. 관념도 이미지를 입고 움직이며, 관념과 사물과 인간들, 자조적인 독백들이 서로 어울려 기괴한 풍경을 연출한다. 시적 자아가 체험하는 이 세계의 시간은 연속성이 탈각된다. 시간은 오월이십사일에서 오월이십칠일로 다시 오월이십오일로 돌아간다. 구체적인 시공간은 "피 묻은 거짓말로 짠 거미줄에 걸린 아이들이 쟁강쟁강" 우는 날들이다. "전쟁을 선포한 날"인데 다른 날 또한 모두 전쟁을 선포한 날이다. 이로 우리가 알 수 있는 것은 "피 묻은 거짓말이 전쟁을 선포한" 날은 이 시대의 어느 일상적 날이라고 말해도 가능한 시간으로 이해할 수 있다. 전기철의 시는 종종 이러한 시간이 가진 일상적 법칙을 무화시킨다. 즉 이 시대는 이미 "한 시대가 망해 가는 풍경" 속에서 병들어 가고 있으며, 사람들은 시적 자아의 일상처럼 "가족을 집에 묻어 두고 식민지 건물들이 즐비한 거리"로 내몰린다. 도시의 나무들은 또 어떠한가. 생명과 호흡의 원천이자 상징인 자연까지도 산으로 가지 못하고 "어릿 광대처럼 동성애자들의 시위 속으로" 들어간다. 시적 자아가 찾는 것은 무엇인가. "잠을 팔아 개 짖는 소리로 배를 채운 후 나선형의 담배 연기 속에서 또 다른 시대"를 찾는다. 이 모든 상황과 환경들이 "피 묻은 거짓말"이다. 이 시대의 아이들은 "피 묻은 거짓말로 짠 거미줄에 걸"려 울고 있다.

나는 사냥감
국경도 없는 내 심장 속으로 들락거리는

사냥꾼들을 피해
나는 불행을 옷걸이에 걸어 두고 독신자로 살아간다.

가진 자들과 화해하려 해도
여우의 말을 두루미의 언어로 번역할 수 없어
잔돈처럼 이곳저곳을 기웃거리고
가택수색을 당한 내 머릿속은
늘 빈곤한 나라
저녁 어스름이 비웃듯 내 가슴을 들여다보지만
빈 개집처럼 텅 빈 울음만 가득하다.

나는 사냥꾼들 몰래
낮에서 밤으로 밤에서 낮으로
소설을 읽듯 건너뛰지만
심장에서는 브레이크 밟는 소리가 끊이지 않아
갈 곳 없는 도깨비들이
유령들을 끌고 와
내 심장에서는 구겨지는 종이 울음이 낭자하다.

　　　　　　　　　—「떡갈나무의 나라는 어디쯤 있을까」 부분

　떡갈나무의 나라는 어떤 나라일까. 시인이 찾고 싶은 또 다른
나라일 것이다. 그 나라는 이곳의 나라와는 다르다. 존재가 매몰
되지 않고 생명이 사냥되지 않는 공간일 것이다. 시적 화자는

이미 이 땅에서 "사냥감"인 존재이다. 이 시대 "가진 자들"로 대표되는 "사냥꾼"들은 내 심장과 가슴을 사정없이 드나들며 유린한다. 화자는 화해를 하려고 하지만 여의치 않는다. 사냥꾼들은 "국경도 없는 내 심장 속"으로 들락거린다. 머릿속은 "가택수색을 당한 늘 빈곤한 나라"로 채워진다. 시인의 심장은 "빈 개집처럼 텅 빈 울음만 가득하"고 "브레이크 밟는 소리가 끊이지" 않으며 유령들 때문에 "구겨지는 종이 울음이 낭자"한 곳이다. 이미 머릿속에서 인식된 언어들은 "기형의 언어"이다. 시인은 "원시의 언어"를 찾아봐도 찾을 수 없는 경지에 와 있다.

전기철이 작별을 고하고 싶은 욕구로 충만한 곳은 "충무로"로 대표되는 지금 여기의 현실이다(「굿모닝 충무로」). 충무로라는 일상적 공간 속에서도 환상 속의 낮도깨비들로 인해 시인의 영혼은 소진된다. 시적 화자는 여전히 "이 시대의 여권을 잃어버린/나는 위장 전입자"라고 말한다. 이 문명의 도시는 정체를 알 수 없는 낮도깨비들로 즐비하다. 불행은 전염되지만, 그 불행을 온몸으로 감지하는 영혼은 세습된다.

전기철은 "기형의 언어"(「떡갈나무의 나라는 어디쯤 있을까」)를 적극적으로 드러내는 방식으로 새로운 "원시의 언어"를 꿈꾼다. 그의 절망은 원시의 언어조차 희구하지 못할 정도로 처연하지만, 그 배면에는 새로운 언어에 대한 소망이 있다. 새로운 언어가 꼭 희망의 언어가 되는 것은 아니다. 전기철이 계속 토하듯 내뱉는 절망과 염세의 언어가 새로운 언어가 될 수도 있다. 또한 그 새로운 언어를 통해 이제는 우리가 잃어버렸던 "원시의 언어"를 다시 회복하고 싶은 바람도 있는 것이다. 시인의 새로운 언어는 "다시 먼 왕조로 돌아가야"(「굿모닝 충무로」) 하는 고민 속에서 새롭게 부풀려지고 변주될 것이다.

초월의 노마드

: 김수우론

파레시아(parrêsia)는 미셸 푸코가 제기한 개념으로 '진실-말하기'라는 의미를 담고 있다. 자유민주주의 사회에서 진실을 말하는 것이 대단치 않은 것으로 치부될 수도 있겠으나, 실상을 들여다보면 진실은 늘 은폐되고 왜곡되어 왔다. 그런 이유로 파레시아는 더 폭넓은 개념으로 사용되기도 한다. 일명 '호루라기를 부는 사람'이라는 의미로 사용하고 있는 '휘슬블로어(whistleblower)'는 내부고발자나 공익제보자를 의미하는데 이러한 폭로자는 현재에도 늘 논란의 중심에 있다. 즉 파레시아가 함유하고 있는 '사실' 혹은 '진실'을 폭로하거나 발화하는 개념을 이끌어와서 말하는 행위에 초점을 맞추고 있다. 진실을 말하는 행위는 그 행위 자체가 정치적 행위나 특정 사안의 해결점으로 파악할 수 있기 때문이다.

푸코는 진실을 말하는 역할을 네 가지로 나누어 파악했다.[1) 그것은 예언자 역할, 현자 역할, 교육자 역할, 파레시아스트 역할 이다. 예언자는 어느 시대에나 있어 왔다. 신 혹은 절대적 위치에 있는 자를 대리하는 목소리가 예언자의 역할이다. 즉 대리자의 목소리이다. 현자 역할 또한 오랜 전통을 가지고 있다. 예언자의 역할과 다른 점이 있다면, 예언자는 대리자의 입장에서 말한다 면 현자는 자신의 이름을 통해 말한다는 점이다. 교육자 역할도 중요하다. 현자와도 조금 차이가 있다. 현자는 자신이 깨닫거나 아는 것을 말하는 반면, 교육자는 이미 사회에서 검증되거나 승 인된 지식을 전달하며 말하는 자이다. 이 세 역할은 모두 진실을 말하는 데 초점이 맞춰져 있다. 여기서 주목해야 할 역할이 바로 파레시아스트의 역할이다. 파레시아스트는 대리자의 이름으로 말하지 않고 자신의 이름을 통해 말한다는 점에서 예언자 역할 과 다르다. 또한 현자와도 다른 지점이 있다. 현자는 자신의 깨달 음을 다른 사람에게 전달해야 하는 의무가 없다. 하지만 파레시 아는 의무를 가진 '진실-말하기'이다. 교육자와 파레시아도 차이 점이 있다. 교육자는 자신의 지식을 전달할 때 용기를 낼 필요가 없지만 파레시아는 용기를 전제로 한다. 즉 파레시아스트는 '진 실-말하기'의 존재이며, 신념과 의무와 용기의 특성을 지닌 자이 다. 푸코는 이에 대해 아래와 같이 정리하고 있다.

---

1) 미셸 푸고, 『담론과 진실』, 동녘, 2017, 129~134쪽 참조.

파레시아는 언제나 '아래'로부터 생겨나 '위'로 향합니다. 파레시아스트는 대화 상대자보다 강하지 않고, 파레시아스트가 비판하는 자보다 약합니다. 그렇기 때문에 고대 그리스인들은 어린아이를 비판하는 선생이나 아버지가 파레시아를 행한다고 말하지 않을 것입니다. 그러나 철학자가 참주를 비판한다거나 시민이 다수를 비판한다거나 학생이 선생을 비판하는 경우, 이런 화자들은 파레시아를 행한다고 말할 것입니다. 이처럼 파레시아는 진술성, 진실과의 관계, 신념과 진실의 일치를 전제로 합니다. 또 파레시아는 위험과 비판을 전제로 하며, 화자가 대화 상대자들에 비해 열등한 위치에 놓이는 상황 내에서의 비판 행위를 전제로 합니다.[2]

시인 또한 파레시아스트에 가깝다. 늘 가장 낮은 화자의 위치에서 이 세계의 본질을 얘기하고 싶어한다. 그 본질의 발화가 바로 진실이다. 그 발화 과정 속에서 위험과 비판도 따르는 것이다.

김수우는 늘 초월과 지혜를 갈구하는 화자이다. 이 세계의 본질과 신비가 시인의 진실이다. 그 진실-말하기를 끊임없이 수행하고 있다. 김수우가 지향하는 문학적 결기는 본질의 깨달음을 향해 시선이 맞춰져 있다. 그에겐 세상 모든 만물이 경전이며 세상 모든 존재가 초월의 대상이다. 존재하는 것만으로 경전이며, 초월의 대상이 될 수 있는 힘은 시인의 관조에서 비롯된다. 대상을 깊게 바라보고 오래 사유하는 것뿐 아니라, 그 속에서

---

2) 미셸 푸코, 『담론과 진실』, 동녘, 2017, 98쪽.

"용감한 몰락"(『몰락경전』, 들어가는길, 9쪽)을 경험하는 일탈 또한 필요하다. 김수우의 문학에 오랫동안 드리워진 '방랑'의 시적 레테르는 그가 구원과 초월을 향한 욕망을 구체적 몸의 실천으로 완성한다는 것을 시사한다.

김수우는 대부분의 시적 대상을 몰락과 소멸이라는 테제로 수렴시킨다. 그가 몰락 혹은 소멸의 주제를 탐닉하는 것은 그것이 인간 혹은 세계의 진실이기 때문이다. 김수우의 '진실-말하기'는 결국 몰락을 향하는 인간의 우둔함을 용기있게 발설하는 것이다. 진실을 향해 어디든 달려가는 주체는 이 세상 모든 것이 경전이다. 김수우가 자주 다른 공간을 지시하는 것 또한 유추할 수 있는 귀결이다.

3억 8천만 년 전 곤충화석의 꽃가루, 공룡의 등에 비닐지던 빗방울, 천둥과 고요, 동굴벽에 그려진 암사슴과 빗살무늬토기, 숲을 나서던 원시인의 눈썹, 유목민의 별똥별까지 모두 비밀이다 몸을 헐어 사막이 된 것들 소멸은 날카로운 고독의 씨앗을 낳았다

푸른 바다가 붉은 사하라가 될 때까지
사막은 얼마나 이빨 시린, 슬픔의 유전인자를 숨기고 있는 걸까

바람부는 대로 이동하는 구릉을 넘어, 영원한 환영을 품은 가시나무를 따라, 먼 폐허를 살아낸 것들, 오랜 여행에 발톱이 곪은 것들, 마음을 헐어 사막이 되었다 설화를 찾던 옛 탐험가도 그들의 낮달도

모래씨앗으로 걸어갔음이여 초침으로 타오르는 뼈들이여

─「붉은 사하라」 전문

　김수우의 유목적 삶은 이미 세간에 많이 알려져 있다. 김수우
의 많은 시들은 지금-이곳이 아닌 다른 공간을 꿈꾸거나, 이미
그 공간 속에 시적 자아를 위치시킨다. 시인이 몸 닿는 공간이
어디든 그 공간은 시공간을 넘어 불가한 원시의 자장을 드리운
다. 사하라의 가장 먼 기억을 소환하면 "푸른 바다"이며 그곳에
서 "꽃가루", "빗방울", "천둥과 고요", "암사슴과 빗살무늬토기",
"원시인의 눈썹", "유목민의 별똥별"까지 본질을 탐색할 수 있는
세목들을 시적 대상으로 제시한다. 시인이 사하라의 근원과 구
릉과 가시나무를 거치는 것은 어떤 화두를 향해 질문하는 것일
까. 자연은 비밀을 간직한 세계이다. 그 비밀은 시인의 눈으로
새롭게 해석하며 발견하고, 이것이 집적되어 세계관을 형성한
다. 시인이 바라본 세계는 "소멸"과 "폐허를 살아낸 것들"에 맞추
어져 있다. 그곳에서 "슬픔의 유전인자"를 느끼는 것이 시인의
운명이다.

멕시코 옛 프레스코 벽화에서 나온 새가 아닐까
사내의 팔뚝에 쪽빛 앵무새가 앉아 있었다
유성 장날 시내버스에 오른 사내와 새
먼 고원지대에서 함께 늙은 토착인처럼
함께 꿈벅이는 눈, 그 깊은 원시 연못에서

서로의 영혼을 모시고 다니는 법을 듣는다

팔뚝을 아프게 움킨, 가슴깃털 아래로 뻗은

새의 뜨거운 갈쿠리 발톱을 오래 지켜보다

내 영혼은 손잡이에 걸린 듯

가볍게 출렁이는 손잡이의 허공을 바라본다

영혼이 얼마나 먼데서 오는 것인가, 하는 생각에

지금, 함께 꿈꿀 영혼이 그립기도 하지만

무엇보다 버스가 흔들릴 때마다

사내의 팔을 세게 움키는 앵무새의 발톱에서

이 시대에 움켜잡아야 할 것은 사람의 팔뚝이라

기적이 일어날 곳도 저 상처 많은 팔뚝이라, 믿어지는데

장날 때문인지 버스가 자꾸 급브레이크를 밟는다

하늘이 한쪽으로 쏟아질 때마다

창밖은행나무도 급정거하면서 왈칵 가슴에 넘어지고

난 나도 모르게 그 팔뚝을 움켜잡는 것이었다

―「팔뚝을 잡다」 전문

　시인은 원시의 시공간을 사유할 수 있는 특별한 공간에서만 각성하지 않는다. 우리가 매일 부딪히는 일상의 공간에서도 원시의 흔적들을 꿈꾼다. "유성 장날 시내버스"에서 만난 "사내의 팔뚝"은 시인의 원시적 상상력을 촉발하는 매개체이다. 시인은 사내와 사내의 팔뚝과 사내의 팔뚝에 새겨진 "쪽빛 앵무새" 문신을 통해 시공간을 뛰어넘는 사유를 개진한다. 시인은 "멕시

코 옛 프레스코 벽화에서 나온 새"와 "먼 고원지대에서 함께 늙은 토착인"과 "깊은 원시 연못"을 상상하다가 사내의 팔뚝에 새긴 앵무새의 "갈쿠리 발톱"이 마치 살아있는 것 같은 환을 체감한다.

그러한 시적 정황 속에서 "이 시대에 움켜잡아야 할 것은 사람의 팔뚝"이라는 지혜를 깨닫는다. 기적이 일어나는 것은 상처입은 몸이라는 점에서 시인이 지향하는 세계의 일면을 알 수 있다.

해운대 샛골목 쪽문 국숫집

퇴색한 신발장에 우묵우묵 구름들 모여 있다

빙하기에서 도착한 길이 낮은 문지방을 넘는 소리

안데스로 떠나는 길이 깨진 탁자를 미는 소리

그 옹글진 파문을 디디고

신발장 위 늙은 난에서 꽃이 피었다

죽은 자들이 우리를 위하여 올리는 향불처럼 희디흰,

맨발들

사박사박, 다시 국수 같은 주술을 낳으시는지

짝사랑, 안녕하다

—「흰 꽃」 전문

시인은 생각 가득한 의미의 언어에서 팽팽한 긴장 속에 놓이
다가 텅 빈 이미지 속에서 들리는 말들을 채집하기도 한다. "해
운대 샛골목 쪽문 국숫집"은 아주 작고 후미진 곳에 위치한 공
간이다. 이곳 "신발장 위 늙은 난"에 피어 있는 흰 꽃을 발견한
다. 흰 꽃을 보며 죽음과 삶을 연결하는 "향불"이 떠올려지고,
국숫집에 모이는 사람들의 신발 속에서 "빙하기에서 도착한 길"
이나 "안데스로 떠나는 길"이라는 내력을 떠올리기도 한다. 그
내력들이 "소리"와 "파문"이라는 청각 시각적 감각을 따라, 모
두 신발을 벗고 선 "맨발"의 촉각적 이미지와 만난다. 고난의
시간을 견디고 난 신발을 벗는 행위는 세상의 온갖 신산한 짐을
내리는 행위와 다름 아니다. 국수는 그런 존재를 위로하는 최고
의 미각이다.

입석으로 타서 간이의자를 하나 잡았다 다행이다

매화가 번진다 그리운 이가 먼데 있다고 한다 다행이다

지난 겨울 철탑으로 올라간 사람들은 어찌 되었을까

다행과 다행 사이 다행스럽지 못한 것들이 꽃대처럼 칼금처럼 불면처럼 직립한다

밥그릇 안에서 굴절되는 영혼처럼 눈물은 봄비로 굴절되었다

성냥갑 만한 메아리도 없이 봄비는 다시 철탑으로 굴절된다

내가 가려는 바다는 통로 천정에서 거물거물 떨고 있다

팬티까지 벗고도 부끄러운 줄 모르다가 양말 벗을 때의 수치를 정직이라 부르는

네 칼날도 꽃으로 굴절될 것인가 분노란 그따위 궁리이다

오늘도 손해를 본 토마토 수레는 굴절되지 않는다 다행이다 아니다

젖을 빨던 질문들은 철탑으로 굴절되었다 다행이다 아니다

햇빛을 탕진하는 흐린 동백, 아슬아슬하다

신호등 앞에 늙은 외투처럼 서 있는 하늘, 뒤뚱거린다

간이의자를 접는다

—「굴절의 전통」 전문

시인은 바다로 향하는 기차를 탄다. 입석인데도 다행히 간이
의자를 하나 잡아 앉아서 간다. 그러나 "지난 겨울 철탑"을 생각
하면 "다행스럽지 못한 것들"이 떠오른다. 시적 주체의 생각들은
"눈물"은 "봄비"로 "봄비"는 "철탑"으로, "칼날"은 "꽃"으로 "젖
을 빨던 질문들"은 "철탑"으로 굴절됨을 느낀다. "다행"과 "다행
이 아닌 것들" 사이에서 생각이 굴절되는 과정을 시에서는 잘
보여준다.

이 굴절은 사고의 전이이며 때론 인간이 세상을 살아가는 이
치이기도 하다. 다행이라는 수긍과 화해의 세계와 저항과 대결
이라는 세계 사이에서 아슬아슬한 시인의 사유는 간이의자 위에
서도 계속된다.

비가 온다 잘 지냈나 익숙한 주문처럼 내리는 비, 나도 그들을
잘 안다

과일장수 아버지는 비가 오면 다섯 살 딸을 사과박스에 뉘고 비
닐을 덮어 짐자전거에 실었다 그렇게 집으로 돌아가던 시절부터 빗
방울을 사랑했다 홀로 걷는 법 함께 내려앉는 법 정직한 슬픔을 토
닥토닥 배웠다

한때 빛을 키우던 지느러미들, 한때 날개를 고르던 새들

비가 오면 포장마차에 앉는다 빗방울 당도하는 소리 속에서 천천히 빗방울이 된다 단추도 되고 단춧구멍도 되던 빗방울 유리창도 되고 바다도 되던 빗방울들 냄비에서 끓는다 홀로 푸는 법 함께 풀리는 법 정직한 슬픔이 보글보글 떠오른다

저주를 푼다는 것, 그것은 서로를 알아보는 일이다
오래, 아무리 모질게 잊혀져 있더라도 금세 알아본다

막다른 골목 유행가도 삐걱대는 관절도 천박한 자유도 불완전한 마술도 새우깡 흘린 노숙의 자리도 싸구려 강박증도 빗방울이 된다 자박자박 낮은 발길이 된다

어떤 저주든 아름답게 풀어낼 수밖에 없는
몇 생애 내 어머니이기도 했던
홀로 걸어와 함께 내리는, 저, 이방인들
슬쩍 지나도 그림자조차 없어도 그들을 잘 안다 냄새와 그 유영이 익숙하다

사랑했기 때문이다

—「빗방울경전」 전문

시인의 경전은 아버지로부터 출발한다. 시인은 아버지로부터 "홀로 푸는 법 함께 풀리는 법 정직한 슬픔"을 배웠다. 생의 가장 큰 힘이 된 가치를 배우게 된 것은 짐자전거이다. 짐자전거 사과박스에서 느꼈던 빗방울의 감각이 성인이 되어서도 "비만 오면 포장마차에 앉"게 되고 시인 스스로 빗방울이 되는 행위를 통해 기억을 반추해 낸다.

하지만 시인은 여기서 그치지 않고 빗방울을 통해서 "단추"와 "단춧구멍", "유리창"과 "바다", 그리고 "홀로 푸는 법 함께 풀리는 법" 등의 감정을 다스리는 이치까지 빗방울을 통해 배운다. 그리고 이 세상의 아픈 존재들과 낮은 자리들도 모두 빗방울이 된다. 그러한 인식의 과정을 통해 "몇 생애 내 어머니"와 "이방인들"에게 세상을 배웠다는 고백을 한다. 빗방울은 시인에게 또다른 경전이며, 이 경전의 가장 중요한 경구는 "사랑했기 때문이다"이다.

구름이던 큰 나무에 구름이던 작은 새들이 앉아 있다

이 책 저 책을 뒤적인다 아무 할 일이 없다 씹었다가 뱉고 뱉었다씹는 하느님

담벼락에 걸터앉은 젊은 햇빛이 말을 건다
난 여섯 살 소꿉동무였어 얼굴 잊은, 탱자 울타리에서 불러내던옥희라는 이름이 간질간질 돋아난다

나무는 무수한 몰락으로 자란다 고대 신화가 몰락의 힘으로 살아
가듯

풀꽃과 어깨동무하고 한참 절룩이는데 뒤통수 닮은 진실들이 옆
에서 걷고 있다

뚜벅뚜벅 걸어온 나무그늘이 어깨를 겯는다
어깨에 작은 새들이 논다 나도 어깨가 있음을 비로소 안다

몇 번 몰락에 발가벗은 것들은 기원(起源)을 향해 자란다

큰 나무는 자라서 작은 나무가 되고 작은 나무는 자라서 구름이
되고 구름은 자라서 새가 되는 마을

질긴 하느님, 씹었다가 뱉고 뱉었다 씹는 페이지, 유리창이 맑다

한참 가난해지고 나서야, 맑은 옥희 까르륵 웃고 있다

—「몰락을 읽다」 전문

결국 시인은 어떤 진실에 가닿을까. 시인이 세계를 읽는 것은
몰락이라는 주제어를 통해서이다. 이 세계를 주관하는 하느님은
"이 책 저 책을 뒤적"이거나 "아무 할 일이 없"는 것 같다. 시는
이미 의인화의 세계 속에 존재해 있다. "젊은 햇빛"이 말을 걸고,

"뚜벅뚜벅 걸어온 나무그늘"도 시적 주체와 함께 한다. 시인은 몰락의 이치에 대해 얘기한다. "나무는 무수한 몰락"으로 자라고, "몰락에 발가벗은 것들은 기원을 향해" 자란다. 어쩌면 시인이 얘기하는 "뒤통수 닮은 진실들"이 바로 몰락을 이해하는 경전의 진리가 아닐까. 그곳에서 시인이 되새기는 것은 가장 먼 유년의 기억, 가장 가난하고 그래서 때 묻지 않은 순수한 동심의 세계이다. 시인에게 "맑은 옥희"는 가난해지고서야 찾아오는 햇빛과 같은 존재이다.

프랑스어의 노마드(nomade)는 "특정한 가치와 삶의 방식에 얽매이지 않고 끊임없이 자기 자신을 바꾸어 나가며 창조적으로 사는 인간형. 또는 여러 학문과 지식의 분야를 넘나들며 새로운 앎을 모색하는 인간형을 이르는 말"로 정의한다. 또 다른 노마드(nomad)는 유목민이다. 노마드를 꿈꾸는 삶은 시의 삶이다. 시인이 애정하는 몰락은 초월을 가능케 하는 과정이기 때문이다. 시인은 몰락을 통해 초월할 수 있다는 사유를 노마드적 삶을 통해 경험했다. "사랑하지 않고는 견딜 수 없었던 수척한 날들"(「화엄맨발」)과 "뿌리쳐야 할 생의 손목이 저렇게 아름답다"(「슬쩍슬쩍」)는 시인의 시선이 오래 지속되길 바라본다. 그것이 바로 시인의 가장 큰 행복과 사랑일 수도 있으니까.

구름의 시적 도상학(圖像學)

: 김충규론

시적 대상을 선취하고 이를 자신의 시적세계를 드러내는 중심 이미지로 삼는 방법은 중요한 의미를 가진다. 김충규의 시는 일반의 시적 대상물이 그의 시적 자장 안에 들어오면 김충규식 버전의 존재로 바뀐다. 사물은 시인이 감각한 의식의 그물에 갇힐 때에야 비로소 의미를 갖는 것이다. 그런 의미에서 김충규의 시적 대상은 병든 매개체로서 존재한다. 대상을 바라보는 주체가 심각한 내상을 함유하고 있는 경우에 해당한다.

하지만 김충규의 통각은 육체적 병으로서만 존재하지 않는다. 그의 시는 강력한 실존의 차원에서 늘 회의하고 방황한다. 그렇기에 김충규의 시적 존재는 늘 "하늘이 새로 탄생하고 싶어/제 몸을 해체하는 중"(「숨구멍」)이다. 해체하는 몸은 살아남기 위한 정신 상태를 떠돈다. 언 강에 "발자국을 찍는 자"를 찾고, 그 발자국의 깊이를 통해 "발자국이 깊을수록 생에 대한 집착이 깊다는 뜻"이라고 전한다. 김충규가 전하는 절절한 간절함은 "내 뒤에 발자국을 남기지 않으려고/나는 뒷걸음질을 쳐보았다"는 자기 다짐에서 우러나온다. 언 강의 숨구멍을 통해 자신 또한 들어갈지도 모른다는 절박함 속에서도 김충규는 시의 결기를 더 강력히 부여잡고 있다. 그는 병을 통해 죽음의 세계로 사뿐히 건너간다. 그렇지만 그가 얘기하는 죽음의 세계는 지금 우리가 숨 쉬고 있는 세계와 단절된 세계가 아니다. 김충규가 말하는 죽음은 늘 지금 이곳에서 사유하는 공간이며, 이곳과 저곳이 서로 넘나드는 세계로서 존재한다. "관을 열고 온몸이 얼룩진 시신이 나와/나비 쪽을 뚫어지게 응시했다/아무 망설임 없이 관 속으로 나비가 들어갔다"(「아무 망설임 없이」)는 광경은 이런 사실들을 단적으로 보여주는 예에 속한다. 김충규는 "사후(死後)의 어느 한적한 오후에/이승으로 유배 와 꽃멀미를 하는 기분"(「꽃멀미」)으로 이 세계를 바라본다. "저승의 가장 잔혹한 유배는/자신이 살았던 이승의 시간들을 다시금/더듬어보게 하는 것일지도" 모른다고 시인은 고백한다. 김충규의 시 전면에 드러나는 도저한 비애와 죽음, 그리고 생을 바라보는 처연함은 고정되지 않는 시적 대상물을 통해 형상화된다. 허공과 물, 구름 등은 그가 자주 몸을 적시는 시적 대상물이다.

비를 뿌리면서 시작되는 구름의 장례식,

가혹하지 않은 허공의 시간 속에서 행해지는 엄숙한,

날아가는 새들을 휙 잡아들여 깨끗이 씻어 허공의 제단에 바치는,

죽은 구름의 살을 찢어 빗줄기에 섞어 뿌리는,

그 살을 받아먹고 대숲이 웅성거리는,

살아 있는 새들이 감히 날아갈 생각을 못하고 바르르 떠는,

하늘로 올라가는 칠 일 만에 죽은 아기의 영혼을 아삭아삭 씹어
먹는,

산 자들은 우산 속에 갇혀 보지 못하고 죽은 자들만이 참여하는,

지상에 흥건하게 고이는 빗물에 살 냄새가 스며 있는,

그 순간 나무들의 이파리가 모두 입술로 변해서 처연하게 빗물을
삼키는,

손가락으로 빗물을 찍어 먹으면 온몸에 구름의 비늘이 돋는,

비를 그치면서 끝나는 구름의 장례식.

― 「구름의 장례식」 전문

구름의 기상학은 생성과 사라짐에 있다. 구름은 우리가 발 딛
는 현실의 공기를 질료로 새롭게 생성된다. 또한 우리 인간에게
는 없어서는 안 될 햇빛과 바람과 강우에 의해 사라진다. 하지만
구름의 생성과 소멸은 자주 우리의 눈앞에서 발생하기 때문에
구름의 일생이 우리에게 큰 실존적 체험으로 다가오지는 않는
다. 구름은 늘 가시적인 대상물이며 웬만하면 언제든지 볼 수
있어서 구름의 상상력은 시각적 이미지의 차원에서 그치는 경우

가 많다.

김충규의 시에는 구름과 허공의 이미지가 자주 목도된다. 구름을 자세히 살펴보면 특별한 이미지를 가진다. 늘 하늘에 떠있지만 잘 인식하지 않는 존재이며, 자세히 살피지 않으면 늘 움직이고 흐른다는 사실을 망각하기 일쑤이며, 매순간마다 다른 몸을 가지고 있고, 생각보다 변화무쌍하고 때로는 강력한 비의 원료가 되기도 하는 것이 구름이다.

김충규는 비가 내리는 현상을 "구름의 장례식"이라고 본다. 어떻게 보면 특별할 일이 없는 상상력이지만, 그 이후 펼쳐지는 허공의 상상력은 가히 볼만한 광경이다. 날아가는 새가 구름 속에 들어가는 모습을 시인은 "날아가는 새들을 휙 잡아들여 깨끗이 씻어 허공의 제단에 바"친다고 말한다. 비가 내리면서도 "죽은 구름의 살을 찢어 빗줄기에 섞어 뿌리는" 이미지와 그 살을 받아먹고 크는 "대숲"의 이미지, "지상에 흥건히 고이는 빗물의 살 냄새", "손가락으로 빗물을 찍어 먹으면 온몸에 구름의 비늘이 돋는" 이미지 등은 모두 구름의 장례식에 바쳐지는 장엄한 광경들이다. 이 광경을 통해 끝없이 순환하는 죽음의 의미를 새롭게 느끼게 한다. 죽음은 실존의 다른 차원에서 재구되어질 성질의 것이 아니다. 죽음은 죽음 그 자체이며, 죽음에는 잊을 수 없는 감각적 살 냄새가 동반되는 것이다. 구름의 장례식에는 자연의 일상적 모습뿐만 아니라 "하늘로 올라가는 칠 일 만에 죽은 아기의 영혼을 아삭아삭 씹어" 먹기도 하는 처연한 장면도 있다.

산 밖의 세상에서 지은 죄 무성하여
내 얼굴이 악마로 변했으니
맨발로 저 산에 들어가 아흐레쯤 무릎 꿇고 와야지
구름에 내 겹겹의 표정 다 씻어내고 와야지
亡者들에게 흠씬 고문 받고 와야지

구름이 산을 빠져나가고 있었다
亡者들이 반죽한,
참여하고 싶어도 나는 참여하지 못한,
사뭇 뜨거운 구름,
새들이 들어갔다간 뼈째 녹여버릴 구름,

亡者들 제 속의 불로 빚고 빚었으니
산이 화덕이었으니

산을 나왔을 때 내 발바닥 다 익어 있었다

—「亡者들」 부분

허공의 묘지,
군데군데 구름무덤,
햇살벌레들이 우글우글 무덤의 시신을 파헤지고 있다
축축한 살점을 뜯어먹고 있다
간헐적으로 비명이 들린다

지나가는 순한 새들,

그들이 우는 소리가 무덤 속으로 깊이 파고들 때

지상에서 무덤을 얻지 못하고

간신히 구름무덤에 들어간

죽은 자는 서러이 흐느낀다

어디로 갈 것인가

어디로 가야 떠돌지 않고 정착할 수 있는가

지상에서의 가난은 죽어서도 눈을 못 감게 한다

묘지는 서서히 이동한다

오래지 않아 소멸한 구름무덤,

—「구름무덤」 부분

「亡者들」에서 구름은 망자들이 반죽한 물질이다. 시의 전반부에서는 새들이 구름을 다 휘저어놓아서 구름은 살점이 다 떨어져 나갔다고 한다. 구름은 살점도 없이 뼈만 남아서 산으로 들어가 숨는다. 산을 품은 구름은 다시 살을 얻어 날아갈 시간을 기다리는데 그 산에는 망자들이 있었다. 시인은 "산 밖의 세상에서 지은 죄 무성하여/내 얼굴이 악마로 변했다"고 한다. 구름은 그런 시인의 얼굴을 씻어줄 수 있는 대상이다. 또한 망자들에게도 따끔한 일침을 듣고 오고 싶다. 하지만 망자들이 반죽한 구름은 내가 참여하고 싶어도 참여하지 못할 정도로 뜨겁게 변했다. "새들이 들어갔다간 뼈째 녹여버릴" 구름은 망자들이 제 속의 불로 빚었기 때문이다. 산에 올라 망자들을 생각하고, 구름을 생각하고 나니 시인의 발바닥은 익어 있었다.

허공 중에 군데군데 있는 구름을 시인은 무덤으로 본다. 햇살은 구름의 살을 파먹는 벌레이다. 구름의 비명은 어떤 소리일까. 지나가는 새들의 우는 소리가 구름 속으로 들어가면 죽은 자의 서러움이 들린다. 언젠가는 소멸할 것이 구름무덤이지만, 시인은 "지상에서의 가난은 죽어서도 눈을 못 감게 한다"고 한다.

이렇듯 김충규의 구름은 죽음과 죽음 이후의 일들을 타진하며, 지금 현재의 시간들을 생각하게 한다. 지금 현재의 시간들도 어찌 보면 죽음을 향해 달려가고 있는 시간들 중의 하나이므로. 이런 빈 공간의 상상은 「혀」라는 작품에서도 유감없이 발휘되고 있다.

한 순간, 허공의 볼이 홀쭉해졌다
날아가는 새들을 삼켜 오물거리는 중

새가 사라진 허공 간결하다
아무 문장으로나 낙서를 하고 싶은 허공,
종이에 연필로 글을 써놓고 그걸 혀로 쓰윽 핥았던 기억,
나무의 살 냄새가 났든가
문장의 살 냄새가 났든가

허공의 혀는 어디에 숨어 있는가
때론 햇살을 핥고 바람을 핥고

死者의 뒷덜미를 핥는
허공의 혀는 지금 어디에 숨어 있는가
구름 속에서 저를 적시고 있는가
死者의 뒷덜미를 핥아보는 상상,
그것은 새의 뒷덜미에서 느껴지는 맛과 어떻게 다를까 궁금,

허공의 혀를 찾아서
내 혀가 허공으로 치뻗어가는,
허공의 혀가 死者의 뒷덜미와 새의 뒷덜미 맛을
내 혀에 하역하는,

—「혀」 전문

　김충규식의 허공은 어떤 존재를 삼키는 죽음의 공간이다. 죽음의 공간이 허공인데, 시인은 그 공간을 간결한 것으로 인식한다. 울음도 슬픔도 없이 죽음이라는 사실만 존재하며, 그 죽음의 경험 속에서 감각한 감각만이 꿈틀거리며 살아 있다. 새를 잡아먹고 오물거리는 허공의 이미지는 섬뜩하다 못해 산뜻하다. 그 죽음의 공간에 시인은 낙서를 하고 싶은 것이다. 시인은 허공에 무엇을 쓰고 싶었던 것일까. "나무의 살 냄새"와 "문장의 살 냄새"일까를 궁금해 한다. 아마도 시인은 죽음을 감각적으로 체험한 그 순간을 쓰고 싶었던 것은 아닐까. 시인은 허공에도 혀가 있다고 한다. 햇살도 핥고 바람도 핥는 혀. 그 혀가 집중적으로 핥는 곳은 바로 "뒷덜미"이다. 죽은 자의 "뒷덜미를 핥아보는

상상"을 한다. 그런 상상 가운데 "새의 뒷덜미에서 느껴지는 맛과 어떻게 다를까"를 궁금해 한다. 위의 시는 허공의 이미지를 통해 죽음의 실존을 사유하는 게 아니라, 감각적으로 체험하며 그 미감을 죽음의 이미지에 덧입히고 있다. 오히려 이러한 감각적 체험이 더 또렷하게 죽음을 생각하게 한다.

어두운 낯빛으로 바라보면 물의 빛도 어두워 보였다
물고기들이 연신 지느러미를 흔들어대는 것은
어둠에 물들기를 거부하는 몸짓이 아닐까
아무도 없는 물가에서 노래를 불렀다
노래에 취하지 않는 물고기들,
그들의 눈동자에 비친 내 몰골은 어떻게 보일까
무작정 소나기 떼가 왔다
온몸이 부드러운 볼펜심 같은 소나기가
물 위에 써대는 문장을 물고기들이 읽고 있었다
이해한다는 듯 꼬리를 살랑살랑 흔들어댔다
그들의 교감을 나는 어떻게 기록할 수 있을 것인가
살면서 얻은 작은 고통들을 과장하는 동안
내 내부의 강은 점점 수위가 낮아져 바닥을 드러낼 지경에 이르렀다
한때 풍성하던 魚族은 다 어디로 사라진 걸까
그 후로 내 문장엔 물기가 사라졌다
물을 찾아온다고 물기가 절로 오르는 것은 아니겠지만

물이 잔뜩 오른 나무들이 그 물기를 성성한 잎으로
표현하며 물 위에 드리우고 있는 모습을 보는 것은
분명 나를 부끄럽게 했다
물을 찾아와 내 몸이 조금이나마 순해지면
내 문장에도 차츰 물기가 오르지 않을까
차츰 환해지지 않을까

내 몸의 군데군데 비늘 떨어져나간 자리
욱신거렸다
이 몸으로는 저 물속에 들어가 헤엄칠 수 없다

—「아무도 없는 물가에서 노래를 불렀다」 전문

　　김충규의 어둡고 비극적인 세계가 너무도 아름답게 표현된
시이다. 시인이 대상을 바라보는 태도는 늘 어둡고, 죽음으로
침잠하는 세계이다. "어두운 낯빛"으로 바라보는 물의 이미지는
어둡다. 물고기들의 움직임도 "어둠에 물들기를 거부하는 몸짓"
이라고 생각해본다. 무작정 내리는 소나기는 물 위에 써대는 문
장들이다. 물고기는 물 위로 떨어지는 문장들을 이해한다는 듯
꼬리를 친다. 시인은 이런 아름다운 풍경 속에서 "살면서 얻은
작은 고통들을 과장"했다고 고백한다. 그리고 자신의 내부에 존
재한다는 강의 수위를 생각한다. 그가 성찰하는 것은 윤리적 자
아나 사회적 책무에 대한 아쉬움이 아니다. 물기가 사라진 문장
에 대한 고민 때문이다.

시인은 "물이 잔뜩 오른 나무들이 그 물기를 싱싱한 잎으로/표현하며 물 위에 드리우고 있는 모습"처럼 물기가 진한 문장을 쓰고 싶은 것이다. 그런 문장을 가진 몸으로 물 속의 물고기와 호흡하고 싶은 것이다.

김충규는 마지막까지 축축한 살 냄새가 풀풀 풍기는 문장을 쓰고 싶어했다. 그 문장이 시가 되고 노래가 되길 원했다. 그 시의 언어로 "고요한 물 위에 발자국을 찍기를"(「물 위에 찍한 발자국」) 바랐다. 금세 사라질 물 위의 문장이라도 기억할 만한 시가 되기를 바랐다. "내 마음들에는 왜 뼈가 없는가/불끈 솟구쳐 흔들리지 않게 하는 그런 뼈"(「물의 寺院」)도 모두 물기 축축한 시의 언어를 얻기 위한 몸을 가지고 싶어한 것이리라.

김충규는 "한번 걸어간 길은 내 속으로 사라지고/남는 것은 발자국뿐"(「길」)이라고 말한다. 잉여의 시적 에너지와 삶의 지혜를 얘기했지만, 그는 이미 저 너머의 더 큰 세계를 사유의 품에 안고 궁구했을 것이다. 그가 자주 얘기하는 "허공"의 이미지를 통해 공(空)이 떠올려진다. 시인은 공(空)의 세계에 다다르기 위해 색(色)의 세계를 버리지 않는다. 공과 색이 서로 공존하여 섞이고 스밀 때에야말로 공의 세계를 잠깐이라도 볼 수 있는 것이다. 그 측정불가의 세계를 김충규는 몰래 바라보며 자신이 깊이 남겨두어야 할 존재의 모습이 어떤 것인지를 늘 고민했을 것이다. "이승을 망각해버린 내 영혼은/새로운 세계에 적응하려고/저승의 곳곳에 발자국을 남기기 위하여/분주히 움직이리라"고 전언의 말을 남겼으리라.

김충규는 지금 우리가 아옹다옹하는 색(色)의 세계를 넘어서는 또다른 세계를 꿈꾸었다. 그 도정을 따라가며 비범한 시적 재능을 지닌 한 시인의 안타까운 짧은 생애를 다시금 생각하며 애도하게 된다. 객관적인 글이라는 것은 요원한 일이다. 그와 나눈 우정의 세월들 때문에 자꾸 그의 모습이 겹쳐 글이 한동안 멈춰있었음을 고백한다. 삼가 자유롭게 훨훨 날아 평안하시기를.

비장하게 아름다운 성속(聖俗)의 담론

: 김은상론

성(聖)은 신(神)에 속해 있는 영역이다. 성스러움의 실재를 인식하기 위해서는 성소(聖所)에서 절대자와 직접 대면하는 체험을 하거나, 비밀의례를 통해 신의 힘을 느끼는 것이라고 할 수 있다. 속(俗)의 어원은 'profamum'으로 '성전 밖'을 뜻하는 라틴어에서 나왔다. 속은 성과 대립되는 개념으로 성스러운 공간 이외의 공간이다. 다시 말하면 속의 공간은 우리 일상의 공간과도 같다. 성과 속을 구분하는 자의식은 기본적으로 성에 가까이 가고자 하는 본성적 속성에서 비롯한다. 엘리아데에 따르면 인간의 시간은 성스러운 시간과 속된 시간, 즉 종교적인 의미가 없는 일상적인 시간의 연속으로 채워져 있다고 한다. 하지만 이 두 종류의 시간 사이에는 연속성의 단절이 존재한다. 그렇기에 인간은 다수의 대상에 성스러움을 덧입히는 것이다. 성스러움이 성전에서만 이루어지는 것은 헤브라이즘의 전통이다. 인간들은 성(聖)의 상징을 여러 곳에 만들어 놓았다. 특정한 사물이나 특정한 인간, 공간, 시간에 성스러움을 덧입혀 이를 신성화했다. 또한 아직도 민속 종교에 많이 남아 있는 '엑스터시(ecstasy)'의 체험이 있다. 주체적인 의지에 의한 행동의 자유를 상실하고, 망아(亡我) 상태가 되거나 고민, 환희, 우수 등의 기분을 수반한 황홀상태가 되는 것을 엑스터시라고 할 수 있는데 이 상태를 가장 극적으로 충족시켜주는 것이 바로 종교에서의 신비적 체험이다. 이러한 성속의 의미망 속에서 우리는 새로운 구원의 표상을 간절히 바라고 있는 것인지도 모른다.

성속의 경험을 통해 우리가 도달하고자 하는 것은 '구원'으로 가고자 하는 길을 찾는 것이다. 구원은 지금 우리의 현실 너머에 있는 공간이다. 다시 말하면 현실로부터 우리를 벗어나게 해주는 가장 이상적이고 완성된 메시지가 바로 '구원'이다. 구원의 열망은 역설적으로 지금 우리의 현실을 더욱 비참하게 보거나 죄로 보는 것에서 발아한다. 김은상은 선과 악의 이분법적 강 사이를 이리저리 오가며 성찰적 메시지를 강하게 환기한다. 그가 말하는 메시지는 윤리적인 선악이나 종교적인 교리와는 사뭇 다르다. 그는 인간 내면이 가진 선악의 속성에 모두 가닿음으로써 자아정체성의 확인을 극단으로까지 밀고가고 싶은 것이다. 성스러움과 속된 것 사이에서 그가 자주 타진하는 것은 성(聖)으로 가기 위한 성(性)의 메타포이다.

시(詩)는 후천성면역결핍증이다. 세계의 발명, 전위, 진정성 이런 종(種)들은 모두 붕괴된 면역체계가 완성한 엑스터시다. 감춰둔 금고를 열면 낱말 하나가 비밀을 수음(手淫)하고 있다. 욕망. 숨김으로써 비장하게 아름다워지는 일. 각주는 폐기되고 플라시보 효과가 항체를 대신한다. 비유는 개와 늑대 사이에서 태어낸 램프의 요정. 문지를수록 손금은 닳고 행간 속에서 지니는 발정난다. 정직은 부정을 감추기 위한 선물용 포장지이며 지식은 자의식을 감추기 위한 최전방 전선의 총알받이 병사다. 허나, 시는 숙주만을 필요로 하므로 목적이나 수단이 될 수 없다. 성도착증자가 성인용품점을 기웃거린다. 아내도 애인도 없지만 딜도를 구매한다. 꿈꾸기 위해서인가? 사랑하기 위해서인가? 아니다! 맞다! 질문에 대한 답보다 중요한 것은 질문하는 이유다. 소화된 밥알만큼 수다스러운 혀는 클리토리스를 핥는 용도로도 쓰인다. 손톱으로 방바닥에 떨어져 굳어버린 정액 한 방울을 긁어낸다. 태어나지 못한 아이를 생각하며 대성통곡할 확률만큼만 나는 맨발에 동의하다. 우유부단. 매사에 결단력 없는 자들이 보여줄 수 있는 결연함이 시일뿐이므로 마을잔치에서 잡을 돼지 수를 셀 필요는 없다. 내일의 일기엔 인드라의 한 쪽 눈을 사냥하기 위해 창을 들고 원정을 떠난 키클롭스 이야기를 쓴다. 마지막 문장은 안구건조증에 걸려 하루가 가기 전에 복귀하지만 점안액이 없어 장님이 된다고 기록한다. 인드라의 눈은 여전히 세 개이며 맑았다가 갑자기 흐려진 날씨가 합병증을 일으킨다. 세계에는 비가 내릴 수도 있고 눈이 내릴 수도 있지만 내 몫의 구름은 없다. 있다면 임질이나 매독이겠고 사면발니는 한철로 끝나는 불장난이다. 불행하게도 병원체가 숙주를 알아본다. 처방은 불가하며 항체는 곧 바이러스로 치환된다. 시가 숙주를 꽃피우므로 모든 시론(詩論)은 환각이다. 고름이 흐르는 성기(性器)가 발기한다. 키클롭스의 눈을 가진, 나는 상냥한 오빠다!

—「반시론」 전문

　김은상의 「반시론(反詩論)」은 온갖 시에 대한 메타적 사유와 시 언어의 본질에 관한 은유들로 가득 차 있다. 반시론이라고 하는 고전적 명제를 자신만의 새로운 메타적 전언으로 풀어낸다. 반시론은 반어적 태도에서부터 시작한다. 반어의 언어를 통해 시가 가진 폭발적 에너지를 증언한다. 흥미로운 것은 시를 비유하는 매개체가 성병과 관련된 일련의 질병들이라는 점이다. 후천적 면역결핍증, 임질, 매독, 사면발니 등이 그것이다. 성욕이 인간이 가진 욕망의 극점을 대상화한다고 하면 이는 틀린 말이 아니다. 덧붙이면 시를 대하는 태도를 암시해주는 시적 자아의 성찰이 성적인 욕망과 결부되어 있다는 점이다. 성적인 욕망에 대한 성찰이나 윤리적 자의식은 이미 진부한 것이 되어버렸으나, 위 시에서는 또다른 각성의 의미를 환기한다. 반시라고 하는 시론적 성격을 성적인 자의식과 상징으로 풀어내고 있다. 또한 스스로를 눈이 하나인 키클롭스와 동일시함으로써 이를 확인해 준다.

　시를 인류에게 가장 강력한 바이러스 감염증으로 비유하는 의식의 기저에는 시를 통해 속의 기원을 탐험하고 엑스터시의 경험을 통해 성속의 기원에 가닿으려는 열망 때문인지도 모른다. 욕망은 시가 탄생하는 낱말의 기원이다. 시인은 그것을 가리켜 "숨김으로써 비장하게 아름다워지는 일"이라고 칭한다. 시에서 '플라시보 효과'는 무엇일까. 가짜 욕망, 시의 동력을 가장하는 언어의 기저를 추측해볼 수 있다. "시는 후천성면역결핍증"이라면 "비유는 개와 늑대 사이에서 태어난 램프의 요정"이며 "정직은 부정을 감추기 위한 선물용 포장지"이며 "지식은 자의식을 감추기 위한 최전방 전선의 총알받이 병사"다. 시를 둘러싸고 있는 방법적 외연과 윤리적 외연에 나름의 정의를 내리고 있다. 시에서 "중요한 것은 질문하는 이유"라고 말한다. 어쩌면 시의 핵심일 수도 있는 이 문장은 "모든 시론은 환각"이라고 하는 시론의 무용성을 말함으로써 오히려 시론의 필요성을 더 역설하려는 것인지도 모른다. 중요한 것은 반시론의 핵심, 즉 시에 대한 태도와 시가 갈 수 있는 가능성에 주목한다면, 시인은 태도에 많은 무게를 두고 있다. 다음의 시 「성(聖)과 속(俗)」은 좀 더 극적으로 과거의 체험과 병합하여 성속의 기원을 순치(馴致)한다.

(얄리얄리 얄랑셩 얄라리 얄라)

위험하게 살았다 키스는 사창가에서 배웠고 첫사랑은 불륜이었
다 백일몽으로 피었다가 지는
목련의 한철은 나의 연애
비바람 속으로 흩어져버린 청춘의 나날
정화수를 엎질렀다

성매매특별법이 국회를 통과하고 한 연예인의 간통죄위헌청구소
송이 기각되던 날 나는
　법률로 설명 가능한 범죄자가 되었다
　배고픔보다 두근거림을 이겨내야 빵을 훔칠 수 있는 것인데 세치
혀는 혀를 만날 때만 부드러워서
　하현달에 돋아난 꽃봉오릴 강물 위에 떨어뜨렸다

　꽃이 피는 이유는 나무의 마스터베이션
　아라베스크 자세로 떠내려가는 뭉게구름 속에서 티티새는 무지
개를 풀며 울어대는데
　나비야! 나비야! 청산으로 날아가라
　유령 같은 변명으로 굵어진 나이테를 잠재웠다
　성과 속에 맨발을 담근 채
　목련꽃 그림자를 왼편 십자가에 못 박고 용서할 수도 용서 받을
수도 없는 불온한 봄을 찬양하던 아아,
　나의 얄리얄리 얄라셩 얄라리 얄라

　잘라내지 못한 이끼 낀 왼손의 주문 청산을 중얼거려 단단해진
성기(性器)에서 흘러내린
　붉은 달빛의 왈츠
　버릴 수 없는 이역(異域)의 발자국을 춤추고 있다

—「성(聖)과 속(俗)」 전문

시의 화자는 위험하게 살았다고 한다. 그에게 청춘시절은 성애를 상징으로 하는 '연애'로 점철돼 있다. 이런 점으로 성적인 욕망은 속(俗)에 속한 대표적 속성으로 상정한다는 사실을 지시한다. 시적 자아는 "성매매특별법이 국회를 통과하고 한 연예인의 간통죄위헌청구소송이 기각되던 날"과 더불어 범죄자가 되었다고 한다. 그때 청춘은 "용서할 수도 용서받을 수도 없는 불온한 봄을 찬양하던" 시절이다. 욕망을 제어하는 세상의 법과 질서는 여전히 통과되거나 기각되고 시의 화자는 세치 혀로 인해 범죄자가 되었다고 한다. 꽃이 피는 것은 생명의 존재방식인데 시인은 이를 가리켜 '나무의 마스터베이션'이라고 성적인 욕망으로 비유한다. 시인은 성과 속에 양발을 모두 담근 채 용서할 수도 용서받을 수도 없는 불온한 봄을 찬양하고 있다. 청산별곡의 후렴구를 시의 배음으로 울리는 것은 속을 떠나보내려는 시인의 내면과 맞닿아 있다.

김은상에게 성속(聖俗)의 고백은 프로파간다와 같다. 다소 정치적인 함의로 사용되고 있는 '프로파간다'는 시인에게 "복화술"이며 "수많은 비의(秘儀)"의 말이다. 시인은 이 세계를 불온한 대상으로 여기는 흑색선전도구의 표상이다. 스스로의 자아 속에서 분열되며 "죽은 자들이 꿈을 더럽히는 일에 대해 골몰하는"(「프로파간다」) 족속들이다. 시인 자신은 선전이라고, 올페의 수음을 견딘 프로파간다라고 고백하는 말들은 참으로 비장하며 아름답다.

동굴의 시학

: 이초우론

  한 시인의 내면으로 들어서기 위해서는 무엇이 필요할까. 서로 소통할 수 있는 대화나 타자의 내면을 드러낸 언어를 통해 내면으로 이르는 길을 찾을 수 있을 것이다. 그 외에는 어떤 방법론이 있을까. 시인은 자신의 내면을 언어로 드러내 이를 영적 도구로 삼는 존재이다. 그렇기에 시인의 언어는 영매의 언어이며 주술의 언어이다. 시인의 언어를 주술의 언어로 삼을 수 있는 까닭은 시인이 아주 간절하게 그만의 특별한 이미지를 갖고 있기 때문이다. 바슐라르가 『공간의 시학』에서 말했던 행복한 공간의 이미지에 대한 탐구는 시인의 상상력이 이미지를 통해 발현된다는 것을 말해준다. 시인의 지각 속에서 배태되다가 하나의 이미지로 소환되는 시적 행위는 분명 시인의 세계를 간접적으로 드러내는 가장 큰 방법적 행위이다. 유협은『문심조룡』26장 신사(神思)편에서 "정신은 사물의 형상에 의존해 관통되는데, 그것은 정서와 생각의 변화로 인해 잉태되네. 사물의 형상은 그 외양을 통해 작가들의 심금을 울리고 그 반응으로 작가의 마음에 감정과 이성이 생겨나네."라고 말했다. 시인이 어떠한 이미지를 선취하여 자신의 세계관을 드러내는가 하는 문제의식은 시를 쓰는데 있어 가장 중요한 관점 중 하나이다.

이초우는 자신의 내면을 독특한 이미지의 방법론을 통해 개성적으로 드러내는 시인이다. 그가 보여주는 내면의 풍경은 철학적 성찰, 본질을 향한 탐구적 열정, 새로운 이미지를 찾아나서는 모험적 태도로 가득 차 있다. 이번 시편에서 이초우가 보여주는 이미지는 동굴의 이미지이다. 동굴은 인류가 수없이 반복해 온 원형적 이미지이며 화소이다. 인간이 가장 먼저 만나는 원형적 공간은 어머니의 자궁이다. 자궁에서 이 세계로 나오기 위해서는 동굴을 통과해야만 한다. 동굴은 인간의 원초적인 그리움을 찾아가기 위해 거쳐야 하는 공간이다. 또한 이 세계의 비밀을 풀기 위해 거쳐야 하는 통과제의의 공간이다. 한 개인의 내면으로 들어가기 위해서 깊은 동굴을 거쳐야 하는 일은 얼마나 매력적인 방법적 탐험인가. 이초우는 먼저 동굴 속에서 바라본 자화상으로 우리를 인도한다.

그는 눈을 자주 깜박거리지 않는다 그의 눈은 초승달 같은 동굴이다 초승달, 그 동굴 뚜껑이자 마개다

그 동굴 수평이 아니고 수직 형태다 뚜껑은 가끔씩 짜부라져 빗물을 받아 계곡수를 만든다 그 동굴
　수직으로 흘러 소를 이루고, 여느 소와는 다르게
　아래로, 식도, 위장으로 이어져, 그 소는
　거무스레한 항문이 있다

　그 소에는 이무기가 산다 장맛비가 내리면 이무기가 괴로워한다 배설이 문제다 자주 일어나는 변비, 언제나 가스가 차고 속은 더부룩하다
　용의 꿈을 꿀 땐 물속에서 엎치락뒤치락
　휘휘 돈다 은빛 비늘이
　그의 눈빛처럼 희번덕거리지만
　정작 물의 표면은 아무런 표정이 없다
　동굴 주변은 언제나 묵직하다 간간이 개여 있지만 화창하지는 않았고, 활짝 개인 날에는 껄쭉껄쭉 너털웃음을 토해낸다

　어눌한 햇살 덕에 언제나 서려있는 온기, 그와 헤어지고나면 그 온기 내 겨드랑이 체온처럼 날 따라 다닌다
　　　　　　　　　　　　　　　　　　　　　　　—「J의 자화상」 전문

J는 누구인가. 자화상은 시적 화자의 얼굴인데 화자는 어떻게 J의 자화상을 그릴 수 있을까. 시적 화자는 "그의 눈"을 유심히 관찰한다. 그의 눈을 통해 내면으로 이르는 길을 찾으려 한다.

다행히 그의 눈은 자주 깜박거리지 않기에 그의 눈으로 들어갈 수 있는 통로를 확보할 수 있다. 그의 눈은 내면으로 들어갈 수 있는 동굴이기 때문이다. 게다가 "초승달 같은" 아주 작은 동굴이기 때문이다. 깜박거리는 눈꺼풀은 동굴의 뚜껑이자 마개에 해당한다. 동굴로 들어가면 소를 만나고 이어 식도, 위장을 지나 항문을 만난다.

이초우가 내면을 드러내며 만나는 동굴의 이미지는 신체기관의 내부를 보여주는 생물도감적 이미지이다. 이러한 이미지를 통해 실존의 내면을 생물학적 내면과 등가시키고 실존의 본면이 어떻게 생존하며 버텨내고 있는지를 간접적으로 드러낸다. 즉 동굴 속에는 "소에는 이무기가 산다"는 전설이 스며들어 있는 공간이다. 이무기는 전설의 동물이지만 내면을 탐사하는 동굴에서는 꽉 막힌 변비 때문에 괴로워하는 동물에 다름 아니다. 실존의 본질을 파고드는 자아는 늘 막힌다. 완전하고 아름답기만한 인간은 없는 것이다. 늘 선과 악이 길항하며 전쟁을 치르는 공간이 인간 내면의 공간이다. 꿈은 그런 의미에서 일말의 기대를 갖게 하는 인식적 행위이다. "용의 꿈"은 "물속에서 엎치락뒤치락/휘휘 돈다 은빛 비늘이/그의 눈빛처럼 희번덕거리"도록 활기차다.

여기에서 꼬리를 물고 드는 질문 하나가 남는다. 그는 누구인가. 시적 화자의 겨드랑이에 달라붙어 체온처럼 따라다니는 그는 누구인가. 왜 시의 화자는 그의 동굴을 찾아 들어가는가. 그는 시적 화자의 또다른 분신은 아닐까. J는 그이며 그는 나이며, 동굴을 탐사하는 시적 주체인 것이다. 다음의 시를 보면 이 같은 사실은 더욱 명확해 보인다.

　나의 구멍 언제나 시린 맛이 있어

　정장을 하고 화장실 거울 앞에 섰는데, 갑자기 거울의 미간이 찌부둥했어 헐거웠던 실매듭 그만 명치단추를 놓쳐버리고, 실눈 같은 단추 구멍 어찌나 날 시리게 노려보는지 그 구멍을 보는 사람들의 안타까운 시선, 나는 더 이상 머물지 않고 얼른 행사장을 떠 버렸지

　포동포동 5월의 비목나무, 열네 살 내 여린 이파리에 쓰린 구멍이 뚫렸어 하긴 그 때 아버지 세상을 뜨시고, 그 해 5월의 내 구멍, 때 아닌 냉해로 얼마나 시렸는지
　검고 흰 얼룩 등에 업고, 초록으로 잔뜩 배를 채운 광대노린재가 내 구멍 난 몸에서 톡 떨어졌어

　부르주아 아들 내 친구에게 노출된 양말 구멍 흠집 난 한겨울 문구멍처럼 어린 내 마음을 참 시리게 했지 자주 날 허물어지게 한 그 구멍, 그 동그란 눈동자 같은 구멍으로 애처롭게 밖을 내다본 내 엄지발가락 살점 지금 난,
　양말 구멍 같은, 구멍이란 구멍을 보기만 하면 나도 모르게 온몸이 시려 와 견딜 수가 없어

　　　　　　　　　　　　　　　　　　　　　　—「구멍」 전문

시인은 자신의 구멍을 "시린 맛"이라는 감각적 언사로 표현한다. 시인이 생각하는 구멍은 "실눈 같은 단추 구멍"이다. 즉 시인의 눈을 구멍으로 환치시키고, 그 구멍을 통해 나를 들여다보고 세계를 들여다보는 것이다. 거울에 비친 자신의 모습을 보는 행위는 자아반영의 행위이며 자아반영의 상징적 이미지가 "날 시리게 노려보는" 눈동자이다.

눈으로 표상되는 구멍은, 눈을 통해 동굴을 탐사하는 앞의 시적 이미지와 등가를 이룬다. 즉 시적 화자의 구멍은 동굴이며, 구멍을 통해 기억을 소환하고 현재의 나를 진단하며, 지금 여기 자신의 자리를 살펴보고 있다. "열네 살 내 여린 이파리에 쓰린 구멍이 뚫린" 경험은 가족사에 얽힌 운명의 장면을 엿보는 창이다. "아버지 세상을 뜨시고, 그 해 5월의 내 구멍, 때 아닌 냉해로 얼마나 시달"린 경험이라든가 "부르주아 아들 내 친구에게 노출된 양말 구멍 흠집 난 한겨울 문구멍"은 기억 속에서 떠나지 않는 어린 시절의 나를 회억하는 이미지이다. 즉 구멍에서는 시간을 여행하는 이미지로서 기능하고 있다.

지상에는 영령탑이 우뚝 서 있는, 그 귀퉁이 지하 1층
작은 석굴에는
혼들이 물을 퍼 올립니다

물을 자아올리는 신들은 말을 주고받질 않고
소리로써 의사 전달을 합니다

저 깊은 갱도에서 바윗돌 실은 수레를
체인으로 끌어올리듯, 그 괴력의 신들
헤라클레스 같은, 팔뚝은 자그마치 몸피 큰 장사 체구보다
더 우람한,
팔뚝과 어깨의 크기 소리로써 가늠되는,
우하하-, 울려 퍼지는 동굴 속 우렁찬 괴성
아들 같은 젊은 신은
아득히 깊은 저 아래에서 핏물 범벅 잡아당기고
수백, 아니 수천 미터 지하 샘
철재로 된 두레박 물을, 거대한 톱니바퀴 양수기를
어깨 힘으로, 휴우-후, 연이어 뿜어내는, 수직 동굴을
집어삼킬 듯 울려 퍼지는 한숨 소리
간담이 오싹했습니다

비록 작은 석굴 여느 샘물 고인 샘터
하지만 나는 신들이 퍼 올린 성수로
몸을 닦고, 아무도 듣지 못한 신들의 노역
그 혼들 혹 오그라든 내 꼬리 덥석 잡아챌까봐
허둥지둥 뒤를 훔치며 뛰쳐나왔습니다

                                           ―「샘터」 전문

　「샘터」에서 시인은 물을 퍼올리는 신들을 만난다. 시인에게
석굴에서 물을 퍼올리는 행위는 동굴에서 진리를 탐색하는 일과

다르지 않다. 대신 이번에 물을 퍼올리는 주체는 시의 화자가 아니라 신들이다. 신들의 행위는 적극적이고 능동적이며 활기차게 묘사되고 있다. "바윗돌 실은 수레를/체인으로 끌어올리듯, 그 괴력의 신들"을 만난다. "동굴 속 우렁찬 괴성"은 진리를 향한 신들의 외침, 인간에게 전하는 메시지를 가장 강력한 행위로 타전하는 이미지이다.

젊은 신 또한 마찬가지이다. 더욱 처절하고 피맺히게 물을 퍼올린다. 젊은 신은 "수직 동굴을/집어 삼킬 듯 울려 퍼지는 한숨소리"를 퍼올린다. 삶과 죽음을 관장하는 신들은 시인의 행위와도 맞닿아 있다. "신들은 말을 주고받질 않고/소리로써 의사 전달을" 하기 때문이다. 문학과 철학 속에서 자주 얘기되는 '숨은 신'의 코드는 시인이 얘기하고 싶은 언어에 대한 이야기로 풀어도 가능하다. 전언보다는 감각적 이미지를 중요시하는 소통 방식과 고통스럽게 진리의 본질을 퍼올려야 하는 시지푸스의 운명은 마치 시인의 운명과 많이 닮아 있다. 그렇기에 젊은 신의 행위는 새로운 시를 쓰고 싶은 열망에 시달리는 시적 화자의 운명과 같다. 그러한 열망은 "신들이 퍼올린 성수로/몸을 닦고, 아무도 듣지 못한 신들의 노역"을 들을 수 있는 귀를 가진 화자의 모습으로 대상화된다.

그 신전에는 석축도 없고 돌기둥 하나 없다
아득한 벼랑 아래에
쏴,쏴, 들려오는 파도소리뿐,

그 신전 처녀 아테나의 조각상이 없는 대신
소나무 한 그루 확 트인 바다 내려다보고
서 있을 뿐,
말발굽소리 부서지는 전쟁신화가 새겨진 벽면대신
초록 잡목 우거진 풀숲 그를 에워싸고
그가 풀어야 할 화면이
허공의 벽에 검은 구름처럼 뒹굴고 있을 뿐,
외딴 산사 오솔길, 그가 걸어온 날것의 비포장도로
자갈에 미끄러져 넘어지고
때로는 돌부리에 넘어져 생긴 어혈
그는 그 상처 다스리기 위해 이 신전을 자주, 한치 앞
보이지 않는 안개 속 황천항해
기적 소리 울리며 불안을 쫓아내야 할 때
그는 또 이 신전 찾아 아테나에게 엎드려 기도를 하듯
숨을 몰아쉬는 그만의 의식을 치르고
창백한 농무 휘휘 걷어내어
햇살 스며든 뱃길을 열 것이다

—「그의 신전」 전문

내면의 동굴을 거친 시인은 현실의 신전을 찾아 나선다. 그곳
은 외딴 산사 오솔길을 지나야 만날 수 있는 곳이다. 석축이나
돌기둥 아테네의 조각상이 없이 파도소리와 소나무 한 그루를
가진 신전이다. 그는 왜 신전을 찾아 나서는가. 상처를 다스리기

위해서이다.

그가 지금까지 걸어온 길은 날것의 비포장도로이다. 비포장도로를 힘겹게 오르내리며 "돌부리에 넘어져 생긴 어혈"을 매만지며 불안을 쫓아내야 하는 일이 현실의 일이다. 그는 바로 시인이다. 시인은 화려하고 영화로운 신전을 찾지 않는다. 소박하고 가난한 신전을 찾는다. 이러한 신전에서 새로운 세계를 만나는 것이 시인이다. 그러므로 시인은 나름의 의식을 치른다. 시인은 자기만의 의식을 통해 새로운 길을 모색한다. 어렵고 힘든 시간을 만나면 그만이 아는 신전에서 상처를 치유하고 따뜻한 햇살을 만난다.

나는 조성한 지 오래된 아파트 숲 속을 걷고 있다 어둠으로 잠을
청한 숲길 여기저기, 어른, 아이, 동네 형, 일찍 떠난 세 살 박이 내
누이, 그렇게 많은 달들 떠 있는 숲
포동포동 보름이 가까워지나 보다
앙증맞은 저 작은 방
후우, 날아 더 가까이 가보고 싶은 밤
저 방 어쩌면 저렇게 환할까, 그러면서도
속이 맨살처럼, 갑자기 그 안,
몸을 웅크리고 있는 아이, 산달 기다리며 여물지 않은 잇몸 악물
고 보채는 아이, 어쩌면 저 아이 꿈꾸며 기도하는,
이모부 장가 온 날 환한 신방 창호지 구멍 내어, 빤히 들여다본
이모 친구 눈동자

사부작사부작 옷고름 풀어주는 소리

아니다 거룩하다 저 방, 동그스럼한 방, 늘 오른쪽은 양파 껍질 같은 두개골이 있고, 아래쪽엔 딸기 꼭지 같은 받침이 있는 방

성모마리아가 그윽이

모향을 뿌려 아기를 꿈꾸게 하는 중이다

자정 넘도록

일하고 돌아오는 어깨 쳐진 이모를, 짊어진 책가방 아래로 빠질 듯 기운 내 딸아이 귀갓길, 25층 아파트 이쪽으로 가면 이쪽에서 저쪽으로 가면 저쪽에서, 그렇게 내 눈

똥그랗게 부풀게 한, 기둥은 언제 도둑맞았는지, 폴짝 뛰면 닿을 것만 같은 둥실 높은 저 가로등

— 「모향(母香)」 전문

　시인이 만나는 풍경이 그만의 신전만은 아니다. 늘 마주치고 몸 부대끼는 일상 또한 시인에겐 중요한 시적 공간이며 깨달음의 공간이다. 오래된 아파트 숲속을 걷는 일은 신전을 찾아 나서는 일만큼 시인에겐 중요한 시적 행위이며 깨달음의 움직임이다. 시인이 아파트 숲을 거닐며 만나는 것은 달이다. 달을 보며 어른, 아이, 동네 형, 일찍 떠난 세 살 박이 내 누이의 경험이 달에 겹쳐져 하나씩 떠 있는 것을 발견한다.

　달이 여러 개인 것은 아니다. 달을 보며 여러 존재들을 하나씩 호명해보는 것이다. 시인에게 달은 "앙증맞은 저 작은 방"이기도 하다. 그 방은 맨살처럼 부드럽고 환한 방이다. 그곳은 추억의

공간이며, 본연의 공간이다. 또한 달 속엔 "몸을 웅크리고 있는 아이"가 있다. 그 아이는 "산달 기다리며 여물지 않은 잇몸 악물고 보채는 아이"이다. 그뿐만이 아니다. 시인에게 달은 이모 친구의 눈동자이자 거룩한 방이다. 가장 중요한 점은 달이 늘 우리를 지켜보며 함께 하는 존재라는 것이다. "일하고 돌아오는 어깨 쳐진 이모"와 "짊어진 책가방 아래로 빠질 듯 기운 내 딸아이"를 지켜보며 품어주는 존재가 바로 달이다. 이러한 모성의 품은 달을 통해 증언한다. 그러므로 "성모마리아가 그윽이/모향을 뿌려 아기를 꿈꾸게 하는 중"이다.

시인에게 꿈은 먼 곳이 아니다. 이초우가 향하는 내면으로의 여행이 동굴을 만나고 일상의 여러 풍경을 만난다. 그곳이 어디든 시인의 눈이 맞닿는 자리가 바로 시가 태어나는 자리이다. 시인은 세계를 새롭게 바라보고 다르게 해석하며 이를 증언하는 자들이기 때문이다. 앞으로도 이초우의 시적 개성이 더욱 힘을 얻을 수 있는 이유가 여기에 있다.

불구와 사랑의 존재론

: 김바다론

허먼 멜빌은 『모비 딕』을 쓰고 나서 "사악한 책을 한 권 썼습니다. 하지만 나는 어린양처럼 순진무구하다고 느낍니다."고 친구에게 편지를 썼다. 휴버트 드레이퍼스는 이 악마적이면서도 순진무구한 메시지를 선악의 양가적 관점을 회의(懷疑)하는 것으로 풀어낸다.[1] 멜빌은 자신의 작품 전체가 지옥 불에 쐬었고, 통째로 지옥의 오븐 안에서 구워지고 요리되었다고 말하면서도 이 작품이 방탕하지도, 잔인하지도 않다고 말한다. 멜빌은 순수하고 결백하다고 말하는데, 이는 그의 메시지에서 종교적 심상이 내포되어 있기 때문이다. 반그리스도적 사악함과 '어린양'이라

---

1) 휴버트 그레이퍼스·숀 켈리, 『모든 것은 빛난다』, 사월의책, 6장 참조.

는 순결함은 양날의 칼처럼 함께 존재해야 의미 있는 성스러움이 되기 때문이다.

어쩌면 사랑 또한 그런 지점에 존재한다. 키에르케고르는 "사랑의 배후에는 깊고 불안에 찬 밤이 도사리고 있음에 틀림없고, 이 밤으로부터 사랑의 꽃이 핀다"(『유혹자의 일기』, 올재, 166쪽)고 말한다. 사랑에는 공포와 증오가 함께 존재하며 이러한 신비한 불안이 존재해야만 사랑은 비로소 매혹적인 것으로 다가온다고 한다. 또한 자연의 조화는 무법칙성과 격렬한 혼란으로부터 자연의 신뢰성은 불성실로부터 나타난다고 한다. 완벽하게 선하다 여기는 가치도 그것을 빛나게 하는 어두운 이면이 없다면 그 의미가 퇴색되는 것이다.

서두에 이런 말을 꺼내는 것은 김바다의 시에 드러난 양가적 정서를 이해하기 위해서이다. "후박나무를 껴안던 순간/우리는 작고 가는 뱀이 되었다"(「호명」)는 그의 진술은 가장 순수한 상태에서 호흡하는 대상을 악마적 상징으로 보여준다. 그가 부르는 "할렐루야"는 피 흘리는 "치타"의 언어와 맥을 같이 하고 있으면서 "치타가 된 혓바닥 불 붙은/가시떨기 나무를 싣고 질주하"고 싶다(「에덴의 언어」)는 분열의 욕망으로 드러난다.

이렇듯 김바다의 시는 사랑으로 수렴되는 여러 갈래의 길을 보여준다. 여기서 사랑이란 남녀로 대응되는 대상을 넘어선 순수와 진리의 가치를 포함하는 개념이다. 시에서는 사랑이라는 진리에 끝까지 가닿지는 않으면서 그 길로 이르는 결코 순진하지 않는, 오히려 악마적인 역설의 자리를 마련한다. 김바다의 시는 작품의 탄생 방식을 통한 메타적 시론에서부터, 불구의 대상과 역설의 관계를 통한 사랑의 방식까지 다양한 세계를 보여주고 있다. 이러한 변주의 방식은 '불구'와 '순수' 모두 사랑의 범주로 포괄되며 결국 제 존재의 정수리를 간질이는 의미의 순간을 획득하는데 기여한다.

　　버린 정원을 다시 버린다
　　이름을 버리고 태어난 풀들 사이로
　　열매가 붉어져간다

　　뱉어버린 열매를 다시 뱉는다
　　정원에서 얼굴의 위치는 어떤 나무보다 높다

　　턱 아래로 지나가는 바람의 일방통행
　　어제 너머 어제로만 이어진 길을 추격한다

　　도끼를 쥔 손에 힘을 주면
　　푸른 혈관처럼 솟아오르는 이름

　　버린 이름을 다시 버린다
　　풀이 흔들릴 때마다
　　세상 모든 이름이 하나로 모인다

목소리는 밤마다 목을 움켜쥔다 무책임하게
버린 얼굴을 다시 버린다

검은 점퍼만 걸치고
겨울 갈대숲으로 굴러와 멈춘다
벌어진 지퍼 너머는 구릿빛 알몸

쇳내 나는 바람이 스친 부위를 잘라내면
꼬리든 다리든
새로운 소설이 시작된다

딱, 한 영혼의 지도가 바뀐

—「시적인 소설의 탄생 방식」 전문

　　시인은 작품의 기원을 탐색한다. 시제를 생각해보면 소설의
기원을 말하는 것이지만, '시적인'이라는 단서가 붙는다. "시적
인 소설"이란 말은 장르의 존재방식에 회의를 얹을 수 있는 지점
에 존재한다. 산문의 형식을 적선해야 하는 글의 존재방식에 운
문의 형식이 자꾸 끼어듦을 짐작할 수 있다. 그러면 산문을 쓰고
싶은 주체가 정작 산문을 쓰지 못하고 "시적인 산문"으로 옮아가
는 과정이 이 시의 탄생 방식 안에 들어 있다. 반대로 말하면
"시적인 소설"의 탄생방식은 "소설적인 시"의 탄생 방식으로 바
꾸어도 무방하다.

"시적인 소설의 탄생 방식"을 과감하게 고백하는 것은 이 방법론의 실패를 말하기 위함이다. 창작에 있어서 성공적인 방법론은 요원한 일이며 창작의 방법론은 언제나 실패의 집적물이기 때문이다. 또 하나 눈여겨볼 것은 시 속에 존재하는 시적 대상물과 시적 주체와의 관계는 모두 대상을 지워가는 방식으로 존재한다. 시를 읽다보면 하나의 풍경이 모두 지워지고, 다시 새로운 작품이 시작된다. 이러한 소멸과 생성의 방법론은 시작(詩作)의 방법론과 일견 비슷하다. 시는 의미를 지워나가고, 그 과정 속에서 긴장이 생성되며 새로운 의미가 생성되는 방식이기 때문이다.

　시인이 버리는 것은 일상적 사물이 아니다. 더군다나 주체가 소유할 수 없거나, 소유가 불편한 것을 버린다. 또한 버리고 지워나가는 방식이 이미 버린 것을 다시 버리는 방식이다. 이러한 잔인한 지움의 방식은 시의 방법론이며 또한 인간 삶의 방법론일 수도 있다. "버린 정원"을 다시 버리고, "뱉어버린 열매"를 다시 뱉는다. "버린 이름"을 다시 버리고 "버린 얼굴"을 다시 버린다. 이러한 버림의 행위를 따라가다 보면 결국 버리는 것은 시인의 존재가 투영된 소설(혹은 시)뿐 아니라, 시인 자신까지도 버리게 됨을 인지할 수 있다.

　또 하나 짚고 넘어가야 할 점은 버림 즉 '소멸'을 통해 반복적으로 새로 '태어남' 즉 생성을 체험한다는 점이다. 시인이 반복적으로 버린 "정원"과 "열매"는 시인을 둘러싼 배경이다. "이름"과 "얼굴"은 시인의 정체성일 수도 있으며, 공적 자아일 수도 있다.

시적 주체는 "태어난 풀들"과 "이어진 길"과 "푸른 혈관처럼 솟아오르는 이름"과 "이름이 하나로 모이"는 경험을 연이어 하게 된다. 결국 시의 주체는 "영혼의 지도"가 바뀌었다고 고백한다. 오직 "딱, 한 영혼". 그 영혼은 이미 선천적으로 시를 쓸 줄 아는 에너지를 가진 시인이다. 이 정체성의 고백은 큰 내적 경험이다. 자신이 시인이라는 정체성은 그 어떤 삶의 길보다 더 강한 의식적 충격을 줄 것이기 때문이다.

절름발이 사과를 귀로 베어 먹습니다
사과 아닌 사과를 귀 아닌 귀가 견디지 못해
붉게 녹슨 귀로 움푹 속살을 파내어
허기진 달팽이를 먹입니다
노란 사과 한 점이 달팽이의 식도를 따라
위와 항문을 거쳐 나오는 과정이
우리의 얼굴을 닮았습니다
아무도 찾지 않는 얼굴에는 출구가 없습니다
물로 그린 문은
민달팽이의 항로처럼 금세 증발하지요
몸의 지도가 허물어집니다
태양신은 물 알갱이로 가득 찬 제물을
그냥 두지 않습니다
풀잎의 끝에서 떨며 우리는
절름발이 사과를 귀로 베어 먹습니다

달팽이가 천천히 떠나간 귀로

바람은 노래를 부릅니다

둥근 상에 마주 앉아 우리는 빈 찻잔을 놓고

끝이 기억나지 않는 이야기를 나누었지요

잔에 스민 대추와 감초 냄새를 귀로 씹으며

검은 가구 하나만으로 장식된 야간열차를 타고

몽마르트 언덕으로 갔지요

캔버스와 붓도 없이 서서

사람들아 나는 무엇입니까

작은 우리에 살고 있으니 새입니다

온 몸이 귀로 된 기형의 새이군요

물소리로 귀를 채우고

짤랑짤랑 동전 소리를 내는

멸종 위기의

그래서, 우리에 갇혀 보호받는 운명의 새

차는 달작지근하고 따뜻해

우리의 귀는 자귀나무 꽃처럼 벙글어지고

귓불은 붉어집니다

귓불을 만지작거리자 민달팽이가 잡힙니다

엄지와 검지 사이로 내려다본 대지는

아득합니다 우리는 흩날리는 빗속

달팽이를 붙들고 패러글라이딩을 하는 중입니다

문득 귀는 겨울이고

삼월토끼의 파티장을 횡단하고 있습니다

—「귀의 겨울」 전문

「귀의 겨울」은 신체의 일부인 '귀'를 통해 시적 주체의 내면을 상징적으로 묘사하고 있다. 시에 등장하는 "귀", "사과", "달팽이"는 모두 '불구(不具)'의 대상들이다. 먹는 행위는 입으로 해야 정상이지만, 시에서는 "귀"로 사과를 먹는다. 먹는 대상 또한 일반의 사과가 아니라 "절름발이 사과"이다.

이러한 불구의 대상들이 먹는 행위는 우리 인간 삶의 존재 방식과 닮아 있다. "달팽이의 식도를 따라/위와 항문을 거쳐 나오는 과정이/우리의 얼굴을 닮았"다고 말하는 것처럼 불구의 대상들이 벌이는 생식의 과정 속에서 "우리는/절름발이 사과를 귀로 베어 먹습니다"는 상징의 행위를 낳는다. 그리고 그 과정에 참여한 "우리"가 함께 새로운 기억에 동참한다. 그 기억은 "빈 찻잔을 놓고/끝이 기억나지 않는 이야기를 나누"는 풍경들이다. 그 기억 속에서 인식한 것은 "우리는 새"라는 정체성의 확인이다. 그러면 이 새는 어떤 새인가. "작은 우리에 살고 있는" 유폐의 존재이며, "온몸이 귀로 된" 기형의 새이며, 멸종위기의 새이며, "우리에 갇혀 보호받는 운명의 새"이다.

온몸이 귀로 된 새는 시인이며 또한 우리 자신들이다. 새의 존재는 겨울을 견뎌야만 하는 귀를 가지고 있으면서 시의 노래를 부르는 자이다. 이 불구의 존재를 통해 갈구할 것이 무엇인지 시인은 확고히 인식하고 있는 것이다. 그것은 불구의 민달팽이를 만지는 것이다. 불구의 존재에 대한 감각을 잃지 않고, 그 대상과 함께 호흡하는 것. 그렇기에 "달팽이를 붙들고 패러글라이딩을 하는 것"이다. 시인은 온몸이 귀로 된 몸을 가지고 긴 겨울을 건너고 있다. 그 겨울을 통과해야만 시인의 입으로 불구의 몸을 노래할 수 있는 것이다.

> 고기를 먹고 있습니다
> 속이 쓰려 옵니다
> 당신은 다른 여자와 결혼을 하고
> 나는 당신과 데이트를 합니다
> 이것은 인내심의 문제입니다
> 더 이상 무슨 문제가 있나요?
> 그렇다 해도 누구의 의견도 필요하지 않습니다
> 우리는 여전히 죄인이고
> 간단히 처리할 일도 복잡하게 만듭니다
> 짐승의 숨통을 끊어 놓고 다음 할 일은
> 살점을 섬세하게 잘 도려내는 것인데
> 마지막까지 차오르는 피가 일을 복잡하게 만듭니다
> 충분히 먹은 것 같은데 고기를 더 먹고 있습니다
> 나는 다른 남자와 결혼을 하고
> 그는 당신의 여자와 데이트를 합니다
> 우리는 역시 죄인입니다
> 살해한 짐승의 피로 손을 깨끗이 씻으면

누가 우리를 벌 줄 수 있을는지요
고기는 말이 없고 얼굴이 없어
마음껏 즐길 수 있습니다
조심할 건 아무것도 없어요.
오직 피, 피, 피만
고기의 피는 의도적인 불이고 물입니다
꼭 있어야 할 몸의 문장입니다
그 앞에서 우리는 의심스러운 존재입니다
고기 앞에 나이프를 든 채 웅크려 앉아
작고 아름다운 모임 중인

—「우리들의 즐거운 회식」 전문

어느 여름 장대비 쏟아진 날
이런 식으로 자신의 관을 준비한 사람들은 많았습니다
이번에는 정말 성공하시길 바랍니다
당신도 같이 해보시면 어떨까요?
우리가 아무 사이가 아니라도 같이 못할 짓은 아니지만
지금은 뭔가를 선택해야 할 때입니다
예나 지금이나 늘 이렇게 살아왔는걸요
처음으로 신이 되는 느낌이에요
창문 틈새로 테이프를 꼭꼭 다 발라 두었습니다
비겁한 말이지만 미안합니다
자식도 남편도 죽였으니 이제 당신 차례라고 생각합니다

돈이 가장 무섭다는 생각이 드네요

당신 몫은 충분히 받지 않았나요?

옷이 무겁다고 벌거벗고 거리에 나가 죽을 수는 없는 노릇이죠

아시다시피 이렇게 간단하고 쉬운 방법이 있다구요

번개탄을 피우는 것!

내일 일은 내일 염려하는 습관을 길러야 했는데

종교적으로 처리하는 법을 배우지 못한 탓입니다

힘드실 텐데 말을 아끼세요 호흡이 거칠어지고 있습니다

빨리 끝났으면 좋겠습니다

누구 맘대로 말입니까? 뒤치다꺼리를 생각하니 벌써 골머리가 아
프다구요

제가 올바른 결정을 한 것이라고 말해주세요

마지막까지 배우답게 퇴장하시면 됩니다

언제나 최선을 다해 살아왔을 뿐입니다

당신이 언제나 꿈꾸던 것은 무엇입니까?

정말 지긋지긋한 질문이에요

훌륭한 책에 나올 법한 대답을 요구하진 않았는데요

바로 이런 것입니다 끝까지 미쳐가는 것!

당신을 돕느라 고독을 느끼진 못하겠네요 어떻게 감사를 표할지?

이런 식으로 자신의 관을 준비할 사람은 많습니다

어느 여름 장대비 쏟아지는 날 아니더라도 말이죠

—「당신의 올바른 선택」 전문

우리의 존재는 "의심스러운 존재"이다. 고기를 먹으면서도 "즐거운 회식" 혹은 "작고 아름다운 모임" 중이라고 말하지만 속내는 그렇지가 않다. 시의 화자는 데이트 중이다. 하지만 "나는 다른 남자와 결혼을 하고" "당신은 다른 여자와 결혼을 하는" 이루어질 수 없는 운명을 껴안은 채 데이트를 한다. 이런 만남 속에서 남는 것은 "우리는 여전히(역시) 죄인"이라는 것을 확인하는 것뿐이다. 시의 화자는 "오직 피, 피, 피만" 조심해야 할 것이라고 한다. "고기의 피는" 다른 상징이 아니라 "꼭 있어야 할 몸의 문장"이기 때문이다. 몸에 새겨진 문장은 그 어떤 윤리적 가치와 종교적 규율로도 침범되지 않는 본능적 감각이다. 그 몸의 문장을 느끼고 인식하는 것은 시의 언어를 가진 자만이 할 수 있다. "의심스러운 존재"일 수밖에 없는 우리가 "즐거운 회식"을 갖기 위해서는 어떤 몸의 문장이 새겨져 있어야 할까. 그 몸의 문장은 처절한 시의 언어로 그려져야 할 것이다.

급기야 어떤 선택에까지 이르게 된다. 「당신의 올바른 선택」에서 그것이 올바른 선택인지는 각자의 몫이겠지만 그 선택의 과정에 대해서 말하려 한다. 우리는 늘 선택의 기로에 서 있으며, 선택에 의해, 선택의 반복으로 삶을 살아간다. 시인은 "당신의 올바른 선택"은 무엇인가를 역설적으로 보여준다. 그것은 "번개탄을 피우는 것"이다. 시를 읽으며 짐작하셨듯이 자신의 목숨을 스스로 끊는 방법이 올바른 선택이라고 말한다. 역설의 언어이겠지만 읽는 이들에게 시사하는 바가 크다. 자살이라는 극단적인 선택을 "올바른 처방"이라고 말하는 당신은 "언제나 최선을

다해 살아"온 사람이다. 시의 화자는 묻는다. 성실하게 최선을
다해 살아가는 당신의 삶이 어쩌면 "미쳐가는 것"일지도 모른다
고. 우리는 "끝까지 미쳐가는 것"으로 삶을 지탱하고 있다고. 어
떠한 방식으로 끝까지 미쳐갈 수 있을까를 시에서는 고민한다.

죽은 자의 그림자를 잘라낸다
너무 뜨거워서 손바닥을 데인다

먼 나라로 떠나던 낙타의 묵묵한 발걸음을 잊어버린다
한 순간 터져나오던 외마디 비명을 잊어버린다

나의 그림자는 그의 그림자로 두꺼워진다
아는 것은 점점 모르게 되고
울지 않는 무례한 사람이 된다

그림자가 없는 자는 쉽게 증발한다
피 한 방울 흘리지 않는 발목으로
출구를 마련해주기 위해
한때 벽이었던 바닥을 일으켜 세운다

그림자는 뒤집어지며 뒤는 앞자리를 차지한다
뒤는 앞과 닮아있다
고 주장해야 한다 영원히

남편과 아내로 죽을 사람들의 목소리로

신분에 맞지 않게 가위질은 계속된다
너와 나의 구별이 가장 힘들어지면
누가 무슨 짓을 할 수 없을지
아무도 모른다

불가능에 대한 책임을 조각할
더 많은 관객이 필요하다
더 많은 그림자가 필요하다

하루 종일
빈집을 보는 어린아이같이

몸을 숨기고 환한 바깥을 훔쳐본다
저 그림자는 언제부터 땀을 흘리고 있다

—「타동사의 시간」 전문

타동사는 목적어를 필요로 하는 동사이다. 이유가 필요하며 누군가를 필요로 하는 동사가 타동사이다. 타동사를 지닌 문장들이 필요한 시간들을 얘기한다. 처음 화자에게 닥친 목적어는 그림자이다. "죽은 자의 그림자"는 "낙타의 묵묵한 발걸음"도 잊어버리고 "외마다 비명"도 잊어버리게 한다. "아는 것은 점점 모르게 되고/울지 않는 무례한 사람"이 되는 것도 그림자 때문이다. "그림자가 없는 자"는 증발한다고 한다. 이 땅에 발 딛고 사는 자들은 모두 그림자를 지닌 채 살아간다. 그림자가 없는 존재는 아예 존재 자체를 의심해볼 만한 대상이다. 이런 그림자가 뒤집어지고 뒤와 앞이 뒤바뀌는 순간들이 오기도 한다. "너와 나의 구별도" 힘들어지고 "누가 무슨 짓을 할 수 없을지/아무도 모른다". 그림자의 상징을 통해 우리는 타자의 이미지와 시선이 시적 화자에게 어떠한 영향을 끼쳤는지 인식할 수 있다.

김바다는 멜빌의 표현을 빌리면 순수하고 결백하다. 이 결백은 악마적 본성을 함께 거느리고 있어야만 가능한 결백이다. 순수와 추악의 표상을 함께 직시하고 있는 시인은 "누가 우리를 벌 줄 수 있을는지요"라고 말할 자격이 있다. 시인은 늘 불구의 대상과 불구의 자존과 불구의 관계를 통해 도달할 수 있는 길들을 염탐하는 존재들이다. "어둠 속에서 반복되던 꿈처럼/나는 허공에 거꾸로 매달"(「빨강을 향한」)리겠다는 다짐처럼 김바다의 순례는 아직 더 많은 시간을 할애해야만 할 것이다.

제**3**부 격렬한 생명의 방식

격렬한 생명의 한 방식

: 문정희 시집 『응』(민음사)

문정희 시에 드리워진 여성성이라는 시적 테제는 그리 단순한 담론이 아니다. 남성과 여성이라는 이분법적 구도 속에서 해방의 기치를 설파하는 것으로 문정희의 시를 읽기엔 다소 부족하다. 여성성의 담론에서 해방의 의미는 늘 제기되어 왔다. 진정한 여성의 해방은 여성성을 넘어 오래도록 핍박받아온 약자의 해방에까지 나아가야 한다. 문정희는 이를 가장 잘 실천하면서도 예술가 특유의 존재에 대한 성찰에까지 다다른다. "나의 펜은 페니스가 아니다/나의 펜은 피다"(「나의 펜」)라는 고백은 문정희의 시를 여성성으로만 읽는 한계에 대한 해답의 구실을 한다. 그녀는 'pen is penis'라는 가부장제에 맞서는 상징적 전언을 살짝 비튼다. 피는 생명의 상징이며, 호흡의 상징이다. 문정희는 여성의 존재를 통해 근원적인 생명의 본질을 얘기하려 한다. 여성은 생명을 탄생케 하는 육체적 장소이자 모든 살아 있는 것을 끌어안는 모성의 몸이기 때문이다. 여성을 통해 대립이 아니라 포용의 세계로 나아가야 한다는 시인의 의지가 표현된 것이다. 그렇기에 남성성과 짝패를 이루는 여성성으로 바라보면 문정희의 정체성은 돌연 낯선 세계로 변한다. 그녀의 시에 드러나는 언어의 양태는 아니마보다는 아니무스의 세계에 가깝다. 문정희의 언어는 여성성이 늘 담보로 삼고 있는 여리고 섬세한 화해의 언어와는 다르다. 여성의 섬세한 내면을 가지고 있으면서도 활달하고 힘차고 속 시원히 내지른다. 또한 기존의 세계와 끊임없이 대결하려 한다. 야성의 근원으로 돌아가고자 하는 시적 자아의 선 굵은 목소리는 이를 증언한다.

"사막에서 시신을 쪼아 먹는 새"(「조장(鳥葬)」)의 이미지는 문정희가 생각하는 시인의 모습과 다르지 않다. "아무리 씻어도 죄 냄새가 난다"는 시인의 표상은 시인 특유의 기질적 낭만성을 담지한다. 시인은 악마의 운명까지도 짊어지고 가는 자이다. "그래 가자! 나의 육친/사랑하는 나의 육신의 악마여"라고 말하는 자이다. 문정희 시의 도처에서 발견되는 시인으로서의 자부심과 정체성은 뜨겁다. 그 시적 욕망의 의지는 시집을 읽는 내내 팽팽한 긴장감을 전해준다. 문정희가 드러내는 여성으로서의 정체성은 전혀 다른 차원의 상상력으로 출몰한다.

　　어머니가 죽자 성욕이 살아났다

불쌍한 어머니! 울다 울다
태양 아래 섰다
태어난 날부터 나를 핥던 짐승이 사라진 자리
오소소 냉기가 자리 잡았다

드디어 딸을 벗어 버렸다!
고려야 조선아 누대의 여자들아, 식민지들아
죄 없이 죄 많은 수인(囚人)들아, 잘 가거라
신성을 넘어 독성처럼 질긴 거미줄에 얽혀
눈도 귀도 없이 늪에 사는 물귀신들아
끝없이 간섭하던 기도 속의
현모야, 양처야, 정숙아,
잘 가거라. 자신을 통째로 죽인 희생을 채찍으로
우리를 제압하던 당신을 배반할 수 없어
물 밑에서 숨 쉬던 모반과 죄책감까지
브래지어 풀듯이 풀어 버렸다

어머니 장례 날, 여자와 잠을 자고 해변을 걷는 사내여
말하라. 이것이 햇살인가 허공인가
나는 허공의 자유, 먼지의 고독이다
불쌍한 어머니, 그녀가 죽자 성욕이 살아났다
나는 다시 어머니를 낳을 것이다

—「강」 전문

「강」에서 시의 화자는 "어머니가 죽자 성욕이 살아났다"고 한다. 성욕이 살아났다는 진술은 욕망으로서의 성이 아니라 자아를 발견했다는 말과 상통한다. 성욕은 존재의 발견과 확인의 다른 말일 것이다. 태어나자마자 여성에게 덧씌워지는 가면을 서슴없이 벗어던지겠다는 확고한 의지를 "드디어 딸을 벗어 버렸다!/고려야 조선아 누대의 여자들아, 식민지들아/죄 없이 죄 많은 수인(囚人)들아, 잘 가거라"라고 표현한다.

오랫동안 여성에게 덧씌워진 가면은 어떤 시대에만 국한된 것이 아니다. 오랜 시간을 거친 역사 속에서 여성이라는 인식의 틀이 단단하게 고착된 것이다. 그 여성의 틀을 깨고자하는 여성은 수인이 될 수밖에 없는 뼈아픈 시대적 과오를 외치고 있다. 혈육을 벗어버린 여성은 어떤 존재일까. 딸과 여자에게 부여했던 '현모', '양처', '정숙'의 윤리적 에피셋을 벗어버리려는 적극적인 의지의 발로이다. 그러한 의지는 "물 밑에서 숨 쉬던 모반과 죄책감까지/브래지어 풀듯이 풀어 버렸다"는 표현으로 직시한다. 브래지어는 오랫동안 조여왔던 여성성에 대한 억압의 상징이다. 시인이 브래지어를 푼다는 행위를 의지와 해방의 기치 속에 덧붙이는 것은 이를 상징적으로 시사한다.

종내에 시인은 "나는 허공의 자유, 먼지의 고독"이라고 설파한다. 시의 후반부에서는 『이방인』의 뫼르소와의 동일시를 통해 인간의 부조리한 의식까지 예민하게 감각하겠다는 다짐을 한다. 시인이 받아들여야 하는 부정의 정신까지 즐기겠다는 운명적 발현을 시에서 거침없이 감행한다.

문정희 시에 드러나는 혁명적 발언은 기존의 가치를 뒤흔드는 시를 끊임없이 발견하겠다는 시관을 보여준다. "내 소유가 아니어도 좋으니/불온한 혁명으로 입술이 붉은/파멸의 칸나를/야생의 봄을 손으로 한번 키워 볼 수는 없을까"(「쥐약」)는 대목에서 시인이 버려야 할 것과 견뎌야 할 것을 넌지시 전해준다. 즉 시인은 단상에서 받는 명예와 주목은 피하고 불온한 혁명과 파멸의 칸나는 감내해야 하는 것이다. 시인은 자유로운 영혼이고 싶다. "속치마 벗어 버리고/두려움도 벗어 버"리고 어디에서든 당당한 "자유로운 젖가슴"(「마리안느의 속치마」)이 되고 싶은 것이다. 왜냐하면 궁전에 비밀스럽게 숨겨둔 커튼 뒤에는 "젖통"이 "전통"이 된 역사가 숨어 있기 때문이다. 그렇기에 속치마는 "야생을 감싸는 그림자 숲"이며 "레이스로 지은 암컷들의 숙소"가 된다.

그러기 위해서는 '늑대 여자'가 되어야 한다. "그녀가 시를 만들 때/천둥이 되어 계곡을 굴러갈 때/번쩍이는 야성의 물결이라/핏빛 위험한 노래라 생각해"(「늑대 여자」)야 한다. 이러한 본원적 물음들은 그냥 튀어나온 게 아니다. 여시인, 이혼 앞둔 여시인, 결혼한 독신녀, 신사임당과 어우동, 나혜석, 허초희와 난설헌 등 다양한 여성 구성원들의 삶을 통해 쌓인 사유의 결과물이다. 그렇기에 "여자가 시를 쓰는 것은/불을 만지고 노는 것과 같다/몸속에 키운 천둥을 홀로 캐내는 일과 같다"(「불을 만지고 노는 여자」)고 말할 수 있는 구실이 된다. 불은 인간을 동물과 구분되는 사피엔스의 정체성을 가져다 준 매개체이며, 신의 지위로까지 격상한 존재론적 대상이다. 여자가 불을 만지고 논다는 행위는 큰 의미가 있다. 즉 「불을 만지고 노는 여자」는 여성이 시의 주체로서 새롭게 서야 한다는 당당한 목소리가 실려 있는 상징적인 시이다. "문학사는 오랫동안/여자의 시를 역사 밖으로 던져 버렸다"는 전언은 억울한 외침의 징표가 아니라 우리가 뼈아프게 감내해야 하는 성찰의 징표이다.

문정희가 자주 얘기하고자 하는 것은 끊임없이 살아 꿈틀거리겠다는 생명의 징표를 발견하는 것이다. "고독을 과식한 탓이다/슬픔을 쉴 새 없이 갉아먹"(「뚱뚱한 시인」)는 것 또한 자신이 살아 있음을 발견하는 징표이며 그것이 시인의 의무이기도 하다. "나는 좀 미쳤나 보다/꽃 속으로 들어가 꽃이 되고 싶다/꽃 속으로 들어가 대낮이 되었다가/순간에 격렬하게 시들고 싶다"(「회오리꽃」)고 시인은 말한다. 꽃이 되고 대낮이 되는 것. 그 순간을 인식할 수 있는 것은 모두 시인이기에 가능하다.

하지만 시인은 늘 도달한 후 안주하지 않는다. 길이 없음을 스스로 인식하고, 없는 길을 향해 새로운 여행을 떠난다. "기실 시법(詩法)은 길이 없음을 알고 있다/길을 만들려고 할 뿐이다"(「나의 화장법」)라는 전언은 늘 길을 잃게 만드는 시의 매력 때문에 나온 말일 것이다.

"응"은 모든 질문에 대한 포용의 표현이자 시의 본질로 되돌아가겠다는 야생의 호흡이다. 세계와 타협하지 않겠다는 저 도저한 시적 욕망과 불온한 시인의 운명까지 온몸으로 받아들이겠다는 의지를 엿보는 것만으로도 문정희의 텍스트는 대낮의 꽃처럼 뜨겁다.

발견의 존재론

: 박형준 시집 『줄무늬를 슬퍼하는 기린처럼』(창비)

박형준의 이미지는 하나의 사물에 멈추어 있는 것이 아니라 대상으로부터 시작하여 대상을 둘러싼 다른 지점으로 투사하고 스며든다. 잎사귀는 저 홀로 피어 있기보다 물속까지 스며든다. 이미지는 그 자체로 힘을 발휘하기 어려운 측면이 있다. 박형준은 경험으로 그것을 조금씩 채워나간다. '가구'에서부터 시작한 체험의 서사는 그동안 보편성을 확보하는 데 좋은 구실을 해 왔다.

시인은 발밑을 보며 걷거나 발밑의 상처를 바라본다(「발밑을 보며 걷기」). 그뿐 아니라 작은 등잔, 풀꽃, 천명의 아이들, 어머니를 떠올리며 그을음을 닦고 있는 공통의 행위를 발견한다. 그 행위는 시인이 지향하는 가치와 같다. 닦는 행위의 주체는 마치 '하나님'이 하는 행위와도 같다. 스스로를 돌아보고 성찰한다는

의미에서 그을음을 닦는 행위는 소중한 의미를 전달해준다. 시
인은 "꼭 나처럼 걷습니다"라고 고백하면서 동일시를 꾀한다.
때론 바닥을 예찬하기도 한다. "바닥은 더 이상 내려갈 바닥이
없다고/절망한 사람에겐 더 큰 바닥으로 나타난다"고 하면서 바
닥의 이미지를 통해 삶의 이치를 유비하기도 한다.

　박형준이 낮은 자리나 쓸쓸한 자리에 오래도록 시선이 멈추는
것은 '서정성'이라는 시적 지향의 존립 근거로 해명할 수 있겠지
만, 그의 서정성이 어떤 이미지와 맞닿을 때 벌어지는 정서의
율동은 눈여겨봐야 할 지점이다.

　　아라비아에 달나라의 돌이 있다
　　그 돌 속에 하얀 점이 있어
　　달이 커지면 점이 커지고
　　달이 줄어들면 점이 줄어든다

　　사물에게도 잠자는 말이 있다
　　하얀 점이 커지고 작아지고 한다
　　그 말을 건드리는 마술이 어디에
　　분명히 있을 텐데
　　사물마다 숨어 있는 달을
　　꺼낼 수 있을 텐데

　　당신과 늪가에 있는 샘을 보러 간 날

샘물 속에서 울려나오는 깊은 울림에
나뭇가지에 매달린 눈[雪]이
어느새 꽃이 되어 떨어져
샘의 물방울에 썩어간다
그때 내게 사랑이 왔다

마음속에 있는 샘의 돌
그 돌 속 하얀 점이
커졌다 작아졌다 하는 동안
나는 늪가에서 초승달이 되었다가 보름달이 되었다가
그믐달로 바뀌어간다

—「달나라의 돌」 전문

　달나라의 돌은 마치 '시법(詩法)'의 논리를 헤집는 열쇠와도 같
다. 돌 속에 하얀 점이 있기 때문이다. '아리비아'—'달나라의 돌'
—'돌 속의 하얀 점'은 '사물'—'잠자는 말'과 등가를 이루며 의미
의 격(格)을 만든다. 이 속에서 시인은 "말을 건드리는 마술"을
발견하고 싶어한다. 그 마술이 "사물마다 숨어 있는 달"을 꺼내
는 방법이기 때문이다. 이러한 발견의 서사는 당신에게서 얻는
'사랑'으로 수렴되는데, 그 해법은 "나뭇가지에 매달린 눈[雪]"의
이미지를 통해서 구현된다. 그렇기에 시인은 초승달에서 보름달
로, 보름달에서 그믐달로 변화하며 마음을 조율한다.
　이러한 이미지의 습합은 오랫동안 단련한 산책자의 비법 같은

것이다. "달, 별, 바람, 나무, 고향 같은/닳고 닳은 그리움"(「은하」)
과 같은 서정성의 보편적 토대 위에서 사물의 "잠자는 말"을 발견
한다. 시인이 일구는 발견의 방법은 '봄비'를 통해 "대지가 풋사랑
에 빠"지고 "꽃보다 먼저 물방울이/나무의 몸을 열고 있"(「봄비
지나간 뒤」)는 광경을 감각의 차원으로 드러낸다.

시인이 마련한 이미지는 하나의 큰 화폭 속에서 삶의 세목을
성실히 들여다보기도 한다. 가령 「빛이 비스듬히 내리는데」에서
'새끼 고양이'와 대추를 따려고 바지랑대를 들고 서 있는 '노인'
과 고양이를 비추는 '붉은 햇살'이 함께 어우러진 공간을 연출한
다. 시적 대상들이 서로 마음을 주고받는 상호 작용을 통해 오랜
여운이 남는 이미지를 완성한다.

발견은 하나의 대상에서만 이루어지지 않는다. 시 「테두리」에
서는 다양한 발견의 항목을 재미있는 발상으로 드러낸다. 시인
은 먼저 '테두리'를 발견한다. 기린의 줄무늬 또한 슬픈 테두리이
다. 테두리는 상처와 위로의 통로쯤 되는 공간이다. 즉 상처받은
자가 위로를 얻을 수 있는 방법은 테두리의 슬픔을 공유하는
것이다. 여인의 테두리 또한 숨내와 함께 흩어져가는 존재이다.
시인은 테두리를 가진 존재들이 앓는 고독을 공유하는 자이다.

나무 속의 새야
내가 너의 이름을 부르면
너는 날아가겠지
나무 빛깔을 닮은 새야

너는 부엌에서 일만 한

엄마의 잿빛 손등을 닮았구나

부엌 벽의 검댕을 보며

노래를 부르던 엄마

너는 왜 노래를 부르지 않고

고개만 갸웃대니

나무 속의 새야

몇날 며칠

잎사귀 속을 들락거리는 너를 보며

나는 이름을 찾고 있지만

내가 너의 이름을 부르면

너는 벌써 다른 나무로 날아가고 없겠지

—「나무 속의 새」 전문

　시인은 나무를 보지 않고 나무 속의 새를 보는 자이다. 그가 발견하는 온갖 자연의 풍경은 빛과 소리와 색과 대화를 통해 자연스럽게 향유한다. 나무 빛깔을 닮은 새를 통해 엄마의 잿빛 손등을 호출하고 엄마의 기억을 통해 정서의 기압을 올린다. 시인은 늘 새를 부를 것이다. "벌써 다른 나무로 날아가고 없"더라도 시인은 여전히 새의 이름과 너의 이름과 당신의 이름을 부를 것이다. 새를 호명하는 행위를 통해 시인은 "비 향기 진동하는 지평선/그 진동을 담은 시를/단 한 편이라도 쓸 수 있을까"(「비의 향기」)를 매일 번민하는 것이다.

허무의 존재론

: 허연 시집 『당신은 언제 노래가 되지』(문학과지성사)

　　허연이 그동안 개진해 왔던 허무의 양상은 태도면에서 돌올한 측면이 있다. 허무의식은 거대담론 속에서 한 개인이 겪는 고통을 드러내는 방식으로 이해되어 왔다. 문학에서 허무는 많은 경우에 신산한 역사 혹은 사회의 진토를 극복하는 하나의 방법론으로 사용되곤 한다. 당연히 화자는 시대적 소명을 깊이 인식하거나 사명을 실천하지 못해 몸부림치는 선각자적 자아로 투영된다. 허연은 이러한 방식을 통렬히 깬다. 그의 괴로움은 시대와 사회에서 발아하는 게 아니라 인간 그 자체의 본성에서부터 시작한다. 그런 이유 때문인지 화자는 고립되어 있고, 비애에 휩싸여 있으며 늘 다른 세계를 사유한다. 허연의 허무가 남다를 수밖에 없는 이유이다.

허연이 거느린 슬픔은 이 세계의 구조 때문이 아니다. 인간으로 태어났다는 숙명 때문에 발생한다. 그가 오래도록 담지한 '나쁜 소년'의 페르소나는 노래할 수 없는 시인이 계속 노래할 수밖에 없는 운명적 처지를 보여준다. 그러한 태도는 비상과 도약의 놀이 속에서 실루엣으로 반영한다.

　　그런 것들이다 내가 아쉬운 건
　　트램펄린에 오를 때
　　나는 이미 처지가 정해져 있었고
　　그걸 누구에게 묻지는 못했고

　　트램펄린 밖으로 떨어진 소년
　　최선을 다해서 태연하고 최선을 다해서 일어서는 소년

　　그런 것들이다 언제나
　　어른들은 타협하고 소년들은 트램펄린에서 떨어지고

　　그런 것들이다 내가 아쉬운 건

　　하지만
　　트램펄린에 오를 때
　　이미 준비된 실패라는 걸 알았고
　　예정된 마지막 장면을 후회하지도 않았고

그냥 트램펄린이란 트램펄린은 모두 불태워졌으면 좋겠다
자꾸 오르게 되니까
또 최선을 다해 떨어질 테니까
떨어질 처지라는 걸 아니까

트램펄린에 날 던지면서 말한다
"말해줘 가능하다면 내가 세상을 고르고 싶어"

생각이 있으면 말해주리라 믿었지만
트램펄린은 그냥
나를 떨어뜨리고
미워하지도 않으면서 나를 떨어뜨리고
그러면 내 처지도 최선을 다해 떨어지고

세상에서 트램펄린이 모두 사라졌으면 좋겠다

그렇지만 아쉽다
날아오르는 몇 초가 달콤했기 때문에

—「트램펄린」 전문

　　이미 처지가 정해진 화자는 그럼에도 불구하고 트램펄린이라
는 생의 운동장에 오른다. 물론 트램펄린 밖으로 소년은 떨어진
다. 여기서 주목해야 할 점은 소년의 태도이다. "최선을 다해서

태연하고 최선을 다해서 일어서는" 것이 소년의 윤리이다. 소년
은 '나쁜 소년'이기에 이런 일련의 상황이 "준비된 실패"라는 걸
안다. 소년이 이 세계를 향해 탐문하는 것은 실패의 이유가 아니
다. 트램펄린이라는 운동장 자체의 존재론이다.

그런 이유로 "트램펄린은 모두 불태워졌으면 좋겠다"고 하는
것이다. 소년의 내면을 추동하는 본질적인 힘은 세계의 존재에
대한 회의에서 비롯한다. "말해줘 가능하다면 내가 세상을 고르
고 싶어"라고 자문하는 말은 그런 지점을 설파하는 대목으로
읽힌다. 소년은 이 세계를 증오하고 부정하는 게 아니다. 이 세계
는 결국 인간이 만든 것이다. 인간의 본질은 원래 그런 것임을
소년은 알고 있다. 그렇기에 "미워하지도 않으면서 나를 떨어뜨
리"는 세계와 "최선을 다해 떨어지"는 소년 사이에 새로운 결부
의 근거를 마련할 수 있다.

허연의 역설적인 인식은 시에서 자주 출몰한다. "이 거리에서
이런저런 생들은/지구의 가장자리로 이미 충분"(「어떤 거리」)한
것이다. 다음의 인식은 어떠한가.

빼다 박은 아이 따위 꿈꾸지 않기. 소식에 놀라지 않기. 어쨌든
거룩해지지 않기. 상대의 문장 속에서 죽지 않기.

뜨겁게 달아오르는 연습을 하자. 언제 커피 한잔하자는 말처럼
쉽고 편하게. 그리고 불타오르지 않기.

—「당신은 언제 노래가 되지」 부분

노래가 되길 갈구하는 상황 속에서, 꿈꾸지 않고, 놀라지 않으며, 거룩해지지 않고, 죽지 않는다는 비움과 무위의 태도가 언어를 추동하는 힘일 지도 모른다.

시의 언어는 자주 예기치 못하는 지평으로 확장되거나 스며들어간다. 시인은 "뼈의 입장이 되어버린/어머니의 마음"(「이장」)을 헤아리다가 "이미 알고 있었던 일들이/나를 놀라게 한다는 걸 알았다"는 깨달음을 얻기도 한다. 교각 밑의 슬픈 음화(「교각 음화」)라든지, 새벽 1시의 바람에 대한 감각을 낮게 소근거릴 때(「새벽 1시」), "물끄러미 빵 가게 안을 들여다보고 있"는 늙은 노숙자(「빵 가게가 있는 풍경」)를 차분히 보며 그 주변을 둘러싼 자동차와 빗물, 화단, 자목련이 지는 풍경은 이상스레 처연하다.

허연이 그려내는 일상이 비애의 습도를 자욱이 움켜쥔 이유는 이 세계의 성실한 일원으로 살아가면서도 자주 스스로를 다른 시공간에 몰아넣기 때문이다. 이러한 자발적 유폐는 「구내 식당」에서 가장 실감나게 보여준다. "나를 소식에서 떼어놓기 위해 나는 오늘도 구내식당에서 혼자 밥을 먹"는 행위는 어쩌면 시를 쓰는 행위와 다를 바가 없다. "혼자 밥을 먹으며 외롭고 슬픈 주문을 외우"는 일은 바로 시를 쓰는 행위이다. 시인은 자본과 욕망과 투쟁을 업으로 살아야 하는 삶에서 잠시 이탈하는 시간을 경험함으로써 비로소 시인이 된다.

사랑이 끓어넘치던 어느 시절을 이제는 복원하지 못하지. 그 어떤 불편과 불안도 견디게 하던 육체의 날들을 되살리지 못하지. 적도

잊어버리게 하고, 보물도 버리게 하고, 행운도 걷어차던 나날을 복
원하지 못하지.

  그래도 약속한 일은 해야 해서
  재회라는 게 어색하기는 했지만.

  때맞춰 들어온 햇살에 절반쯤 어두워진 너. 수다스러워진 너. 여
전히 내 마음에 포개지던 너.

  누가 더 많이 그리워했었지.
  오늘의 경건함도 지하철 끊어질 무렵이면 다 수포로 돌아가겠지
만
  서로 들고 왔던 기억. 그것들이 한나도 사라지지 않았음을. 그것
이 저주였음을.

  재회는 슬플 일도 기쁠 일도 아니었음을.
  오래전 노래가 여전히 반복되고 있음을.

  그리움 같은 건 들키지 않기를. 처음으로 돌아가려 하지 않기를.
  지금 이 진공관 안에서 끝끝내 중심 잡기를.

  당신, 가지도 말고 오지도 말 것이며
  어디에도 속하지 말기를.

그래서 우리의 생애가 발각되지 않기를.

—「우리의 생애가 발각되지 않기를」 전문

　시인은 복원하지 못하는 "어느 시절"의 질료를 언어의 중심에
두지 않고 모든 언어가 진공관에서 스스로 생장하기를 바라는지
도 모른다. 그러기 위해선 무국적자가 되어 "가지도 말고 오지도
말 것이며/어디에도 속하지 말기를./그래서 우리의 생애가 발각
되지 않기를." 바랄 뿐이다.

귀신과 내통한 예지의 굿판

: 강정 시집 『귀신』(문학동네)

강정은 모던한 시인들이 흔히 구사하는 이성적 전략과는 다른 국면을 통해 시의 몸을 만들어나간다. 그는 자신의 목소리가 이성의 발화가 아니라 망혼(亡魂)의 목소리임을 먼저 자각한다. "죽은 다음날이라는 자각이 들었다"(「사슴의 뜨거운 맹점」)거나 "사람이라고도 사람 아니라고도 말 못하겠다/짐승의 몸으로 사람이 풀을 뜯는 것"(「바다에서 나온 말」)이라는 문장은 화자의 목소리를 구체적인 정황으로 표출한 증거이다. 그는 "미래의 기억을 다 토했다"라고 표현할 수 있는 것처럼, 자신의 정서를 관리하여 말하지 않고 일정한 기압으로 올라갈 때까지 시를 전개하다가 폭발적으로 내뱉는 발화의 방식을 취한다. 즉 이성적 기율로 재단하고 분판하는 시적 질서와는 다른 지점에서 그의 시는 시작한다.

먼저 시인은 이소룡의 전언을 시집의 序에 배치해 놓았다. 이것은 그가 바라보는 시적 지향점을 간접적으로나마 짐작할 수 있는 계기가 된다. "나무인형이 되어라. 그것은 자아를 가지고 있지 않다. 그것은 아무것도 생각하지 않는다"는 말은 언어를 질료로 하는 시에서는 불가능한 말이다. 하지만 이 불가능에 대한 전언을 시집의 출발점에 전면적으로 내세우는 이유는 무엇일까. 우선 이소룡은 몸을 통해 자신의 내면을 표현한 배우라는 점을 상기해볼 필요가 있다. 이소룡은 이러한 방식으로는 전무후무한 불후의 배우이다. 강정은 가장 고요하고, 자연스럽고, 부드러운 움직임을 통해 가장 강력한 에너지를 발산한 이소룡의 지략을 시의 어떤 이상으로 실현해보고자 한 것은 아닐까.

어머니와 하천을 건널 때였을 거나
옛 애인과 밤 산책을 나섰을 때였을 거다

한 죽음의 소식 들은 즈음,

꿈이었을 거나
꿈이 바라본 생시의 틈이었을 거다

어두운 물위에 샛노란 불빛이 크고 빠르게 내달리고 있었다
풀의 울음이었을 듯도 싶었으나

뭔지 생물도감 같은 덴 안 나오는 낯선 짐승의 체향이었을 듯도
싶었다

무서웁기도 하였을 거나
공연히 마음 설레,
어깨 기댄 그네가 새삼 뜨거운 꽃 같은 질문으로 여겨졌기도 하
였을 거다

우리는 몸을 숨겼다
안위를 걱정한 것이었을 거나
빛의 더 큰 발산을 노려
빛의 몸통을 더 쓰라리게 훔쳐보려 함이었을 거다
불빛 아래
더 뜨거운 흑점으로 엉겨붙기 위함이었을 수도 있다

빛의 주위로 물이 크게 번져 보였다
빛에 홀려 물이 불타는 것으로도 보였다
우리가 서로의 입을 서로의 흠결이라도 되는 양
마구 빼앗아 먹고 다시 뱉어내며
스스로 불이 되어갈 때,

빛을 껴입은 물방울들이 하나하나 개체로 나뉘어
눈 코 입과 팔다리 달린 생명체로 살아

홍등 같은 눈 부라리며 두리번두리번 우리를 찾아다녔다

괴물 같기도 요정 같기도 아이 같기도 어른 같기도
남자 같기도 여자 같기도 하였다
그렇게
그 어느 것도 아니었다

더 잘 들키기 위해,
더 질박한 불의 살로 저들의 흑막 속에서
더 큰 몸이 되기 위해,
우린 숨을 죽였다
죽여야만 다시 타는
잉걸의 노래를 잇새로 악물며
숨긴 몸속에서 속옛것들이
그만의 발성으로 더 큰 빛을 불러낼 수 있도록
죽음이라는 최초의 가면을
서로에게 씌워주었다

어머니인지 옛 애인인지,
나는 그들의 마지막 남자이자 최초의 여자가 되었다
그렇게 오랫동안 빛을 피해
빛의 한가운데로 빨려들었다

—「도깨비불」부분

가령 서시격에 해당하는 「도깨비불」을 보자. 강정은 처음부터 에너지를 그대로 방사하여 풀어놓지 않는다. 천천히 움직이며 시작한다. 이소룡의 "동(動)은 물과 같이. 정(靜)은 거울과 같이"를 실현하는 시적 전개이다. "어머니와 하천을 건널 때였을 거나 /옛 애인과 밤 산책을 나섰을 때였을 거다"라는 시적 상황으로부터 시는 시작한다. 시의 공간적 상황에서 슬쩍 끼어드는 정보는 "한 죽음의 소식 들은 즈음"이라는 것. 그리고 어둠과 죽음과 꿈이라는 시간이 뒤엉키며 죽음을 낯선 공간의 큰 지점으로 몰고 간다. 이렇게 긴장을 고조시키다가 드디어 도깨비불과 만나며 시적 절정으로 치닫는다.

도깨비불은 죽음 이후에 발생하는 현상 중에서 가장 극적으로 만날 수 있는 초자연적 현상이다. 시의 화자는 스스로 도깨비불이 된 것처럼 몰입된 묘사를 이어나간다. "우리가 서로의 입을 서로의 흠결이라도 되는 양/마구 빼앗아 먹고 다시 뱉어내며/스스로 불이 되어" 가는 정황을 통해 죽음이라는 관념을 현실적으로 구체화한다. 도깨비불이 빛의 한가운데로 빨려들고 다시 혼몽의 경험으로부터 빠져나왔을 때 시인은 "어떤 사람의 액화(液化)한 몸이었을 뿐이라는 것"을 인식한다. 하지만 이러한 인식은 "이 세상이 저 세상의 진심을 새삼 알아버린 날의 묵극(黙劇)"이라고 얘기한다. 또한 마지막을 장식하는 정오의 깨어남은 시간적 지연을 넘어 어떤 인식의 시점을 얘기한다. 이러한 시의 전개와 몰입은 마치 무당이 접신에 이르는 과정, 즉 시인이 귀신을 만나 몰입하는 과정과도 흡사 비슷하다. 거기에서 멈추는 것이 아니라 접신에 이르고 난 후에는 다시 그 혼몽에서 빠져나와 자아의 내면과 그 언저리들을 들여다본다.

강정의 전작에서도 드러나는 것이지만 그에게 '죽음'은 각별해 보인다. 특히 이번 시집의 경우는 더욱 그러하다. "저쪽 면의 어두운 점을 이편의 우주라 통칭"(「사슴의 뜨거운 맹점」)하려면 '죽음'을 관통해야만 가능한 것이다. 시인이 '귀신'과 내통해 죽음을 향해 달음질치는 굿판은 시간을 매개로 이루어진다. 「물구나무선 밤」은 지금 현재의 시간을 넘어선 세계를 탐하고 싶은 시인의 마음자리를 잘 보여준다. 어둠이 물구나무를 서서 어둠의 일부로 떠 있게 하고 싶다는 말은 어둠이라는 시간적 자연현상을 물질화시켜 바라보고 싶다는 내면의 열망과도 같다. 그러한 지점은 '미지'의 세계이며, 미지의 세계는 과거와 현재와 미래의 시간들을 일별하고 들춰볼 수 있는 초시간적인 장소이다. "허공이란 딱히/누가 먹다 비운 찻잔 속의 시간"이라고 시공간적 개념을 감각적으로 사유해 보고픈 시인의 의지도 드러난다.

현실과는 다른 질서의 시간을 '몸'에서 찾고 싶은 시인의 의지는 더욱 구체적으로 표출된다. 「밤의 은밀한 비행」에 나오는 '옥문(玉門)'은 그러한 예에 속할 것이다. 옥문을 통해 내생을 지각하며, 그곳은 죽음을 매만지는 현실의 세계이다. 별은 이 땅과 다른 시간의 세계를 육안으로 확인하며 유추하는 유일한 증거이다. 또다른 시 「천둥의 자취 凹」에서는 천둥이라는 자연현상이 죽음과 삶이라는 시종(始終)의 본질을 탐구해 가는 여정을 보여준다. 특히 성(性)적 메타포를 통해 더욱 감각적으로 사유하게 한다.

몸을 통해 느껴지는 죽음의 감각은 '죽은 나무'와 '씹'이라는 건강한 생명의 상징과 함께 어우러져 천둥을 강렬하게 대상화하고 있다. 몸의 감각은 통각을 체현하며 "눈은 찢기고 안으로 꿰뚫려 몸안을 비추다가/우주의 넓이로 확산"(「유리의 나날」)하는 데까지 이어진다. 이뿐만 아니라 강정의 이번 시집은 물, 동굴, 밤, 구석 등의 상징들이 다양한 방식으로 출몰한다. 이를 한땀씩 들여다보는 일도 즐거운 일일 것이다.

『귀신』의 마지막 시인 「최초의 책」에서 시인은 "나뭇잎 한 장이 전속력으로 한 생을 덮는다/나는 미래의 기억을 다 토했다"고 말한다. "나는 머잖아 숲이 된다"고, "다시 동그란 점이 된다"고 하는 순환론적 사유는 결국 책 한 권으로 남는 시인의 운명을 생각해보게 한다. 시는 결국 "세계로부터 자신을 덜어내/다른 땅을 핥겠다는 소망"이라고 한다면 말이다.

시의 언어를 무당의 언어와 자주 유비하는 것은 시 언어가 가진 선험성과 예지력과 언어의 한계를 극단에까지 몰고 가는 파토스적 에너지 등이 비슷하기 때문일 것이다. 시인은 이러한 언어의 결을 시간의 단층으로 투과해 '바다에서 나온 말'이나 '귀신'의 말로 음유한다. 강정은 귀신과 내통한 자의 밀어를 독자들에게 선뜻 내어준다. 무당은 현재의 시간과 현재와 다른 영혼의 시간을 연결해주는 매개자이다. 즉 죽음 이후의 세계에 가닿아 있는 혼의 목소리를 채집하는 자이다. 영매(靈媒)는 죽음 저쪽의 시간을 이곳으로 데려오는 역할을 한다. 그 과정에서 온몸에 발생하는 영적 감각이야말로 오로지 시의 언어만이 할 수 있는 말일 것이다. 영매이기를 자처한 강정의 말은 "산울림같이" 멀리 오래 퍼져 우리의 가슴을 뒤흔들 것이다.

뒤편의 영적 해석자

: 김태형 시집 『고백이라는 장르』(장롱)

　김태형이 자주 떠도는 자의 레테르를 스스로에게 덧씌우는
것은 낯선 곳에서의 방랑을 통해서만 해결될 수 있는 정신적
허기가 분명 있기 때문일 것이다. 낯선 곳을 떠도는 자에게 드리
워진 유목적 주체는 일상의 시간을 보지 않고 저 먼 곳의 세계를
자꾸만 바라보게 만든다. 아득히 먼 곳의 세계를 탐하는 시적
주체는 여전히 매력적이며 유효한 시적 지향점을 거느리게 된
다. 하지만 그만큼 시적 현실의 불모성에 대해 무감한 주체라는
억울함도 동시에 떠안을 수 있다. 김태형은 이러한 점을 누구보
다 현명하게 시 속에서 관리하여 자신의 고유한 목소리를 만들
어내고 있다. 이는 그간 전개되어 왔던 김태형의 시적 과정을
생각하면 자연스러운 결과처럼 보인다. 그는 일찍이 모더니킨트

의 전사(前史)로서 문화세대를 자처하는 일탈적 주체를 거느린 바 있다. 문화를 폭발적으로 수용하는 젊은 주체는 이제 내면을 응시하는 사유의 주체로 조금씩 바뀌어가는 것이다. 그 과정 속에는 이 추악한 자본의 현실을 직접 체감해 가며 얻은 지혜와 절망의 속말이 시집에는 가득 들어차 있을 것이다.

시인은 먼저 "보이지 않는" 그곳에 대해 말하고 싶어한다. "달의 뒤쪽"은 말할 수 없거나 보이지 않는 그곳에 속하지만, 시인에게 그곳은 말해야만 하는 어떤 공간이다(「달의 뒤쪽에 대해서는 말하는 게 아니다」). 김태형의 뒤편은 일상적 배후의 상상력을 담지하지 않는다. 즉 보이지 않는 공간이 가지는 소외, 절망, 음습함을 감상적 수위에서 그치지 않는다. 달이 있어 달이 보이지 않는다는 현상을 "나 때문에 내가 보이지 않는다"는 본원적 물음 속으로 우리를 순식간에 데리고 간다.

그 물음을 견디다 보면 "여전히 넘쳐흐르고도 남은 말" 때문에 숨이 가쁠 수밖에 없다(「잉어」). "말은/자꾸만 차오르고/넘쳐흘러 튀어 올랐다"는 고백은 말을 버려야 하는 시인의 운명을 되새김질 한다. 잉여의 말들은 때론 "물결이 되어 가라앉"는다. 오래 가라앉아야 어느 때 치고 올라올 수 있는 법이니까. 그러한 이치 속에 잉어의 파닥거림은 마음속에 위안의 감각으로 남아 있다. "그런 말이라서" 다행인 말의 뜻을 찾아내는 것, "이곳에 없는 말을/내가 아는 말 중에 이곳에만 없는 말"(「염소와 나와 구름의 문장」)을 찾아내는 것이 이 시집을 풍요롭게 읽는 일이다. 이러한 말은 지상에서만 거하지 않고 하늘과 바람과 초원과 모래와 별

속에 숨어들어가 있는지도 모른다.

다 저문 석양 앞에 겨우 무릎을 대고 앉아 있다
내가 갈 수 없는 저곳에서
저녁별이 떠오르기를 기다리고 있다
갈색 염소와 어느 사내의 눈빛을 닮은 양들이
작고 둥근 똥을 싸며 지평선을 건너오기 시작한다
한평생 기른 가축들을 끌고 누군가
밤하늘을 건너가려고 한다
내겐 기르던 개마저도 떠났다
종일 물 한 모금만으로도 배고프지 않았는데
밤새 저 순한 가축들을 따라서
초원의 풀들을 모조리 뜯어먹고 싶다
내 텅 빈 눈빛마저 뿌리째 뜯어먹고 싶다
짐승의 썩은 내장처럼
찢어져 나뒹구는 타이어 조각
어디에서 떨어졌는지 모르는 녹슨 쇠붙이와
돌조각과 모래와
천천히 제 무거운 몸을 끌며 지나가다
문득 검은 비를 내리는
구름이 있다
지평선에 반쯤 걸쳐 있는 흐린 별자리가 있다
나는 염소자리

느릿느릿 풀을 뜯고 지나간 자리에

이제 막 새로 생긴 검은 초원이 펼쳐져 있다

— 「별」 전문

   시 「별」에는 석양에 무릎을 대고 앉아 있는 이미지가 있다. 이 낭만적 광경 속에서 "내가 갈 수 없는 저곳에서/저녁별이 떠오르"는 기다림으로 인해 형이상학적 고뇌의 현장으로 우리를 이끈다. 지상과 밤하늘을 매개하는 것은 '별'이다. 또한 '구름'일 수도 있다. 이 지상과 하늘 사이에는 '순한 가축'이나 '타이어 조각', '돌조각과 모래'처럼 인간의 육신과 우연히 매개되는 물질들도 흔하다. 하지만 별자리는 좀 더 다른 시간을 갖고 있는 매개체이다. 그렇기에 별자리는 지평선에 반쯤 걸려 있는 것이다. 아마 시인이 운명적으로 갖게 된 '염소자리'는 지상의 초원과 하늘을 잇는 가장 긴 다리일 지도 모른다.

   시집의 곳곳에 별은 먼 곳이나 무한의 공간에 대한 갈망을 이끄는 사물로 등장한다. 그것은 눈에 보이는 일상적 사물이 아니라 '별똥별'처럼 오래 각인되는 우연의 상징물에 가깝다. 그렇기에 시 「별똥별」의 해석은 지난한 일이다. 순식간에 사라지는 자연현상에 지상의 소망을 쏟아내는 찰나의 과정은 인간의 속절없는 간절함을 대변한다. 시인은 사라지는 것을 향해 사라지는 것을 비는 존재이다. 시인은 "나와 당신과 바람과 황무지"와 "끝도 없이 펼쳐진 이 광막한 어둠"은 지워지는 게 아니라고 설파한다. 이 역설은 찰나의 별똥별을 통해 더욱 선명하게 드러난다.

허약한 우리의 소망은 "검불 빛"을 별이라고 믿는다(「어느 목동이가는 막대기로 잔불을 들추었는지 별이 진다」). 그 믿음은 "여기보다 더 큰/저 너머 초원의 밤을 건너다보게" 되는 것이다.

　어쩌면 보이지 않는 뒤편의 공간은 시인에게 더 깊고 더 쓸쓸하고 더 야박할 것이다. 그 무참함 속으로 뚜벅뚜벅 걸어가는 시인의 발자국을 우리는 오래 기억해야 할 것이다.

혁명을 넘어 생명으로

: 김선우 시집 『나의 무한한 혁명에게』(창비)

김선우의 언어 속에는 존재가 간직하고 있는 생명의 풍성함과 그 속에서 배태되는 문명인의 덧없음이 함께 펄럭인다. 그녀는 작은 존재를 통해 우주를 열망하는 시적 각성으로 깊은 감명을 주었는데, 이러한 일련의 세계는 사랑으로 가기 위한 도정으로서 자리한다. 김선우식 서정의 바탕에는 흔히 여성성이 보편적 사랑의 연대를 꿈꾸는 지점에서 빛을 발한다. 이번 시집에서도 그런 사랑의 도정들이 엿보인다. 여성이 가질 수 있는 소외된 자의 소리는 여전히 엿보이며, 여리고 작은 생명들을 돌보는 시선 역시 시를 이끌어가는 견인의 도구가 된다. "큰 달이 뜬 들판에서 춤추며 꽃을 따던 구석기의 여자를 생각하"는(「구석, 구석기 홀릭」) 시인은 "이른 봄 막 태어나는 연두의 기미를 살피는 일"(「연두의 내부」)로 시의 몸을 채운다.

특히 시인은 지금 우리가 발 딛고 살아가는 모습을 세밀히 살핀다. "이상하지 않니? 식량은 충분한데 한편에선 사람들이 굶주려 죽어가. 죽어가는 아이들 옆에서 배불리 먹은 걸 토하다 죽어버린 사람들이 걸어다녀. 색색으로 물들인 죽음들을 쇼핑하는 누군가들"(「아무도 미워하지 않은 자의 무덤」)의 양태에 의문부호를 던진다. 세상의 무관심에 대해 말하고 싶은 화자의 심정은 시끄러운 무덤 속의 상황이 모두 들리는 예민한 귀를 가졌다. 시인이 말하는 존재들에 대한 관심은 생명에 대한 시인의 예민한 촉수로부터 시작된다.

바다풀로 종이를 만드는 기술이 발명되었다,
소식을 듣자마자 이력서를 쓰고 있어요
바다풀 공장에 취직하고 싶어요

나무들의 유령에 쫓겨 발목이 자꾸 끊어지는
잊을 만하면 덜컥 나타나는 악몽이 지겨워요
청동구두 같은 종이구두가 무서워요
(저 좀 들여보내주세요)
나무들에 대한 진부한 속죄는 말고
바다풀 냄새 가득한 공장에서 일하고 싶어요
내가 만든 종이로 바다풀 시집을 엮고 싶어요

시집 자서(自序)엔 딱 두 줄만 쓸 거예요

나무들의 피냄새가 가시지 않아 아주 지겨운 날들이었어.
나는 그만 손 씻을래.

—「바다풀 시집」 부분

위의 시는 시적 욕망의 지향점이 자연을 근원으로 하는 것임을 은연중 시사한다. 바다풀로 종이를 만드는 기술이 발명되어 바다풀 공장에 취직하고 싶다는 "구직 욕망"은 그동안 가졌던 나무에 대한 미안함에서 기인한다. 가공되지 않은 자연을 재료로 삼는다는 점에서 화자가 취하려는 욕망은 순정한 것으로 읽혀진다. 특히 화자의 꿈에 등장하는 악몽이 그런 점인데, "나무들의 유령에 쫓겨 발목이 자꾸 끊어지는" 꿈을 꾸는 것이다. 결국 화자가 엮은 바다풀 시집은 "나무들의 피냄새가 가시지 않아 아주 지겨운 날들"을 기록한 결과물이 된다. 나무에 대한 미안함은 근원적인 자연에 대한 미안함과도 일면 상통한다. 화자의 낭만적이고 순정한 욕망이 생명의 근원이나 고귀함에 가닿을 때 만나는 것은 건강한 자각이다. 생명에 대한 자각은 우리 인간들에게 수만 번 되풀이해도 지나치지 않다.

꾸덕꾸덕한 심장 속에 자기도 모르는
여리고 따뜻한 누군가의 목숨줄이 생겨나
너는 좀 넓은 데서 숨쉬라고 가만히 뱉어놓은,

주먹만한 자줏빛 심장들이
그렇게 밭 하나를 이룬 것 같다

땅 밑 어둠속
옆에서 옆으로 번져간 뿌리줄기
자기 옆의 슬픔에 가만히 기댄 듯한,

꽃을 본 적 없는데 꽃의 향내를 품게 된
내 캄캄한 당신의 옆

— 「옆 – 고구마밭에서」 부분

    생명에 대한 특별한 주목은 일상의 시선 속에서도 발견된다. 고구마를 수확하기 위해 캐낸 고구마를 보며 시인은 어떤 생각을 가졌을까. 시인은 고구마의 열매를 심장에 비유한다. 단단하고 붉은 고구마의 열매를 "할 말이 너무 많아 입을 꾹 닫은 심장"이라고 한다. 화자는 땅속에 박힌 심장을 땅 밖으로 가만히 뱉어놓았다고 본다. 고구마를 수확하는 밭의 풍경이 심장들이 가득한 풍경으로 대치한 것은 생명을 바라보는 시인의 태도와도 결부된다. 땅속의 고구마는 캄캄한 "당신의 옆"을 온몸으로 느낀다. 그 감각으로 꽃의 향내를 품는다.
    시인의 생명에 대한 관심은 땅속의 일들뿐 아니라 세상 속에서 자신의 삶을 지켜내려는 고귀한 싸움 속에서도 엿볼 수 있다. 시집의 표제작이기도 한 「나의 무한한 혁명에게: 2011년을 기억함」에서 그러한 일면이 잘 나타난다. 2011년에 일어난 일들 중 우리에게 가장 크게 각인된 사건의 하나는 한진중공업 노동자 해고 반대 시위이다. 높은 크레인에 올라 시행한 생명을 건 시위는 전국민의 관심을 받았다. 그 일로 인해 '희망버스'가 만들어졌고(그 버스는 시인에 의해 만들어졌다) 낮고 가난한 자들의 편에선 모든 이들은 '김진숙'이라는 아이콘을 응원했다. 시와 정치의 담론을 실천의 장으로까지 확장시킨 계기가 되기도 했다.

크레인이라는 차갑고 낯선 기계는 인간을 하나의 노동부속품으로밖에 여기지 않는 이 시대 기업윤리를 상징하는 매개체이다. 이런 풍경 속에서 시인이 읽은 것은 "신을 만들 시간이 없었으므로 우리는 서로를 의지했다"는 것이다. 신도 도와주지 않는다는 절박한 순간 속에서도 차가운 크레인에 온기를 전해주는 것은 "뜨거운 심장"과도 같은 생명에 대한 갈구일 것이다. 종교의 구도행과도 마찬가지로 고행을 요하는 투쟁의 지속은 "우리가 서로 신이 되는 길"밖에 방법이 없다는 절박함을 낳는다. 계절이 지나가면서 시인은 "세상 모든 돈을 끌어모으면/여기 이 잠자리 한 마리 만들어낼 수 있나요?"라고 생명의 고귀함을 묻는다. 시인은 끝내 "지금 마주본 우리가 서로의 신입니다/나의 혁명은 지금 여기서 이렇게"라고 한다. 시인은 희망을 발견하기 위해서 생명을 소중히 생각하는 연대의 힘을 믿는 것이다. 그것이 혁명의 시작이라고 말하고 있다.

어라, 얘 좀 봐. 잠깐 죽은 척했던 게 분명한데

정말 죽었다가 다시 태어난 것 같다

그럼 나는 어떡한담?

햇빛 부서지며 그림자 일렁인다

아이참, 체면 구기는 일이긴 하지만

나도 새로 태어나는 척한다

태어나 처음 햇빛 본 아기처럼 초승달 눈을 만들어 하늘을 본다

바람 한소끔 물 한 종지 햇빛 한 바구니 흙 한 줌 고요 한 서
랍……

아, 문득 누가 날 치고 간다

언젠가 내가 죽는 날, 실은 내가 죽는 척하게 되는 거란 걸!

나의 부음 후 얼마 지나 새로 돋는 올리브 잎새라든지

나팔꽃 오이 넝쿨 물새알 산새알 같은 게 껍질을 깰 때

내 옆에 있던 기척들이 소곤댈 거라는 걸

어라, 얘, 새로 태어나는 척하는 것 좀 봐!

—「시체놀이」 부분

결국 사랑의 뒤꼍을 넘으면 생명의 비밀이 존재한다. "딱정벌
레 한 마리 죽은 척"하는 습성을 보며, "죽음"과 "죽는 척 하는"
것과의 관계를 문득 깨닫는다. "누가 날 치고" 가는 깨달음은
내면을 고요히 들여다보는 시공간에서 탄생한다. "바람 한소끔

물 한 종지 햇빛 한 바구니 흙 한 줌 고요 한 서랍"의 시적 대상들은 성찰의 순간들과 만나면서, 한 개체의 죽음과 상관없이 생명의 에너지는 계속 순환한다는 것을 보여준다.

김선우에게 혁명의 일이란 가녀린 생명을 바라보는 것과도 같다. 생명의 일처럼 경이로운 혁명은 없을 것이다. "최선을 다해 광합성하고 싶은/꼼지락거리는 저 기척이/빗방울 하나하나 닦아주는 일처럼/무량하나 무구하다 바닥이 낮아진다"(「연두의 내부」)는 일이 사랑의 일이며 생명의 일과 다름 아니다. 그녀가 '아직'이라고 말하는 데에 "사랑 때문에 죽는 사람이 없다는 것― 그것이야말로 이 시대의 불명예"라는 이유를 든다. 시인은 직접 "이것은 처절하고 명랑한 연애시집"(「시인의 말」)이라고 명명했다. 시인은 사랑 때문에 죽을 수 있는 존재여야 한다고 했다. 이런 당찬 신념이 이 시집을 뜨겁게 읽을 수 있는 또 하나의 이유이기도 하다.

이명(耳鳴)의 순례

: 김종태 시집 『오각의 방』(작가세계)

　시인의 붓놀림은 눈에 보이는 것을 지향하지 않는다. 시인의 붓은 지나간 것들, 떠나온 것들, 축축이 젖은 감성들, 온몸에 배인 냄새들을 살핀다. 누군가에게 배운 것이 아니라 본능적으로 떠오르는 감각들이 시인의 붓이 지나가는 길인 것이다. 시집의 첫 시로 놓인 「파묵」은 시적 방법론을 특유의 감각으로 각색한 시여서 주목된다. 파묵은 먹의 농담으로 대상의 입체감을 나타내는 기법이라는 의미이다. 시인이 현재 이 시간에 느끼는 것은 "모두 떠난 이 체취"이다. 풍요로운 곡식들을 모두 거둬들이고, 나머지 쭉정이들을 모두 불태우고 난 후의 정서적 감응을 예리하게 포착한다. 시인이 포착하여 내민 단어는 "그늘이라든가 연기라든가 서러움"이지만 정작 중요한 문장은 "새삼 살아서 닿을 수 없는 은유"이다. 시인의 언어는 은유의 언어이며, 눈으로 바라본 시적 대상을 은유의 그물망으로 걸러진 개성적인 언어이다. 하지만 그 은유는 닿을 수 없는 운명을 가지고 태어났다. 살아 있는 유기체를 언어라는 지시적 의미구성체로 한정지을 수 있을까. 시인은 언어의 한계를 알면서도 그 한계와 맞닥뜨리는 존재이다. 시인의 마음속에 살아 있는 것은 무엇일까. 그것은 모두 떠난 후 남은 체취를 느낄 줄 아는 시인의 감수성이다. 그 감수성으로 말미암아 상실이라는 정서적 체험을 실존적으로 느낄 수가 있다. 이런 상실의 기억으로 은유를 발생시키고 이어 "흙빛 망각"을 이루어내는 아침을 맞이한다. 아침이 망각의 순간으로 변화하는 사건은 시인이 재료로 하는 언어의 한계를 절감하며 얻은 깨달음이라고 할 수 있다. 그 인식이 새로운 길들의 향방을 타진하는 힘으로 작용할 것이다. 특히 김종태의 시에는 이생과 전생, 후생 사이를 이리저리 짚어가는 광경이 자주 목격된다. 김종태 시에 드러나는 순례의 모습은 자신의 존재에 대한 선조적(線條的) 가능성을 실험하고 타진하는 장면에서 구체적으로 확인할 수 있다.

김종태는 성찰이라는 고전적 화두를 시적 대상에 그대로 덧씌우지 않는다. 과거의 기억을 추체험하면서 이어지는 예민한 정서적 반응을 놓치지 않고 부여잡는다. 더군다나 시적 자아가 가지는 예기치 못한 정서적 파토스를 이성적으로 바라보려는 욕구까지 엿보인다. 그럴 필요까지 있을까라는 의구심을 가질 수도 있으나, 그의 언어에서 엿볼 수 있는 윤리적인 태도가 바로 이런 지점에서 확연히 드러난다.

> 간헐적으로 혹은 연속적으로
> 찌든 옷 벗으라 세탁기가 도는 소리
> 피곤한 일 마치라 종 치는 소리
> 어디 한번 떠나보라 경적 우는 소리까지
> 여기서만 머물며 파놓은 동굴 속
> 너무 많은 것들에 파묻혀 살았던 탓일까
> 그저 애증이란 아무도 못 듣는 소리를
> 사뭇 고달픈 척하며 듣고 있어야 할 때의 심정
>
> 내 몸에서 울리는 환청이든
> 세상 밖에 떠도는 소문이든
> 그 모든 경계가 스르르 풀어지면
> 그때 가선 또 옷 벗고 손 벗고 마음 벗고
> 밤기차 짐칸에 빈 몸을 싣는 시늉이나 할까
> 본시 온 곳도 간 곳도 모르는 시간
> 쉽게 오가는 사랑이니 눈물이니 하는 것도
> 이 소리에 실어 보내면 또 사그라지려나

—「이명」 부분

'이명'은 단순한 병리적 증상이지만 시인에게는 상징과도 같
은 징후이다. 외부 세계의 자극과는 별개로 들리는 소리는 시인

의 예민한 감성적 촉수로 발생하는 고유한 증상이다. 시인은 이미 새겨진 현재의 기표에 과거의 감각적 지표들을 길어 올린다. 그에게 상실의 기억은 이런 모습으로 발생한다.

시인은 "애증이란 아무도 못 듣는 소리를/사뭇 고달픈 척하며 듣고 있어야 할 때의 심정"을 이해하기 위해서 이리저리 소리의 출처를 찾는다. 시인의 이명은 결국 이 세계에 대한 애증 때문이다. 벗어나고 싶지만, 벗어날 수 없고 자꾸만 되새겨지는 이 세계는 사그라지며 한순간의 고비들을 넘어가는 곳이다. 시인은 몸 속을 싸고도는 어떤 소리들을 어딘가에 풀어놓고 싶어한다. 시인 특유의 예민한 자의식과 냉철한 이성적 판단이 혼재되는 기이한 광경은 다음의 시를 통해서도 여실히 확인할 수 있다.

깨진 거울 속의 무수한 길들을 본다
가늘게 갈라진 몸이 정렬하는 구역마다
소인은 찍혔으나 발신자를 알 수 없는 편지같이
은빛 빛깔의 파편들이 서로를 잡아당긴다
이름 없이 다가와 휴지 조각으로 사라지는
차가운, 찌르는, 에이는, 뜨거운
아예 스스로의 형체를 잃는 맨몸의 주소들이 있다
가을 늦은 오후, 홀로 깨진 거울 앞에 서면
겨울나무 저녁 이파리처럼 사라진 몸들이
내 누추한 정신 구석구석에서 바람을 일으킨다
마실간 지 십년 된 아버지 눈앞에서 어른거리고

한때 좋았던 애인들은 귓전에서 소곤거린다
환상지증후군 환자의 하소연같이
오! 새 팔과 다리가 간질간질 돋아나는구나
실낱같은 금으로 서로 다른 저녁의 어둠이 온다
뇌수까지 엉키어드는 유리 거미줄
얼기설기 이어지고 또 끊어진 데로 달그림자 비친다
갱지처럼 구겨져 더 큰 통증이 살갗에 생생하다
분명 거울 속에는 나밖에 없다, 아니 아니
산산이 깨어진 내 몸의 순간 속에는 거울밖에 없다
저 금의 주름이 온몸을 덮어갈 때도
그건 진정 내 팔과 내 발목이 아닐 것이다
지나간 시간들은 반송될지도 모르겠지만
아니 아니, 그 반송지에도 나는 없을 것이다

　　　　　　　　　　　　　　　—「깨진 거울 속을 본다」 전문

　시인은 파편화되고 망가져버린 자아가 성숙되는 과정을 섬세
하게 보여준다. 새로운 자아의 출구를 확인하는 과정이 시속에
들어차 있다. 그 과정은 맨몸으로 출발한다. 시인이 만들어놓은
주소는 자아의 반영체라 할 수 있는 거울이 깨진 사건으로부터
시작한다. 깨진 거울 앞은 과거의 기억이 되살아나고 모든 것을
토로할 수 있는 고백의 제단이다. 과거의 기억으로 인해 성찰의
정화수를 올리는 시간이 바로 거울 앞이다. 새 팔과 다리가 간질
간질 돋아나는 환(幻)의 감각을 불러일으키는 순간이기도 하다.

거울은 일반적으로 자아를 반영하는 매개체로 쓰인다. 김종태에게 거울은 자아의 반영체이자 그동안 감행해 왔던 자아의 무의식까지 비춘다. 다시 말하면 분열된 자아와 분열된 자아를 생성하게 한 과거까지도 추체험한다. 김종태는 거울에 비친 자아의 파편화된 모습을 "맨몸의 주소"라고 칭하고 지나간 시간을 되짚어 발송했던 정서들이 회한으로 반송됨을 확인한다.

시인이 반복적으로 의식하고 있는 "나"는 "거울 안은 내가 없고 나 아닌 것들도 없"는 존재이다(「거울아 거울아」). 이 세계를 부유하는 익명의 존재는 "그래 우리 모두는 오래전 절멸했던 먼지의 시간이었어"(「얼음독수리」)라고 고백한다. 고백의 장소는 병을 얻어 유폐된 곳이다. 표제시인 「오각(五角)의 방」은 그런 저간의 사정을 잘 보여준다. 오각의 방은 "맨발"이고 "흙 잃은 뿌리들의 마음"이 거처하는 공간이다. 부유한 공간이 아니라 남루하고 병든 공간이다. 사각이 아닌 오각으로 이루어진 방에서 시인은 어떤 정서에 휩싸여 있는가. 뇌졸중 집중치료실은 사투를 벌이는 고독한 구도자의 삶을 은유한다. 시에서의 자아는 "고도를 온 무릎으로 기어넘고" "수직의 남루와 사선의 슬픔"을 간직한 채 "사투"와 "투신"과 "주저함"의 정서를 온몸으로 발현한다. 오각의 방은 고통스러운 삶의 축소판이라 할 수 있는데 "고통은 있으나 느끼지 않는 언어도단"을 뼈저리게 느끼게 해주는 공간이기도 하다.

시인의 육체는 이렇게 언어도단의 길목을 감각적으로 보여주는 매개체이다. 이 현실을 살아내는 몸은 "10년 동안 죄지은 몸과

10년 동안 참회하는 몸과 10년의 그리워하는 몸"(「물리치료사 M
에게」)을 가졌다. 하지만 이런 몸이 현실을 수동적으로 받아들이
기만 하는 것은 아니다. "더 큰 슬픔은 용서할 이도 사랑할 이도
미지라는 사실"(「칼」)을 "바람 소리에 두근거리고 보일러 소리에
도 놀라는 심장"으로 현실화한다. 이 속에서 "화려한 커튼과 불
길한 은막, 사이를 오가는 내 후생"(「간유리를 본다」)을 엿보는데
"어떤 윤회의 후생으로 여기까지 왔는지"를 염탐하는 게 시인의
병든 몸이다. 시인은 삶의 언저리에서 이곳저곳을 누비고 사막
과 유곽과 골목과 도로에서 만나는 순간들을 놓치지 않고 채집
한다. 그것으로 "소리의 배후에는 죽음이 있다"(「사막의 비상구」)
는 전언을 얻게 된다.

바냔나무 저 회백색 나무껍질 앞에 서면
허공에 떠도는 이름 없는 소리들이 눈에 밟힌다
지상의 가지에서 가멸차게 뻗어나와
땅속의 굵은 흙뿌리에서 슬그머니 흘러와
무언가를 갈구하는 듯 제 몸 비트는 공기뿌리들

어느 반짝이는 영혼들이 먼지들과 주고받는
그 말씀의 깊은 파동을 너는 듣는가
풍매화 씨앗들이 날아와 전해놓는 먼 세상의
밤 깊을수록 더 먼 곳에 뿌리내리려는 자들의 사연을
모르는 사람들의 등과 등이 부딪쳐 흐르는 와디처럼

물과 햇빛이 모여 이루는 화음이 초록이라면
바냔나무 네 공기뿌리가 길어올리는 바람 소리는
그 초록 위에 또 무엇을 보태어 낮은 생을 위무하는가
밤은 사뭇 어두워지고 날은 제 홀로 추워지는데
날마다 나는 허공을 헛디디며 집에 돌아와 너를 만진다

말없이 세상을 등진 자들의 헛헛한 여백에 손 없는 바냔나무
어느 수렁에 빠지다가 뾰족한 모서리에 부딪히다가
옴마니 반메훔 옴마니 반메훔 우리의 기도는 목이 마른데
하늘 언저리 홀로 돌아와 내 손을 부여잡는 둥근 잎사귀들이
난형과 난원형의 인연들을 스쳐와 내 더운 이마 짚어주누나

—「바냔나무 내 인생」 전문

　　결국 시인은 지상의 일들을 어떻게 영혼의 일로 순화할 수
있을까를 골몰한다. 바냔나무는 주로 인도에서 자라는 나무로
신성함을 상징한다. 신성한 나무이기에 자르지 않고 키우는 나
무이다. 시인은 "허공을 떠도는 이름 없는 소리들"에 주목한다.
신성한 나무 바냔나무처럼 시인은 살고 싶어한다. 바냔나무는
"영혼의 먼지들"과 소통하는 존재이며 "낮은 생을 위무하는" 존
재이다. 누군가를 위로하고 누군가의 말에 귀 기울여주는 나무
의 운명처럼 제 존재의 운명을 변화하고 싶은 것이다. "말없이
세상을 등진 자들의 헛헛한 여백에 손 없는" 나무의 운명처럼
시인의 몸과 영혼과 언어도 헛헛한 여백을 어루만지고자 한다.

귓가엔 세상의 일들로 가득하여 여러 소리들이 왱왱대지만 시인
은 성찰적 유목의 길을 놓치지 않는다. 그것이 시인이 바라는
삶 속에서의 순례인 것이다. 김종태가 그물처럼 만들어 놓은 순
례의 길을 따라가면 뜻하지 않은 개오(開悟)의 호사를 누릴 수
있을 것이다.

울음의 고백록

: 길상호 시집 『우리의 죄는 야옹』(문학동네)

문심조룡의 '비흥(比興)'편을 보면 비부(比附)라는 개념이 나온다. 이 말은 사물의 이치를 연결하여 사물을 설명한다는 의미이다. 이것이 비유인데 비유는 서정시의 가장 중요한 원리 중의 하나이다. 기흥(起興)은 사물에 의탁해서 어떤 정서를 불러일으킨다는 말이다. 즉 어떤 의미를 아주 은근하게 내포하고 있는 사물에 감정을 맡긴다는 말이다. 마지막 찬(贊)의 문장에서는 "시인들은 비와 흥의 수법을 사용하기에 사물들과 접촉해서 그것들을 주도 면밀하게 관찰하네."[1)]라고 정리하고 있다. 비(比)는 시에서 가장 중요한 수사적 방법론이며 흥(興)은 시의 핵심을 이루고

---

1) 유협, 김관웅·김정은 역, 『문심조룡』, 올재, 200~203쪽.

있는 정서적 특질이다. 우리는 흔히 비흥(比興)을 어떻게 형상화
하고 이를 구조화하는지에 따라 시의 완성도를 말하곤 한다.

　이런 의미에서 보면 길상호의 시는 서정시의 원리를 누구보다
가장 모범적으로 선보이면서 자신만의 정서를 그 안에 함유하고
있는 시인이다. 길상호는 시적 대상과 소통하면서 특유의 쓸쓸
함과 고요함이 묻어나온다. 길상호의 시가 망라하고 있는 여러
지점들 속에서 유독 눈에 띄는 것은 관찰과 기억이라는 산책자
의 명상법을 잘 호흡하고 있다는 점이다. 특히 이번 시집 『우리
의 죄는 야옹』(문학동네)에서 고양이의 말로 대표되는 새로운 언
어 소통에 대한 탐구적 자세를 엿볼 수 있다. 시인은 시인의 말을
통해 "나는 야옹야옹, 새로운 언어를 연습한다."고 말한다. 이어
"말이 되지 않는 고양이어를 듣고서도 눈치가 빠른 고양이들은
나를 정확하게 이해해준다."고 한다. 시적 주체가 말하는 새로운
언어에 대한 연습과 그것을 이해하는 동물과의 교감을 통해 시
쓰는 방법적 행위를 은유한다. 그러한 차원에서 제1부와 제2부,
제3부의 첫 번째 시가 모두 '책'을 소재로 한다는 점은 의미심장
하다.

　　죽은 글자들을 모아놓은 책
　　나는 오늘 책을 묻었다

　　굽은 자음과 모음을 펴려고
　　흙이 된 당신들이 모여들었다

땅이 느릿느릿 문장을 읽기 시작했다

빗방울과 눈송이가 번갈아
지워진 나이테를 복원해냈다

당신들이 다녀간 행간,
아픈 단어마다 싹을 틔웠다

책을 묻었다

죽은 글자들을 위해서는
더 깜깜한 죽음이 필요했다

—「썩은 책」 전문

　1부의 「썩은 책」은 시인의 지향점을 간접적으로 확인할 수
있는 시이다. 시인은 책을 "죽은 글자들을 모아놓은" 것으로 상
정한다. 죽은 글자들이기에 책을 묻을 수밖에 없다. 하지만 이
죽은 글자들을 살리려고 하는 존재는 "흙이 된 당신"이며 "땅"이
다. "굽은 자음과 모음을 펴려"는 주체자가 "땅" 혹은 "빗방울과
눈송이"라는 점은 주목할 만하다. "땅"과 "빗방울과 눈송이"가
결국 아픈 단어에게 싹을 틔워주는 존재이다. 이는 시인이 관계
맺으며 이 세계의 비밀을 전하고 싶은 대상이 인간이 아니라
자연이라는 점을 시사한다. 자연의 특수성은 늘 순환한다는 점

이다. 자연은 하나의 생명을 탄생하기도 하지만 한 생명을 소멸시키기도 한다. 시인은 자연의 순환성을 "죽은 글자들을 위해서는/더 깜깜한 죽음이 필요했다"는 의지로 표현하고 있다.

2부의 첫머리에 등장하는 책은 '물 먹은 책'이다. 종이가 빗물에 불어 있는 책을 떼어내며 읽는 화자의 행위와 불은 책에 존재하는 말들이 서로 교감을 주고받고 있다. 이를 통해 책과 소통하는 화자의 일상이 구체적으로 그려지고 있다. 불은 책에서 나온 말들은 "씹어도 단물이 배어나오지 않"는 문장들이지만 그것을 받아주는 존재는 뜻하지 않게 고양이이다. 2부에 등장하는 '물 먹은 책'은 3부에 와서 '말없는 책'으로 변화한다. "하얗고 매끈한 혀"를 가진 "책은 수백 장의 혀를 펼쳐 보"이고 있다. 이후 혀는 썩기 시작하고 이 혀와 말을 섞은 혀에도 냄새가 나기 시작한다. 거기에는 "독니를 지닌 문장의 허물이 남아 있었"기 때문이다. 썩은 책에서 물 먹은 책으로 다시 말없는 책으로 이어지는 말과 말을 보관하는 존재들에 관한 메타적 사유는 세 편의 시를 이어서 읽어보았을 때 새로운 흐름을 감지할 수 있다. 또한 각 시편들은 각 부의 색깔을 은유적으로 말하는 듯한 인상을 강하게 풍긴다.

길상호의 시에서 감지되는 가장 보편적인 방법은 이 세계를 의인화의 관점에서 바라본다는 점이다. 그는 인간을 직접 그리지 않으며, 인간 세속의 문제를 관념이나 진술로 말하지 않는다. 그는 이 세계의 모든 이치를 자연에서 어우러지는 생명들에게 숨을 불어넣는 방식으로 얘기한다. 서정시의 본체라고 할 수 있는 이러한 인식은 시 읽는 재미를 더해준다. 가령 "연못은 독서에 빠져 있"으면서 "물살은 중얼중얼 페이지를 넘겼다"라든지(「연못의 독서」), "파도 한 장을 뽑아/서로의 때 낀 입술을 닦아주었다" 혹은 "담장을 걷던 고양이가 같이 뽑혀와/붉은 혀로 쓰윽,/우리의 눈길을 핥고 가기도 했다"라든지(「물티슈」) "안개는 뿌연 손가락을 풀어/얼음 위에 그림을 그려넣는 중이었다"(「녹아버리는 그림」), "젖은 고양이처럼 바람이/백태 낀 혀로 골목을 핥고 있"고 "웅크려 누워 있으면/지나간 비는 허리가 아팠다"(「비는 허리가 아프다」) 등등의 표현들은 시를 읽는 재미와 함께 시를 풍요롭고 다양하게 읽히게 하는 지점을 마련해주고 있다.

얼음은 또 처음이다
생후 구 개월 고양이 산문이는
혓바닥 위에 얼음 조각을 올려놓고
얼음, 서툰 글씨로 적어본다
자꾸만 미끄러진다
쓰면 쓸수록 녹아 사라진다
난감한 눈,
사라지는 것에 익숙해지려면
얼어붙은 구름을 꼬리에 감고
한 계절을 또 열심히 뛰어야겠지
얼음과 물 사이에
어제는 없던 울음이 생겨난다

누추한 처마의 고드름처럼
발톱이 조금 더 자라난다
굴리던 얼음이 다 녹아버리면
다음 과목은 흥건한 바닥,
이제는 좀 쉬었다 이어가자고
장판의 물기를 닦아낸다

—「얼음이라는 과목」 전문

　위의 시는 화자가 직접 키우는 고양이 산문이와의 경험을 그려낸 시이다. 이 지점에서 이번 시집에서 가장 독특한 부분을 확인할 필요가 있다. 길상호의 시에서 책, 즉 읽는 행위를 통해 세계를 자연의 이치와 순리적 자세의 관점으로 바라보겠다는 의지를 엿볼 수 있다. 그러한 의지를 매개하는 존재가 바로 고양이이다. 시에서 고양이 산문이는 "혓바닥 위에 얼음 조각을 올려놓고/얼음, 서툰 글씨로 적어본다"고 한다. 고양이가 새로운 존재를 만나 그것을 체화하기까지 얼마나 지난한 어려움이 있는지를 시에서는 잘 보여주고 있다. 고양이 산문이가 얼음을 인식하는 것은 감각적 체험을 통해 익히는 것이다. 감각적 체험이야말로 가장 중요한 시적 인식이다. 하지만 얼음 조각을 혓바닥 위에 올려놓으면 금세 녹기 마련이다. 얼음이라는 기호를 인식하고 쓰기 전에 녹아버린다. 시인은 그러한 순간에 "사라지는 것에 익숙해지려면/얼어붙은 구름을 꼬리에 감고/한 계절을 또 열심히 뛰어야겠지"라는 방법을 내놓는다. 그 사이에서 시인이 바라본 것은 바로 "어제는 없던 울음"이다. 고양이 산문이가 얼음이라는 낯선 존재를 만나 새로운 울음을 만난 것처럼 우리의 인간사도 그런 것이 아닐까.

고양이를 통해 세계를 엿보는 시적 정황을 우리는 자주 목격할 수 있다. 빨랫줄에 걸려 있는 명태를 바라보는 고양이의 시선을 가리켜 "허기를 버린 눈과 허기진 눈이/서로를 응시하고 있는/참 비린 한낮이었네"(「응시」)라고 말할 때 고개가 절로 끄덕거려진다. 고장난 기타 속에 들어간 길 잃은 고양이가 새벽 골목을 음의 공간으로 만들어버리는 기타 고양이(「기타 고양이」), 그 외 「고양이와 커피」, 「겨울의 노래」 등도 고양이를 테마로 삼고 있다. 특히 「그늘에 묻다」는 고양이가 "처음 저질러놓은 죽음에 코를 대고/쿵쿵쿵 계절의 비린내를 맡는" 극적인 상황이 연출된다. 그 죽음은 귀뚜라미의 죽음이며 "울기 좋은 그늘을 찾아 들어선 곳"이 바로 고양이가 있는 방일 것이다. 귀뚜라미는 그늘에 자신의 시체를 묻은 것이나 다름없다. 귀뚜라미의 죽음을 통해 여러 본질적 물음을 쓰고 있는 작품이다.

아침 창유리가 흐려지고
빗방울의 방이 하나둘 지어졌네
나는 세 마리 고양이를 데리고
오늘의 울음을 연습하다가
가장 착해 보이는 빗방울 속으로 들어가 앉았네
남몰래 길러온 발톱을 꺼내놓고서

부드럽게 닳을 때까지

물벽에 각자의 기도문을 새겼네

들키고야 말 일을 미리 들킨 것처럼

페이지가 줄지 않는 고백을 했네

죄의 목록이 늘어갈수록

물의 방은 조금씩 무거워져

흘러내리기 전에 또 다른 빗방울을 열어야 했네

서로를 할퀴며 꼬리를 부풀리던 날들,

아직 덜 아문 상처가 아린데

물의 혓바닥이 한 번씩 핥고 가면

구름 낀 눈빛은 조금씩 맑아졌네

마지막 빗방울까지 흘려보내고 나서야

우리는 비로소 우리가 되어

일상으로 폴짝 내려설 수 있었네

―「우리의 죄는 야옹」 전문

   고양이의 고백록으로 읽혀지는 위의 시는 참으로 아름답다. 세 마리 고양이를 키우는 시인은 고양이와 함께 울음을 연습한다. 시인은 창유리에 빗방울이 고인 장면을 쉽게 지나치지 않는다. "가장 착해보이는 빗방울 속으로 들어가 앉았다"고 한다. 그 순간부터 고양이는 고백의 존재가 되고, 고백을 하는 존재는 고양이가 아니라 시인 자신이 되기도 한다. "들키고야 말 일을 미리 들킨 것처럼/페이지가 줄지 않는 고백"은 우리가 늘 저지르는

죄의 고백이다. 이런 상처가 아직 아물지 않았는데 물의 혓바닥
이 핥고 간다. 물이 상처를 위무해주는 짧은 시간이 끝났을 때
우리는 일상으로 내려올 수 있는 것이다.

시는 어떤 면에서는 고백의 장르이다. 우리는 할퀴는 존재들
이며 상처주고 상처받는 존재들이다. 고양이를 핑계 삼아 대신
야옹하고 고백할 수 있다면 그나마 마음이 놓이는 것이다. 그때
비로소 우리는 우리가 되는 것이다.

길상호의 시집을 읽으며 나뭇잎 하나를 통해 존재의 본질을
엿볼 수 있었던 기회가 자주 있었다. 그것이 바로 시의 비밀이라
는 점을 우리는 다시 한번 확인하며 뜨끈해지는 가슴을 매만져
본다. 마무리로 「나뭇잎 행성」이라는 시를 읽으며 나뭇잎과 별
과 올챙이가 어우러지는 비밀의 한 순간을 둘러보자.

둥그런 연못 위로
마른 단풍잎 하나 날아왔다
가지 끝까지 펼쳐놓은 나이테의 중력을 벗어나
처음으로 다른 우주에 와 닿았다
소금쟁이가 물속으로 빠져드는 발을 건져
나뭇잎 행성에 걸쳐놓고 쉬는 동안
연못은 팽창을 거듭했고
수십 겹의 물결이 다시 태어났다
어두운 바닥은 오랫동안
신들이 별을 빚어내던 곳,

나뭇잎은 잎맥을 길게 풀어놓고
신의 목소리를 낚아올렸다
드는 물과 나는 물 사이에서
연못은 돌고 또 돌고
나뭇잎은 새로운 공전 궤도를 익히느라
무겁게 젖어드는 것도 몰랐다
물속에 떨어진 별빛을 빨아먹고
올챙이 한 마리가 꼬물꼬물 태어났다

부조리한 언어의 건축술

: 오은 시집 『우리는 분위기를 사랑해』(문학동네)

오은의 시는 '시'라는 언어구성체의 본질을 자꾸 의식하게 한다. 그의 시는 압축과 절제라는 오래된 시의 명제를 배반하고 놀이라는 유희의 측면을 적극적으로 감싸 안았다. 이로써 시뿐 아니라 시의 주체와 주체를 둘러싼 여러 층위의 목소리들을 단성의 은유로 파악하지 않고 다성의 상징으로 즐기게 한다. 이런 언어의 전경(全景)은 그간 오은 시를 '말놀이'라는 유희의 측면으로만 부각되게 만든 배후이기도 하다. 자모음의 결합과 반복을 통해 언어 실험의 극단을 보여준 것은 그가 거둔 성과이지만, 상대적으로 그 배음에 깔린 유희하는 자의 실존은 간과되어 온 것이 사실이다.

오은의 시집 『우리는 분위기를 사랑해』는 첫 시집에 비해 조금 더 실존의 본면을 드러낸 시집이다. 첫 시집이 자기 언어의 개성을 선언처럼 구성했다면, 이번 시집은 개성적인 언어의 토대 위에 새로운 집을 짓기 위한 건축술을 하나씩 터득해 나간다. 말놀이는 배음의 리듬으로 깔리고 비루한 개개인 삶의 세목들이 말과 사건 사이를 비집고 나온다. "표정들로 이루어진 위태로운 집"(「건축」)을 짓기 위해 시인은 표정을 전면적으로 드러내려 한다.

특히 눈에 띄는 것은 부조리에 대한 시인의 명명이다. 부조리는 현대 문명인의 비이성적인 내면을 보여주는 개념어로 오래전부터 사용되어 왔다. 오은 시는 많은 장면들에서 문명사회를 살아가는 인간의 회의적 태도를 부조리의 언어로 보여준다. 시의 언어는 기본적으로 부조리의 언어이며, 부조리를 넘어서고자 하는 몸짓을 실험하는 언어이다. 이런 의미에서 오은은 부조리한 언어의 가능성을 다양한 사건을 통해 실험하고 있다. 이 사건은 실체적 사건일 뿐만 아니라 감정의 사건이며 분위기의 사건이기도 하다.

먼저 오은은 도시를 살아가며 보고 듣는 모든 일상적 일들에 시선을 보낸다. 그는 낯선 곳을 염탐하거나 동경하지 않고, 지금 여기 이 순간 혹은 이 땅의 본연 속에 침잠한다. 이를 통해 시적 주체의 소외와 부조리한 내면을 드러내고 있다. 문명 속에서 살아가는 인간들은 교양인이 되기 위해 애를 쓴다. 하지만 교양인들은 "퇴근 후, 머리를 벗어 선반에 고이 모셔두"고 실내용 머리로 갈아 끼운다거나, 아침에는 어떤 머리를 쓰면 좋을지 고민하는 파편화되고 인공적인 모습으로 그려진다(「교양인을 이해하기 위하여」). 또한 시 「엑스트라」에서처럼 "우리는 방금 죽었습니다 큐 사인이 떨어지기가 무섭게 도로 위에 가짜 피와 진짜 가래를 토"하는 처연하고 소외된 삶의 조연들이 곳곳에 등장한다. 이들은 개별적인 이름을 갖지 못하거나 그 누구에게도 호명받지 못하는 존재들이다. 이런 익명의 자아는 "혼자여서, 나는 참을 수 없다/혼자가 아니라서/나는 참을 수 없다"(「도파민」)는 역설을 남긴다. 시의 주체들은 혼자이거나 혼자가 아니거나 참을 수 없는 존재이다. 이 부조리한 역설은 "창조는 또다른 창조를 낳고" "말을 하면 할수록 할말이 더 많아"지는 결과를 낳기도 한다.

    너는 원래
    무엇이든 될 수 있었다
    어디에든 있을 수 있었다

    되고 싶은 건 다 되어볼 수 있었다
    엄마의 자궁 안에서

    너는
    아침에는 팔랑거리는 커튼
    낮에는 팔랑거리는 나비
    저녁에는 팔랑거리는 손짓
    밤에는 팔랑거리는 파랑

너는 꿈속에서도
무엇이 되어 어디에 간다
물결을 일으키며
또다시 어디에 가서 또다른 무엇이 된다

진흙탕 위에서
고양이 옆에서
소나무 아래서

너는 너의 신분을 잊고
자격을 포기하고
튼튼하게 뿌리를 내리며, 함께 갸릉갸릉 울다가, 홀로 초연해진다

어디의 위에 있다는 것
무엇의 옆에 있다는 것
어디의 아래에서 무엇이 된다는 것

또다른 무엇이 된 너는 또다시 너를 간파하고 싶다

(…중략…)

너는
어디에나 있는 모든 것이 되었다고 생각했지만,

이것은

엄마의 자궁 안에서뷔
엄마의 자궁 안에서까지

그러니까
엄마의 자궁 안에서만
가능했던 이야기

너는 이 부조리를 견딜 수 없다

—「Be」 부분

    시 「Be」에서 시인은 실존의 구성 방식을 '있다'라는 동사로
구술해 낸다. 우리의 모든 존재는 누구나 "무엇이든 될 수 있"고
"어디에든 있을 수 있"다. 이러한 편재(遍在)의 상상력은 때때로
본질이 불필요한 선문답의 경지로 쓰이지만 오은은 다른 방식으
로 명제화한다. 즉 존재의 원인 혹은 본질을 '있다' '존재하다'라
는 동사를 통해 해명하려는 것이다. 그런데 시에서 끊임없이 질
문되는 "있다는 것"과 "된다는 것"은 결국 "엄마의 자궁 안에서
만/가능했던 이야기"라는 태생적 한계를 갖고 있다.
    이런 부조리한 언어의 욕망은 시의 곳곳에 등장한다. 때론 "어
떤 때엔 뒤로 걷는 게 편했습니다"(「부조리: 단독자의 평행이론」)고
말하는 것은 결국 자신의 존재를 드러내기 위함이다. 시의 주체

는 작은 소실점으로라도 나타나고 싶어하지만, 자신의 존재가 드러난다는 것은 결국 "불가능이 되기" 위함이다. 존재 자체가 불가능을 담지하고 있다는 증언은 그의 구원의 욕망이 매번 불가능의 이미지와 겹친다는 것을 통해 어렴풋이 알 수 있다. 시 「커버스토리」에서는 "네 이름은 칭찬과 비난을 동시에 환영한다"거나 "네 이름 속에는 엄청난 진실과 그 엄청난 진실이 알고 보면 거짓이라는 명제가 모두 담겨 있다"고 한다. 이러한 불가능이나 거짓의 포즈는 내면의 부조리를 극단적으로 보여줄 수 있는 장면들이다. 시인은 외치듯이 말한다. "그러니 미치지 마/거기에 도달하지 마/거기에 사로잡히지 마"(「부조리: 단독자의 평행이론」)라고.

"가장 가벼운 낱말들만으로 가장 무거운 시를 쓰고 싶었다"(「시인의 말」)는 시인의 고백은 그의 언어 배면에 숨은 실존의 무게를 스스로 체감하고 있기 때문일 것이다. 어쩌면 "그림자처럼 평면 위에서 입체적으로 움직이고 싶었던" 오은의 건축술은 이제부터 본격적으로 시작인 것일지도 모르겠다.

존재의 비밀을 탐구하기 위한 시적 노정

: 이귀영 시집 『우리가 퇴장하면 강남이 강남일까』(천년의시작)

드니 블뢰브 감독의 영화 「컨택트」(Arrival, 2016)는 언어와 시간에 관한 작품이다. 외계인이 지구에 불시착하여 벌이는 SF장르의 영화이지만 내용은 일반적인 SF영화의 공식과는 상당히 다르다. 영화는 주로 외계인과 지구인과의 소통에 관심을 갖는다. 가장 인상적인 것은 언어에 대한 인식이다. 외계인을 만나 서로 다른 언어체계를 학습하며 소통하는 과정에서 언어가 인간의 생각하는 방식을 결정한다는 전언을 전한다. 극중의 주인공인 언어학자가 한 이 말은 문학을 하는 이들에게 상징적인 말처럼 들린다. 또한 외계인과의 만남을 주선하는 자리에서 인간을 대리하는 사람으로 언어학자가 등장했다는 점은 의미심장하다. 이귀영의 시를 읽으며 영화 컨택트가 떠올려진 것은 자연스러운 현상처럼 느껴진다. 왜냐하면 이귀영의 시를 읽으며 언어에 대한 남다른 의미를 다시 한 번 생각해보게 되었기 때문이다.

이귀영은 모던한 언어적 실험과 함께 시적 주체의 존재에 대한 인식적 탐구가 결합되어 자신만의 개성 있는 언어의 무늬들을 선보이고 있다. 존재의 비밀을 탐구하기 위한 시적 노정이 고스란히 전해진다. 이러한 시적 지향점에 대한 자기 암시는 시인의 말을 통해 확인할 수 있다. "우리의 이상으로, 사랑을 위하여 자유를 위하여, 몰락의 시대엔 몰락의 길로 해체의 시대엔 해체로 분열의 시대엔 분열의 길, 유형이 없는 유형으로 나는 그 바다로 걸어가면 바다가 된다는, 글을 쓰면 글자가 된다는 생각을 생각한다. 그러므로 나는 존재하는 듯". 즉 새로운 길에 대한 탐구자적 정신을 시집의 서두에서부터 드러내고 있다. 그 개척자적 태도가 자신의 존재이유라는 점을 시사한다.

우리는 시작한다. 모든 침묵을 그리고 어느 장미를 택할지 구두를 신으며 푸른 머플러 강물을 늘이며 아침에 찾아올 환영을 위하여 조용히 이름들을 벽에 걸어둔다. 조용히 우리는 내쉬기를 시작한다. 저녁에 뛰는 가슴 다시 일그러지는 것이 고마워, 더 이상 자라지 않는 아이들이 고마워, 운동장은 월요일을 낳고 더 이상 자라지 마라 식탁 아래 발들의 춤, 둥근 소리 가득찬 그릇이 고마워, 사방이 고여드는 자리에, 기운이 모여드는 식탁에, 생활을 짓는 손 곡선을 그리던 나는 멈춘다. 기억되지 않는, 가다다 되돌아오는, 오다가 다시 가는, 머뭇거림 하는,

우리는 조용히 손을 잡는다.

우리는 조용히 춤을 추기 시작한다.

우리는 조용히 뛴다.

우리는 조용히 그리고 섞인다.

우리는 조용히 아침에 온다.

멀어지는 앵글 겹치는 그림자 셀 수 없는 입체가 시작한다.

—「우리는 시작한다」 전문

시의 출발이자 시집의 출발점을 알리는 전언이 위의 시를 통해 전해진다. 무엇을 시작할 것인가. 시인은 자신의 문학을 간접적으로 드러낸다. 새롭게 시작하고 싶은 자신만의 언어체계를 말하고 싶어한다. 위의 시에서 모든 침묵을 감내하는 화자가 등장한다. 그러다 화자는 "조용히 우리는 내쉬기를 시작한다"고 말한다. 침묵하다가 이내 조용히 숨을 내쉬는 장면은 선언적인 자세로 다가온다. 무엇보다 이러한 숨쉬기의 출발이 '나'가 아니라 '우리'라는 점은 눈여겨봐야 할 지점이다. 즉 시의 주체가 늘 타자를 인식하고 있다는 어사로 파악할 수 있다. 여기서 주목해야 할 점은 2연에서 계속 반복되고 있는 행의 의미이다. 2연에서는 "우리는 조용히~"라는 시행이 다섯 차례나 반복되고 있다. '우리는'이라는 주어와 '조용히'라는 부사어는 앞으로 이귀영 시의 향방을 은유하는 구절로 읽힌다. 손을 잡고, 춤을 추기 시작하고, 뛰고, 섞이는 행위는 모두 소통을 위한 몸짓이다. 소통하는 주어의 자리에 우리라는 대명사를 넣음으로써 말하는 주체가 나뿐만 아니라 내 말을 듣고 있는 청자도 함께 포함한다는 것을 의미한다. 또한 '조용히'라는 부사어를 통해 자신이 시를 쓰는 태도에 대해 간접적으로 말하고 있다. '조용히'는 묵묵하게 표나지 않게 시를 쓰겠다는 의지로 읽힌다. 이러한 점을 볼 때 소통을 통해 새로운 의미를 발견하고 세계관을 확립한다는 시 언어의 관습을 지키면서 때론 그 관습으로부터 일탈하는 행위도 함께 하겠다는 의지로 파악할 수 있다. 마지막 연은 언어로 구현하는 시의 방법론을 제시한 것으로 보인다. 이미지와 패러디와 주체의 문제를 다양한 방식으로 실현하겠다는 말로 해석할 수 있기 때문이다.

여기에서 또 한 번 주목해야 할 점은 우리라는 주어의 반복적인 등장이다. 서정시의 주체는 늘 '나'로 시작한다. 시의 주체는 시의 화자와 등가를 이루며 굳이 주어를 적시하지 않더라도 시의 화자는 늘 '나'로 대변된다. 하지만 이귀영의 시에는 늘 우리라는 주어를 자주 사용한다. 이것은 의도적이라고 볼 수밖에 없는데 이 말이 가진 상징성을 생각하지 않을 수 없다.

시 「일제히, 나목들이 서 있다」를 보면 "태어난 우리는 날마다 최후다"라고 진술한다. 일반적으로 "나는 날마다 최후다"라는 문장으로부터 시작하기 마련이다. 여기서 문장에 덧붙여 주어를 수식하는 말은 "태어난"이다. 다음 행의 문장도 "일제히 왼쪽 그곳을 향한다"고 진술한다. 일반적으로 "일제히 그곳을 향한다" 혹은 "일제히 왼쪽을 향한다"라고 말할 것이다. 즉 "태어난"

이나 "왼쪽"이라는 말을 불편한 자리에 앉히는 이유는 그 말을 특별히 강조하고 싶은 자아의 충동이 강렬했기 때문이다. 결국 우리는 모두 태어나고 죽으며 같은 방향을 지향한다는 말로 시는 정리할 수 있다. 이 지점에서 시인은 "어디로 가는가?"라는 질문을 하고 싶었을 것이다. 그 질문을 던지기 위해 시인은 나를 거세하고 우리를 택한 것이다. 면밀하게 보면 이 방법론은 재미 있는 부분이 있다. 나를 성찰하는 방식이 아니라 우리를 성찰하는 방식을 통해 오히려 나의 내면, 즉 주체의 내면을 더욱 깊이 바라볼 수 있는 지점을 마련해주기 때문이다.

「우리나라」와 같은 시를 보면 더욱 선명하다. 시인은 "내가 화가 나는 건 우리가 우리이기 때문이다. 너 하나 나 하나가 우리, 우리가 운다"고 말한다. 이 말로써 성찰의 자세를 끊임없이 주문 하고 싶은 시인의 내면을 드러낸다. 마지막 부분에서 "우리는 우리다. 나를 지울 수 없는 우리, 우리둘레 우리나라…… 나는 왜 화가 나는 걸까"라고 직설적으로 고백한다. 여기서 '나'는 '우리'와 불가분의 관계를 맺고 있다. 나는 지울 수 없는 우리이기 때문이다. 즉 우리라는 말을 통해 나를 더욱 더 실감있게 바라보고 싶다는 시인의 의지를 반영한다.

열여섯 번째 변신 중인 우리는
열여섯 번째 패러디다
누구의 그림자인가 무분별한 발들이 자란다

문에 서 있는 여인 거울 속의 여인 돌아보는 여인
푸른 옷 시선 아래 검은 여인이 자란다

흰 발을 피하는 검은 여인 검은 가슴을 열고
여인2 엎드려 둥근 배를 가둔다
식탁 부스러기 빛을 옮긴다
젖을 물린 눈빛, 우리는 변신 중이다

여인3 여인4 새벽까지 부수어졌다가 허물어졌다가,

상상하다 무한하다 친근하다 적대시하다

넷이 하나 넷이 열이다 넷이 백, 천, 만……변신 중이다

만인에 대하여 미분과 적분 공존에 대하여
서둘러 오는 아침은 서둘러 사라지고
무섭게 저미고 무성하게 쌓이고, 변신 중인 것이다 우리는,
여인에게 눈길이 따라 올 것이다

조금씩 일치하는 조금씩 희박해 가는

단단한 파편들, 우리는 붉고 높은 의자에 앉는다
　　　　　　　　　　　　　　　　—「알제의 여인들」 전문

위의 시는 이귀영의 방법론을 가장 극적으로 보여주는 시이다. 시인은 시의 입구에서부터 변신 모티프에 대해 말한다. 변신은 시의 방법론에서도 중요한 장치이다. 변신한 시적 대상을 다시 패러디하는 주체는 '우리'이다. 변신과 패러디가 반복되는 과정은 창작 방법론에서도 가장 극단적인 작법에 속한다. 이러한 작법에 열여섯이라는 숫자가 반복된다. 또한 시인이 바라보는 시적 대상, 즉 여인에 대한 태도도 다중적인 시각을 사용한다. "문에 서 있는 여인"과 "거울 속에 여인"과 "돌아보는 여인"은 "푸른 옷 시선 아래 깊은 여인"과 등가를 이루며 서로 자란다고 말한다. 이 여인들은 특정한 의미를 덧입힌 대상이 아니라 기호로서의 대상이다. 시인은 시적 대상을 의미의 체계로 바라보는 것이 아니라 기표의 대상으로 바라본다. 그렇기 때문에 여인2와 여인3과 여인4는 무수히 복제되거나 반복될 수 있다. 이러한 복제 대상을 인식하는 화자는 "넷이 하나 넷이 열이다 넷이 백, 천, 만"을 변신시킬 수 있다. 이 시는 시적 대상을 수학적 기호나 언어적 기표의 대상으로 바라보면서 탈각, 변이, 조합시키면서 시인의 분열적 내면을 드러내고 있다.

눈여겨 볼 지점은 시의 제목아 '알제의 여인들'이라는 것이다. 잘 알려져 있듯 「알제의 여인들」은 피카소가 들라크루아의 작품을 재해석해서 새로운 작품으로 탄생한 작품이다. 이 작품의 방법론이야말로 원작의 패러디, 대상 분할, 조각난 대상을 봉합하는 모자이크 형식을 따른다. 「알제의 여인들」에 등장하는 파편화되었다가 다시 재조립된 여인들처럼 이귀영의 시도 그러한 언어를 꿈꾸는 것이 아닐까.

나 여기에 있는데 내가 어디 있는지 나도 찾을 수가 없다.

어디라고 말해야 하나

사방이 문이다. 사방 벽을 열면 갇혀 있는 얼굴들

바람 사이 소리 사이 좌표가 이동한다. 사방 숫자가 움직인다.

어느 우주가 어떤 우주를 순화시키고 있는지

아침은 그곳에서 떠오르고 석양은 벤치에서 저물어

나무 걸음으로 퇴장한다.

나는 퇴장하고 [우리가 퇴장하면] 강남이 강남일까,

서성이던 사슴 기린 고라니 사라졌다.

날아다니는 물고기 떼 은행나무가 사라졌다.

맑은 날 보이지 않던 거리가 폭우 쏟아지면 보이는 거리

너와 나[우리의] 흑백 배경이 바뀌어 여기까지 오느라

다 닳은 신발, 다만 던져버릴 것들,

매일 회전하던 무대 사라지고 11번 출구 사라지는 무한數,

내 위치 알 수 없는 數, 좌표 이동한다.

달팽이는 항상 도달하고 항상 사라지고

잘라버려야 아름다운 몸

아름다운 신전은 얼마나 품으면 따뜻할까

무수히 줄어드는 70억, 인류 혼돈은 흐르다가 질서가 되었는데
'우는 여인'의 분출로 개벽으로 사방이 물이 나 이동한다.

—「[우리가 퇴장하면] 강남이 강남일까」 전문

표제작인 「[우리가 퇴장하면] 강남이 강남일까」는 이채로운
시이다. 제목을 통해 시사성 있는 풍자의 시로 생각할 수도 있
으나 시는 전혀 다른 맥락을 거느리고 있다. 시의 제목에 등장
하는 '[ ]' 문장부호는 시에서는 잘 쓰이지 않는 기호이다. "나는
퇴장하고[우리가 퇴장하면] 강남이 강남일까" 혹은 "너와 나[우
리의]"라는 말은 나—우리가 가지고 있는 실존적 확인으로 점쳐
질 수 있다. 시에서는 '찾을 수 없다'는 단정에서 '이동'하는 동
사로 움직인다. 이동의 결론은 퇴장이다. 퇴장 이후는 사라짐이
다. 이러한 의미적 좌표 이동은 이귀영이 거느린 언어에 대해서
도 같이 적용될 수 있다. 또한 거기에서 선택한 공간이 바로 '강
남'이라는 점은 특별한 선택지처럼 보인다. 이 시의 바로 뒤편에
등장하는 시도 「강남역까지 한 시간」이라는 점을 감안할 때 강
남은 특별한 의미로 이해하는 편이 좋을 듯하다. 어떤 이유에서
든지 현재 우리나라의(이 또한 시인이 의도하는 '우리'가 강조될 수
있는 지점이다) 강남은 신자본주의를 상징하는 공간이 되었으니
말이다.
　　즉 이귀영의 많은 시편들은 언어적 실험과 과감성으로 비춰지
기 보다는 존재의 탐구를 위한 의미적 탈각으로 해석할 수가
있다. 시집 전체적으로 실험을 감행하는 주체의 태도나 자의식

이 유난히 두드러지기 때문이다. 이번 시집에는 유독 '우리'라는 말이 많이 등장한다. 나, 너, 우리라는 주체의 정체성으로 미루어 보아 나에서 너로, 그리고 우리로 이동하는 과정을 시집에서 보여주려고 한다. 그 지난한 존재의 탐색 과정을 "태어난 우리는 날마다 최후다"(「일제히, 나목들이 서 있다」)는 심정으로 통과해 나간다. 이귀영의 시집이 실존을 위한 언어적 탐구의 자세로만 일관된 것은 아니다. '평화'를 떠올리거나 '아버지'를 생각하고 '노동'의 현실을 타진하며 '강남역'에 서 있는 화자의 모습이 다양하게 투영되어 있다. 이 다양한 시적 퍼포먼스를 통해 우리는 시의 언어가 가진 한계를 넘어서려는 몸짓을 여실히 확인할 수 있었다. 그 다음의 언어적 춤사위가 어떠할지 또 기대하면서 "3인칭의 기쁨을 위해" "서 있는 곳이 순교지"인줄 알면서 "나는 건너가야 한다"는 시인에게 박수를 보내고 싶다.

연대의 파레시아

: 유계영 시집 『지금부터는 나의 입장』(아침달)

미셸 푸코는 그의 후기 저작인 『담론과 진실』(동녘, 2017)을 통해 '파레시아'의 개념을 중요한 철학적 명제로 제시한 바 있다. 파레시아(parrêsia)는 '진실-말하기'로 번역할 수 있는데 영어로는 free speech, 프랑스어로 franc-parler로 번역된다. 또한 파레시아를 말하는 자, 즉 진실을 말하는 자를 가리켜 파레시아스트(parrêsia-stês)라고 한다. 하지만 진실은 누구나 말할 수 있는 게 아니다. 진실은 언제나 고통이 수반되게 마련이다. 또한 진실을 가감없이 토로하는 행위는 범법 행위로 치부되기도 한다. 자유민주주의 사회에서 전체 구조와 제도가 유지되기 위해서는 진실에 대한 암묵적 침묵이 수반되는 경우가 아주 빈번하다.

이탈리아의 철학자 마우리치오 랏자라또는 현대자본주의를

"불평등에 대한 통치는 주체화 양식의 생산과 통제, 또는 삶의 양식들과 분리할 수 없을 정도로 얽혀 있다. 오늘날 '치안'은 역할의 분할과 분배, 기능의 할당을 통해서도 작동하지만, 특정한 삶의 양식에 순응하라는 명령을 통해서도 작동한다. 모든 소득, 모든 수당, 모든 임금은 특정한 품행, 즉 특정한 양식의 말과 행동을 지시하고 주입하는 에토스를 전달한다. 신자유주의는 화폐, 재능, 유산만이 아니라 '인생 시장'에 기초한 위계를 복원하려고 한다. 그곳에서 기업과 국가는 교장 선생과 고해 신부를 대신해 행위 방식(먹고, 살고, 입고, 사랑하고, 말하는 방식 등)을 처방한다."[1]고 진단하고 있다. 자본의 사회에서 일상인들을 삶의 양식에 순응시키기 위해서 진실의 은폐는 자주 일어난다. 그러한 인생 시장의 위계가 삶을 살아가는 덕목이라고 합리화시킬 때, 진실은 침몰되며 타락하게 된다.

푸코는 진실을 발설하는 파레시아의 특성을 다양한 양상으로 진단한다. 솔직함과 진실, 위험, 비판, 의무 등으로 그 특성을 자세히 짚고 있다. 파레시아가 가진 진실은 아래와 같은 특성을 가지고 있다.

파레시아스트는 자신이 말하는 바가 진실되다고 믿기 때문에 진실된 바를 말하며, 그것이 진짜로 진실이기 때문에 그것을 진실이라고 믿습니다. 파레시아스트가 솔직하거나 자기 의견이 무엇인지를

---

1) 랏자라또, 『기호와 기계』, 갈무리, 2017, 339쪽.

솔직하게 말하기 때문만이 아니라, 자신의 의견이 진실이기 때문에, 진실임을 알고 있는 것을 말하기 때문입니다. 파레시아에서는 신념과 진실이 정확히 일치합니다.[2]

파레시아의 진실은 신념을 가지고 있을 때에야 비로소 가능하다. 신념이 있기 때문에 '위험'을 무릅쓰고 진실을 말할 수 있다. 또한 위험을 무릅쓴 진실은 '비판'의 기능을 수행한다. 이러한 비판이 파레시아스트의 '의무'라고 생각될 때 비로소 파레시아는 완성된다.

이러한 측면에서 시는 파레시아의 언어이며 시인은 파레시아스트이다. 저마다 각각 다른 방법으로 '진실—말하기'를 수행하는 언어가 시의 언어이다. 시인은 늘 자신의 언어에 대한 성찰과 비판을 함유하며, 그 언어를 발화하는 주체의 세계관에 가장 큰 방점을 찍기 때문이다. 시인은 가장 강력한 직설의 언어로 진실을 말하기도 하며, 상징과 은유의 수사를 통해 진실을 전하기도 한다. 때론 더욱 지난하고 복잡한 과정을 거쳐 진실에 가닿으려는 언어적 몸짓을 보여주기도 한다.

유계영의 시집 『지금부터는 나의 입장』은 파레시아의 진실을 새로운 방식으로 전달하고 있다. 유계영의 시적 자장은 자주 공동체를 유비하는 이미지와 덧붙여져 화자의 행위나 말을 다른 분위기나 의미로 해석하게 한다. 가령 "모닥불을 둘러싼 사람들

---

2) 미셸 푸코, 『담론과 진실』, 동녘, 2017, 94~95쪽.

이 불을 향해 손바닥을 내밀고 있는 이미지"(「에너지」)는 공동체의 원형에 가깝다. 불을 중심으로 서로 모여 앉아 얘기하는 것은 "최근의 슬픔에 대해"서이다. 세계에서 느끼는 슬픔의 감정은 각자의 것이지만, 우리 공동의 감정이기도 하다. 유계영의 시에서 떠올려지는 이런 '연대'의 감정은 구호나 독려의 방식이 아니라, 주체 스스로가 일탈의 행위를 경험함으로써 얻어지는 '진실'을 은근슬쩍 전시하고, 이를 함께 공유하여 '우리'라는 동질적 윤리를 얻게 하는 방식으로 이루어진다. 그 방식은 주체 스스로의 행위에 의해서도 이루어지지만 주체의 목격담 혹은 상상에 의해서도 이루어진다. "슈퍼마켓 매대에서 사과 한 알을 훔쳐 주머니에 집어넣는 것"은 일탈의 행위가 "이 세상의 슬픈 근황"을 섬세하게 헤집는 매개체로 사용된다.

눈동자 한 숟갈만 퍼먹어도 되겠니 매우 달콤할 테니까
고약한 네가 아름다운 시를 써와서 영혼이 하는 일을 이해할 수
없었다

흔적토끼는 영혼의 가장 깊은 곳을 은거지로 삼는다지만
깡총걸음으로 튀어나오는 것이 영혼의 일이라지만

아침엔 멀리서 네가 새치기하는 것을 목격했다 부드러운 몸짓이었다
나는 하루 종일 그것이 떠올라 미소 짓게 됐고 기분 좋게 됐고
영혼이 하는 일을 조금 이해하게 됐다

몸의 문이 살짝 열렸다 닫히는 것도

허겁지겁 먹다 말고 접시 위의 폭찹을 골똘히 바라본다
애지중지하는 작은 개에게 진지하게 물었다
너 동물이니?
우리는 마찬가지니?

왜 이렇게 싫어하는 것이 많으냐는 지적을 들었다
우리의 악몽이 더 이상 정교하지 않다는 사실은 견딜 수 없지
깊은 함정에 빠져 있다
영혼이 아름다운 사람의 눈동자를 볼 때마다
한 순갈만 퍼먹어도 되나요 매우 달콤할 텐데요
묻고 싶었으나

꿈에서도 너는 내가 듣고 싶은 말을 해주지 않는다
아는 만큼 보여서 보이는 만큼만 슬픈 사람들
에 대한 이야기를 줄 세운다

나는 문이 열리는 것을 기다렸다가
기회를 놓치지 않고 끼어든다

영혼이 하는 일을 알게 된 이후
　　　　　　　　　　　　—「좋거나 싫은 것으로 가득한 생활」 전문

유계영은 슬픔의 감정을 누구보다 다양하고 섬세한 방식으로 어루만진다. 위의 시에서도 생활의 구체적 사연이 아니라, 생활 속에 깃든 영혼의 진실에 대해 말한다. 어쩌면 그 진실은 "아는 만큼 보여서 보이는 만큼만 슬픈 사람들"의 이야기이다. 시인이 감각하는 슬픔의 에너지는 가장 신념이 강한 진실의 얘기이다. 시인은 그것을 "영혼이 하는 일"로 표현한다. 영혼이 하는 일은 지난한 생활의 세목들과 연결된 감성의 결을 헤집으며 보여준다.

고약한 타자와 새치기하는 타자는 어쩌면 주체의 분신일 수도 있는데, 타자에 스며든 화자의 우호적 감정은 이를 시사해준다. 화자는 영혼의 일을 따스한 감정으로 해석한다. 하지만 화자의 행위는 따스한 쪽보다는 서늘하고 끔찍한 악몽에 가깝다. "눈동자 한 숟갈만 퍼먹어도 되겠니"라는 가학적 행위를 '달콤함'이라는 순수한 미감을 통해 시 전체가 경쾌한 감정을 동반하게끔 유발한다. 이런 상황에서 "작은 개"에게 화두와 같은 말을 던진다. 개는 화자의 말을 들어주는 대상으로 상정되면서 사람보다 더 본질적인 질문이 가능한 존재이다. "너 동물이니?/우리는 마찬가지니"와 같은 당연하면서도 근원적인 질문은 작은 개이기 때문에 가능한 것이다. 이러한 생활의 집적이 "우리의 악몽이 더 이상 정교하지 않다는 사실"이나 "영혼이 아름다운 사람의 눈동자를 볼 때마다" 눈동자를 퍼먹고 싶다는 일탈의 감각을 가지게 된다. 일탈의 감각은 또 다른 '진실-말하기'이자 '진실-묻기'에 해당한다. 시의 화자는 영혼이 하는 일이 무엇인지 골몰한다. 시적 주체는 일탈을 통한 진실의 드러냄을 통해 영혼이

하는 일이 무엇인지를 알게 되었다.

  이러한 페레시아의 실현 방식은 시의 곳곳에서 드러난다. "내가 나무"가 되는 변신의 모티브를 이끌어 와서 세계의 이치를 나무라는 매개체를 통해 바라본다(「울로 만든 모자」). 나무가 바라본 이 세계의 광경은 "가난하고 아름다운 나라의 작은 사람들을 지켜"주고 싶다는 소망을 갖는 힘이 된다. 윤리적으로 선한 소망은 우리 공동체가 함께 고민해야 할 질문을 던지게 한다. "주먹만 한 빵 한 덩어리를 어떻게 갈라야 공평할까"는 우리 모두의 고민이지만 결국 "빈손으로 돌아갈 것"이라는 본질 앞에서 또 다른 질문을 던질 수밖에 없다. 그러므로 시집의 표제에서 상징적으로 드러나는 '나의 입장'은 시인의 입장이자, 우리의 입장이다. 그 입장이 실현되는 순간은 '지금부터'이다. 즉 시인의 문장으로 읽기 시작한 때부터이다. 시인은 질문한다. "나의 질문이 얼마나 오랫동안 이 자리에서 오직 당신만을 기다려왔는지를"(「얼굴」) 모두가 인식할 수 있는 가능성 위에서. 시인이 모색하는 언어의 가능성은 "거대한 것을 보면 마음이 편안"하면서 혹은 초조하면서 "자연은 우리를 안심시킨다"는 전언으로 시행한다.

  미안하지만 여러분
  저는 도넛 공장에서 설탕 터는 노동을 해본 적도 없이
  그것에 대해 자꾸 말하고 싶어지는 겁니다
  아름다운 슈가파우더에 대해

언니가 그랬어요 휴게 시간에
햇빛 아래를 서성이다 들어가면
만지는 것마다 녹는다
자꾸 녹아서 곤란해진다고

녹기 직전까지만 쥐어야 해
부서지지 직전까지만 다뤄야 해

언니는 햇빛을 탁탁 털고
희게 붐비는 슈가파우더 속으로 들어갑니다

내가 그랬어요 불판 위에서 슬그머니 녹고 있는 냉동 고기를 보
면서
돼지 공장에서 생산되는 돼지들을 생각해
한 번도 사용하지 않은 새것 같은 돼지에게

오백 원짜리 동전을 모아서 갖다주고 싶다
돼지가 돼지의 행복을 살 수 있었으면 좋겠다
누구도 못 사는 것을 돼지는 샀으면 좋겠다고

—「예감」 부분

시인은 도넛공장의 노동 환경이나 우리 사회의 노동구조에
대해 얘기하지 않는다. 노동을 통해 만나는 생명 혹은 사물의

근원적 슬픔이나 만남을 감각한다. "설탕 터는 노동"이 가진 여러 조건과 상황보다는 설탕 터는 행위의 감각에 대해 말하고 싶은 화자의 의도가 강하게 드러난다. 슈가파우더가 가진 미각과 시각적 효과는 아름답다는 말로 더욱 과장되게 시적 과정 속에 녹아든다. "녹기 직전까지만 쥐어야" 하며 "부서지기 직전까지만 다뤄야" 하는 일은 우리 삶의 행태를 유비하는 말과 등가를 이룬다. 이는 도넛뿐만 아니다. 불판 위의 "냉동 고기"도 마찬가지이다. "돼지 공장에서 생산되는 돼지"와 "한 번도 사용하지 않은 새것 같은 돼지"를 생각하면서 "돼지의 행복"을 살 수 있으면 좋겠다는 희망은 자본주의의 유물론자와는 전혀 다른 사유이다.

시인은 인간을 개 혹은 돼지와 같은 위치에 놓고 윤리의 척도를 다룬다. "나는 노련한 미장이인 것 같아요"(「의사는 말했지 여기 왜 왔다고 생각해요? 난 말했어 잘 모르겠습니다」)라고 말하는 인간은 "아무것도 훔치지 못하도록 돌려보내는/고집스런 나의 벽"을 가진 자아이다. 이러한 광경은 목수나 미장이나 청소부와 같은 육체적 강도가 센 직업에 대한 태도에서 비롯되는 것이 아니라, 이러한 일을 하는 인간의 몸이나 영혼에 대한 태도에서 비롯된다. 그런 측면에서 인간의 영혼이나 동물의 영혼은 다를 바 없는 대상이다.

어떻게 할 것인가. "나는 인간을 연기하며 살았으나/열 시간째 시신을 연기하고 있다"(「절반 정도 동물인 것, 절반 정도 사물인 것」)는 상황이 이 시집의 풍경과도 같다. 현실에서 진실을 얘기하는 것은 언제나 누추하며 비판을 받는다.

유계영의 시적 주체는 비정상적이거나 일탈의 영역이며, 주체의 부재가 정상적인 영역에 가깝다. 이를 달리 하면 인간 세계에서 정상적인 영역은 인간성의 부재를 의미한다. "나의 내부에는 내가 없고 이 사실은 결정적이지 않다"(「파이프」)는 문장은 시적 주체의 정체성에 가까운 말이지만 "많은 사람들이 같은 병을 앓고 있었으므로" 자아의 부재를 마치 공동체가 짊어져야 할 윤리로 받아들이는 것이다. 유계영이 말하는 "죽은 사람을 사랑하게 되는 여름"(「작고 멀쩡한 여름」)을 함께 느낄 수 있다면 우리는 같은 입장을 지닌 것이다. 어쩌면 연대가 우리를 살리는 유일한 윤리라고 항변하는 듯이.

단절의 극복과 스밈

: 이원복 시집 『리에종』(파란)

아감벤은 "사랑이 폐지되었다,/보건의 명분으로./그리고 보건이 폐지될 것이다.//자유가 폐지되었다,/의학의 명분으로./그리고 의학이 폐지될 것이다."[1]라는 우울한 시를 통해 코로나 시대의 자유와 사랑에 대해 얘기했다. 코로나19가 야기한 팬데믹 상황은 '단절'이라는 새로운 인식론적 화두를 던져주고 있다. 여타의 전염병과 다르게 사회적 단절의 상황이 길어지면서 이제 단절은 퇴출의 대상이 아니라 공존의 이념이 되었다. 인간은 늘 무엇이든지 극복할 수 있다는 신념을 버릴 때가 왔다. 정복이나 공포로부터 벗어나 공존과 상생의 법을 찾아야 하는 지점에 다

---

1) 박문정 역, 『얼굴 없는 인간』, 효형출판, 151쪽.

다랐다.

 단절의 대표적 키워드는 비대면으로 지칭되는 '언택트'이다. 우리의 시스템은 이전으로 되돌아갈 수 없으며 모든 구조는 언택트를 기본으로 재편될 것이다. 이러한 상황에서 인류는 단절과 격리, 유폐, 고립을 통해 새로운 공동체 삶의 방식을 타진하고 있다. 시는 격리와 단절의 삶과 조건을 어떻게 극복하려고 노력하고 있을까.

 이원복의 시는 시적 주체와 세계와의 사태를 불화에서 동화의 스밈으로 보여준다. 물론 서정시의 원론이 대부분 동일시이지만 이원복은 좀 더 다른 양상을 보여준다. 이는 마치 지금 현재의 유폐와 단절의 상황을 직시하거나 예견하는 모습이다. 이원복은 마치 단절을 스밈의 차원으로 이동시킨다. "새의 몸이 땅에서 분리되어 하늘로 옮겨 가는 순간"(「새가 날았다」)과 "몸 밖의 경계를 벗어나기를 두려워"하는 상황과 그 도정을 직시한다. 시적 주체는 늘 어딘가에 갇혀 있거나 유폐되어 있다. "누런 골판지로 만들어진 거대한 상자 속"(「골판지 상자 속 동네 1」)이 이원복의 시에 나타나는 주체의 현실이다. 그곳에는 "분유보다 더 많은 양의 쇳가루를 소화"했던 가난이 있고, "야근하던 누이들이 하혈을 시작했"던 도시의 불우함이 "거대한 스모그"(「골판지 상자 속 동네 3」)로 점철된 곳이다.

 「스트랜딩」은 이를 상징적으로 보여준다. 스트랜딩은 해양 동물의 갑작스런 집단자살 현상을 다루면서 우리 공동체의 트라우마이며 아직 치유의 과정인 세월호를 함께 상징한다. 시인은 쉽게 묘사하기 힘든 고통의 감정을 경계와 단절의 구획을 통해 사유하도록 안내한다. "마지막 할 말이 있는 듯 입을 벌린 고래를 /바다로 밀어내는 사람들/고래가 아닌 바다를 밀어내는 사람들"은 모두 서로의 공간을 영역으로 이해하여 밀어내고 안과 바깥의 경계를 만들어 단절된 상황을 만든다. 여기서 단절의 매개체는 "바다의 비밀을 들어줄 귀가 없는" 것이다. 소리와 절연된 신체를 상정함으로써 진실과 비밀은 수면 안으로 감춘다. 바닷속과 수면 위의 세계는 물과 공기의 세계이며 어류와 포유류의 세계처럼 공간과 종이 다른 세계이다. 이러한 두 세계를 합일할 수 있는 것은 소리의 세계이다. 지상의 소리는 바닷속으로 들어가며, 바닷속의 고통은 지상의 음역으로 이동할 수 있다. "견딜 수 없이 우울한 음역대의 음파로 변환된 아이들의 울음소리"는 더욱 선명하게 들리며 "결국 고래들을 이 뭍으로 밀어"내는 방식으로 경계를 무화시킨다. 이러한 시적 사유는 다음의 시에서 더욱 확연하게 드러낸다.

사방이 막힌 방 안에 홀로 앉은
두 귀가 없는 소녀가 더듬더듬 오보에를 꺼낸다
소녀는 익숙하게 A 음을 길게 뿜어 낸다

오보에 소리가 새어 나가지 못하고 방 안을 가득 맴돌 때
소녀가 앉아 있는 왼편 벽면에 격자무늬 창 하나가 만들어지고

소녀가 앉아 있는 맞은편 벽면에 소녀의 키만 한 문이 만들어지고

소녀가 앉아 있는 오른편 벽면에서 그랜드피아노 한 대가 튀어나와 뚜껑이 열리고

소녀가 앉아 있는 뒤편에서는 주인 잃은 각각 다른 크기의 그림자들이 일제히 일어섰다 앉기를 반복하고 있다

소녀가 뿜어내는 A 음의 오보에 소리가 소녀의 가슴에도 창을 달아 주고

문을 달아 주고, 두 귀를 달아 준다

그곳으로 들락거리는 각각 다른 크기의 그림자들에게 꽃을 달아 준다

방의 천장이 열리면 우주 공간의 떠돌이별들도 제자리를 찾을 것이다

—「리에종」 전문

시집의 표제작이기도 한 '리에종(Liaison)'은 프랑스어에서 소리 나지 않던 단어의 끝 자음이 모음과 이어질 때 끝 자음의 소리가 살아나 모음과 이어서 발음되는 연음 현상을 의미한다.

소리 나지 않던 음성이 소리가 살아나는 현상은 단절이 연결로 이동되는 과정을 보여준다. 즉 위의 시는 지금까지 없던 소리를 확인하고 받아들이는 반복 연습의 과정을 세밀하게 묘사하고 있다. 리에종을 체감하기 위해서는 '연습'이 필요하다. 덧붙여 리에종은 우리말이 아니라 타국의 언어인 불어이다. 불어를 연습하기 위해서는 새로운 언어를 익히는 시간이 필요하다. 새로운 언어를 익히는 과정 속에서 불통이 소통으로 변화한다. 소리가 나지 않는 것에서 소리가 살아나는 방식을 익히는 것이다.

시에 등장하는 중심인물은 "두 귀가 없는 소녀"이다. 소녀가 연주하는 악기는 "오보에"이며 오보에를 가지고 A음을 길게 뿜어낸다. 소녀는 두 귀가 없기 때문에 청각적 기능이 없거나 불편한 존재이다. 이 소녀는 악기를 통해 소리를 낼 줄 아는 능력을 가졌다. 악기는 자신의 존재를 알리는 사물이다. 소녀와 오보에처럼 소리를 내는 조건들을 통합해 볼 때 악기를 연주하는 행위는 새로운 말을 배우는 행위와 유비된다. 또한 새로운 말을 배우는 행위는 새로운 시를 쓰는 창작의 행위와도 유비된다. 왜냐하면 새로운 말을 배우는 것은 단절이 소통으로 변하는 과정이며, 단절의 정서가 소통의 정서로 인식하는 행위이기 때문이다. 오보에를 연주하는 행위는 소리를 찾는 과정이며, 또한 언어를 찾는 과정이다.

주목해야 할 부분은 소녀가 있는 공간은 "사방이 막힌 방 안"이라는 점이며 "홀로 앉은" 존재라는 점이다. 즉 소녀는 유폐와 고독을 운명적으로 받아들이면서 소리를 익숙하게 뿜어내는 존재이다. 두 귀가 없기 때문에 처음에는 세계의 비밀을 온전히 깨닫지는 못한다. 소리를 내더라도 "새어 나가지 못하고 방 안을 가득 맴돌"기만 하여 세상과 호흡하지 못하고 유폐된 언어 속에 잠행된다. 소녀가 바깥 세계와 연결하는 통로는 "격자무늬 창 하나"와 혹은 "소녀의 키만 한 문" 정도이며 "오보에"나 "그랜드 피아노"로 겨우 새로운 언어를 배우고 창조한다. 연주를 할 수 있는 매개체를 통해 "소녀의 가슴에도 창을 달아" 줄 수 있다. 가슴에 창을 달게 되면 세상과 소통하는 "문을 달아" 줄 수 있으며, 언어를 이해하고 창조할 수 있는 "두 귀를 달아" 줄 수 있다. 이러한 과정을 거치게 되면 "방의 천장이 열리"고 "우주 공간의 떠돌이별들도 제자리를 찾"는 우주의 순리를 경험하게 된다.

단절과 불통의 존재나 조건들은 이원복의 시 곳곳에 등장한다. 가령 「나의 악몽은 서정적이다」를 보면 "성대를 다친 소녀들"이나 "더 이상 노래하지 못하는 금붕어들"은 소리를 내지 못하는 주체로 상정된다. 불통의 시간은 스스로 소리를 내지 못하는 단절의 시간을 의미한다. 거친 표현은 "누구라도 성대를 다치게" 되고 이를 극복하기 위해서는 "바람의 음역대"로부터 벗어나야 한다. 성대를 다친 소녀들에게 필요한 것은 "시간"이다. "누구나 시간의 어깨에 울고 싶어" 하며 "소녀들이 잃어버린 것은 목소리가 아니라 저항할 수 없는 시간의 암보(暗譜)"라고 말한다. 잃어버린 소녀들의 목소리가 악몽이라면 그 악몽은 극복되어야 한다. "소녀들이 다친 성대를 회복하고 다시 항아리 밖/거친 바람의 음표를 따를 수 있을 때까지" 울어야 한다. 그 울음의 공간은 항아리이다. 단절되고 유폐된 공간에서의 시간이 필요하다. 시간을 견뎌내야만 회복할 수 있는 것이다. 「벽장 속 하모니카」에서도 "벽장 속에서 눈 없는 말이 튀어나와 내게 묻는" 상황이 연출된다. 유폐된 자아는 언어를 가지면서 비로소 소통을 하고 세계를 인식한다. 세계를 인식하는 가능성은 "너 하모니카 불 줄 아니?"라고 질문하는 소통의 방식과 하모니카로 대표되는 음악의 소리를 통해서 이루어진다.

주체와 타자의 합일되지 않는 관계나 단절된 관계는 공간을 통해 직시된다. "나는 당신이 가 보지 못한 언덕을 달"리는 주체는 당신의 공간과 나의 공간이 동일시되지 않았음을 의미한다(「나는 나를 위해 달린다」). 그렇기에 "나는 당신을 위해 달리지 않"고 "오직 나 자신을 위해 달리"는 것이다. 여기에도 시간이 필요하다. 「나의 악몽은 서정적이다」의 소녀들에게 시간이 필요했던 것처럼 '달리기'에도 시간이 필요하다. 달리기의 시간은 당신과 소통이 되어 가는 시간이다. 즉 단절의 시간에서 소통의 시간으로 변화되는 과정이다. 그런 과정을 통해 시적 주체는 "나는 달리며 서서히 내 몸이 거대한 액체 덩어리가 되어 가는 것을 느낀다"고 고백한다. 서서히 변화되어 가는 과정은 타자와 주체와의 합일로 마무리된다. 합일의 증명은 몸의 반응을 통해 이루어진다. "하나의 거대한 액체가 되어/당신의 이마와 눈과 가슴과 배꼽과 발바닥으로 스며"드는 감각적 체험을 한다.

시집의 첫 시 「헬싱키, 헬싱키」는 새로운 공간을 찾아가는 도정을 보여준다. 그 공간은 '헬싱키'라는 이국의 장소이다. 시에서

헬싱키는 별과 어둠과 슬픔을 모두 끌어안은 공간이다. 별과 어둠을 고스란히 담고 있는 공간 속에서 슬픔이라는 정서를 자아내게 하는 매개체는 백조이다. 어쩌면 시적 자아가 붙들고 있는 미련의 총합체는 '슬픔'일지도 모른다. 그 슬픔 때문에 "생각보다 많은 별"이 "아직 생각지도 않은 별"로 인식이 전이되고, "생각하지 말아야 할 슬픔"이 "생각지도 않은 슬픔"으로 전이되는 것이다. 어쩌면 시인은 끊임없이 이 세계와 말을 걸고 싶은 건지도 모른다. 세계를 해석하는 것보다 더욱 중요한 것은 세계와 대화하는 일이다. "옷걸이에 걸어 둔 외투 안주머니 속에서 빠져나온 말들이/나에게 말을"(「주머니 속의 말들이 나에게 말을 건다」)거는 순간이 바로 시가 탄생되는 지점이다. "사람들에게 보냈던 말들"을 고이 감싸 자신의 주머니 속에 넣어두었다가 시적 언어의 방식으로 다시 사람들에게 말을 거는 것. 그것이 잃어버린 말을 찾는 방법이며 스미는 말이 의미가 되는 순간이다.

지은이 이재훈

1998년 『현대시』로 등단하여 작품활동을 시작했다. 시집으로 『내 최초의 말이 사는 부족에 관한 보고서』(문학동네), 『명왕성 되다』(민음사), 『벌레 신화』(민음사), 『생물학적인 눈물』(문학동네). 저서로 『현대시와 허무의식』(한국학술정보), 『딜레마의 시학』(국학자료원), 『부재의 수사학』(작가와비평), 『징후와 잉여』(경진출판), 대담집 『나는 시인이다』(팬덤북스)가 있다. 한국시인협회 젊은시인상, 현대시작품상, 한국서정시문학상, 김만중문학상을 수상했다. 『시사사』 주간, 『청색종이』 편집위원으로 활동하고 있다. 중앙대 문예창작학과에서 문학박사 학위를 받았으며 건양대학교 휴머니티칼리지 교수로 재직하고 있다.

징후와 잉여

© 이재훈, 2022

1판 1쇄 인쇄__2022년 10월 20일
1판 1쇄 발행__2022년 10월 30일

지은이__이재훈
펴낸이__양정섭

펴낸곳__경진출판
　　　　등록__제2010-000004호
　　　　이메일__mykyungjin@daum.net
　　　　사업장주소__서울특별시 금천구 시흥대로 57길(시흥동) 영광빌딩 203호
　　　　전화__070-7550-7776 팩스__02-806-7282

값 23,000원
ISBN 979-11-92542-06-5 03810